AF199119

Christoph Klaus

Das Erbe der Piccolomini
-
Die wahre Geschichte der Reformation

Erzählung mit historischem Bezug

Bibliografische Information der Deutschen Nationalbibliothek:
Die Deutsche Nationalbibliothek verzeichnet diese Publikation
in der Deutschen Nationalbibliografie; detaillierte bibliografische Daten sind im Internet über http://dnb.dnb.de abrufbar.

5. Auflage
© 2017 Christoph Klaus
Herstellung und Verlag:
BoD – Books on Demand, Norderstedt

ISBN: 978-3-744-82972-4

Vorwort

Dies ist natürlich nicht die „wahre" Geschichte der Reformation. Vielleicht gibt es so etwas wie wahre Geschichte auch gar nicht, da diese immer ihre Interpretation zum Bestandteil hat, angestrengt von Menschen, die das Geschehen nicht miterlebt haben und sich anhand von Überlieferungen welcher Art und Qualität auch immer dessen zu bemächtigen versuchen. Hinzu kommt, dass die geschilderten Ereignisse eine so lange Zeit zurückliegen, dass sich deren Verlauf selbst Geschichtswissenschaftlern nicht mit letzter Klarheit erschließt. Insofern ist es ohnehin nicht in Aussicht gestellt, auch den entlegensten Winkel in jenem Dickicht vergangener Epochen mit Mitteln der modernen Illuminationstechnik auszuleuchten. Dennoch würde es dem Leser von Hilfe sein, sich vorab mit den wichtigsten historischen Daten zu diesem Thema vertraut zu machen, was im Zeitalter, da globale Informationsströme nach Gigabit je Sekunde bemessen werden, keine unüberwindliche Hürde darstellen sollte.

Die hier beschriebene ist die Geschichte von Menschen, die allen Widerständen und Unwägbarkeiten zum Trotz ihrer Überzeugung gefolgt und den Weg gegangen sind, den ihnen diese in Notwendigkeit vorgeschrieben hat. Auch wenn wir heute – sei es aus Erfahrung, aus Kenntnis eigener Unzulänglichkeiten oder zu deren Rechtfertigung – eher geneigt sind, jeglichem Handeln zunächst einmal niedere Beweggründe zu unterstellen, sollten wir uns einer von solcherart Wohlwollen getragenen Sichtweise nicht vollständig verschließen. Anderenfalls unterlägen wir dem Zwang, uns jener pessimistischen Grundeinstellung zu verschreiben, die sich schließlich in selbsterfüllender Weise die eigene Bestätigung verschaffen wird.

Diese Erzählung steht weder im Anspruch, eine historisch präzise Darstellung zu liefern, noch die hundertunderste Biografie des Reformators Martin Luther zu sein. Sie hält sich zwar in wesentlichen Punkten an die historischen Fakten, gesteht sich darüber hinaus aber das Recht auf ebenjene Freiheit zu, die Kunst aus dem Rahmen bloßer Dokumentation heraushebt. Dementsprechend ist das Anliegen dieses Textes darin zu sehen, den Blick von Tatsachen zu lösen und auf Möglichkeiten zu richten, die sich aus zum Teil geringen Abweichungen von vorgefertigten Standpunkten ergeben.

Die Hoffnung des Autors besteht darin, dass die hier geführten Darstellungen vor dem Auge des Historikers nicht völlig des Universums bestätigter Sachlage verwiesen werden müssen. Sollte dies dennoch der Fall sein, so möge sich zumindest ein Philosoph finden, der dem geneigten Leser die Bestätigung vermitteln kann, dass Wahrheit nicht immer das ist, was sie auf den ersten Blick zu sein scheint, und eine höhere Komplexität aufweist, als sich mit den Attributen „richtig" und „falsch" beschreiben lässt. Vor dem Hintergrund dieser Tatsache steckt wohl ein Funken Wahrheit in jeder Geschichte, sodass diese hier vielleicht doch die „wahre" Geschichte der Reformation ist.

Prolog

Der Abend senkte sich über die ewige Stadt. Die Sonne, die hinter dem pinienbewachsenen Hügel des Palatin ihre Bahn für den heutigen Tag vollendet hatte, legte in einem letzten Gruß atmosphärischer Brechung einen fahlen Schimmer auf die Fassaden der altehrwürdigen Gemäuer, welche diesem einen matten Glanz als Erwiderung darbrachten. Als untrügliches Zeichen dafür, dass dieser Vorgang, zumindest im Moment, keine Umkehrung erfahren würde, verebbte das bunte Treiben auf den Straßen und Plätzen in die Häuser, um dort für die Nacht in Ruhe zu erstarren. Der Mond, inzwischen aufgezogen, um über diese Stätte zu wachen, der durch die sich verdichtende Wolkendecke hindurch in den sanften Wellen des Tibers jedoch nur ein blasses Spiegelbild seiner selbst zu zeichnen vermochte, und ein vom Meer her aufkommender Wind, dessen Annehmlichkeit der Kühle alsbald ins Gegenteil umschlagen würde, waren Vorboten einer Nacht, die niemand im Freien zu verbringen gedächte. Geziemtes Wohl einem jeden, der sich am heimlichen Herd der Gemütlichkeit hingeben konnte, oder, falls fremd an diesem Ort, sich rechtzeitig eine Bettstatt gesichert hatte. Einige wenige, die bislang keiner dieser beiden Gruppen zuzuordnen waren, irrten noch scheinbar ziellos umher, darauf hoffend, diesem Zustand eine Änderung zu verschaffen. Sie klopften an Türen und baten um Einlass und ein Lager für die Nacht oder fanden sich in Gruppen zusammen, um den zu erwartenden Wetterunbilden in gemeinschaftlichem Trotz entgegenzutreten.

Niemand achtete auf den Schatten, der sich im Gegensatz zur stochastischen Bewegung der übrigen Nachtschwärmer im Schutze der Dunkelheit zielgerichtet seinen Weg bahnte, und das sollte auch niemand, denn die Mission, die ihn an diesen Ort geführt hatte, musste, wie er im Augenblick selbst, im Schatten bleiben, auf unbestimmte Zeit. Immer wieder hatte er sich umgesehen, um sicherzustellen, dass ihm niemand folgte; jetzt, da er das Ziel seines Weges beinahe erreicht hatte, galt es darüber hinaus, sich jedem fremden Blick zu entziehen. Er hielt kurz inne, bis die letzten Passanten seines Weges der ihren gegangen waren, und legte die finalen Schritte, die ihn von seinem Bestimmungsort trennten, zügig, aber dennoch geräuschlos zurück. Unbeobachtet erreichte er einen kleinen Eingang, der zu den Vatikanischen Gärten führte und an dem man ihn bereits erwartete. Abgesehen von einem leisen Klicken beim Umdrehen des Schlüssels im Schloss wurde die Pforte lautlos geöffnet und, nachdem er eingetreten war, in ebensolcher Weise wieder geschlossen. Alle anderen Geräusche, die den Tag angefüllt hatten, waren inzwischen in der abendlichen Stille versunken; lediglich das Zirpen einer Grille erging sich dem gegenüber noch in verzweifeltem Widerstand.

Das schwache Licht des Mondes, das durch eine Baumlücke hindurch auf ein kurzes Stück des Pfades fiel, den die beiden zurückzulegen hatten, erhaschte einen einzelnen Blick auf den geheimnisvollen Besucher. Er trug eine schwarze Kutte, deren Kapuze er über den Kopf bis tief ins Gesicht gezogen hatte. Die kleine verbleibende Öffnung wurde von einem ebenso schwarzen Bart ausgefüllt. Mehr war in dem dahingegangenen Moment, bis er wieder im Dunkel verschwunden war, nicht zu erkennen. Blindlings folgte er seinem Führer, der sich hier bestens auskannte und trotz der Pechschwärze der inzwischen herniedergesunkenen Nacht zielsicher den Weg fand; finden musste, denn ein Licht hatte er nicht entzündet. Nach wie vor war jede Entdeckung dieses Vorhabens streng zu vermeiden, ein Vorhaben, das fünfundzwanzig

Jahre zuvor seinen Anfang genommen hatte, aber den Lauf der Geschichte für die nächsten Jahrhunderte beeinflussen sollte. Es war der 26. Oktober 1518.

1

Francesco war ein Junge wie jeder andere, beinahe wie jeder andere. Er entstammte einer Großfamilie, wie es zu jener Zeit nicht an Alltäglichkeit entbehrte, und hatte, nachdem er dem Alter der Träumereien entwachsen war, beschlossen, es seinem Vater gleichzutun und Jurist zu werden. Auch nichts Ungewöhnliches.

Sein voller Name lautete Francesco Todeschini Piccolomini und er war der Neffe von Enea Silvio Piccolomini, der, als Francesco neunzehn Jahre alt war, zum Oberhaupt der Katholischen Kirche gewählt worden war. Und hier begannen die Unterschiede, die Francescos Werdegang in eine andere Richtung würden laufen lassen als den seiner Altersgenossen.

Enea Silvio Piccolomini war ein großer Mann, gesegnet mit einem wachen Geist und vielerlei Begabungen. Er war Schriftsteller, Historiker, Poet, Gelehrter und nicht zuletzt auch Jurist; vor allem aber war er ein großer Humanist, der sich stets dem Dienst an seinen Mitmenschen verpflichtet gefühlt hatte. Er war weit gereist, war als päpstlicher Diplomat ein oft und gern gesehener Gast an den Höfen deutscher Fürsten und, als er im Jahre 1455 nach Rom zurückkehrte, mit Wissen und umfangreicher Erkenntnis über die Probleme ausgestattet, die den europäischen Kontinent in den nächsten Jahrzehnten, vielleicht Jahrhunderten bewegen würden und denen er in bedeutenden Schriften Abhandlung verschafft hatte.

In erster Linie aber war er ein Mann der Kirche und in dieser Eigenschaft bereitete ihm die fortschreitende Entwicklung von Wissenschaft und Welterkenntnis zunehmende Sorge. Nicht dass er der Wissenschaft mit Ablehnung gegenübergestanden hätte, im Gegenteil, aber er erkannte frühzeitig, dass im Ergebnis deren Entwicklung immer mehr Menschen immer mehr Fragen stellen würden, auf welche die Herren im Vatikan Antworten zu geben hätten. Jedenfalls wenn sie beabsichtigten, ihren Dienst auch künftig mit Erfolg zu versehen. Von der Notwendigkeit dieses Dienstes war er zutiefst überzeugt, war es doch ein Dienst am Menschen, den sein humanistisches Weltbild mit Erfordernis belegte. In diesem aufgehend, brachte er es schließlich zum höchsten Amt, das für seinesgleichen erreichbar war, ein Amt, dem er unter dem Namen Pius II. mit Weisheit gerecht wurde.

Die Weisheit eines jeden Anführers zeigt sich darin, dass er diese weitergibt und vor allem rechtzeitig nach einem Nachfolger sucht, der sein Werk fortzuführen imstande ist. In dem jungen Francesco fand er diesen Mann, besonders wohl auch deshalb, weil er sich selbst in ihm wiedererkannte. Er erzog ihn in seinem Sinne, achtete darauf, dass dieser die beste Ausbildung erhielt und schickte ihn auf Reisen, wie er selbst es früher getan hatte. Bezüglich des Strebens nach umfassender Erkenntnis war er fest davon überzeugt, dass es zu deren Erlangung nicht genügte, sich hinter den Mauern des Vatikans zu verstecken, und es zu deren Umsetzung notwendig war, sich der Unterstützung starker Verbündeter auf dem gesamten Kontinent zu versichern. So legte er ein wesentliches Augenmerk darauf, dass Francesco die vor Jahren geknüpften Verbindungen zu den europäischen Herrscherhäusern am Leben erhielt.

Der junge Francesco machte ihm große Freude. Er war wissbegierig und verinnerlichte alles, was sein Onkel ihm beibrachte. Vor allem aber stellte er Fragen, die man als Träger päpstlicher Würde zu beantworten wissen musste, insbesondere vor dem Hintergrund, dass sie auch jederzeit von anderen gestellt werden könnten:

„Onkel, wie kann man als Papst eigentlich unfehlbar sein?"

„Um unfehlbar zu sein, muss man sich der eigenen Fehlbarkeit bewusst sein", hatte jener darauf geantwortet.

Francesco hatte zwei Tage benötigt, um diese Antwort zu verstehen, aber danach wusste er, was das Wort „Weisheit" bedeutet und würde es auch nie wieder vergessen.

Pius II. förderte die Karriere seines Neffen mit allen Kräften. Er ernannte ihn nach Abschluss dessen Jurastudiums zum Kardinal, vielleicht sogar in der Hoffnung, dass dieser seine unmittelbare Nachfolge antreten könnte. Leider verstarb er, als sein Neffe ein Alter von fünfundzwanzig Jahren erreicht hatte, zu jung, um dieses hohe Amt bekleiden zu können.

Nach dem Tod seines Onkels fühlte sich der junge Francesco irgendwie allein. „Dein Name wird für große Veränderungen stehen", hatte ihm jener in voller Überzeugung mit auf den Weg gegeben und das belastete ihn sehr. Er hatte zwar alles Wissen um die bestehenden Probleme der Welt und der Kirche, aber keinen Plan und vor allem noch keine so dringend benötigten Unterstützer zur Umsetzung der anstehenden bedeutsamen Aufgaben. Sein Onkel hatte ihn gelehrt, dass eine Zeit gekommen war, die weitreichende Erneuerungen innerhalb der Kirche notwendig machen würde, eine Erkenntnis, welche einem scharfen und weiten Blick entsprang, von dem man aber nicht wusste, wie viele und vor allem welche außer ihm eines ebensolchen Blickes fähig waren. Sich den falschen Leuten in den Weg zu stellen, konnte ein derartiges Vorhaben im Keime ersticken lassen und zudem für den Aussäenden eine nicht zu unterschätzende Gefahr darstellen.

Während Francesco auf die Gelegenheit wartete, den von seinem Onkel in ihn gesetzten Erwartungen gerecht zu werden, gingen die Jahre dahin. Er hatte sich eigentlich schon damit abgefunden, sich dieses Vermächtnisses als unwürdig zu erweisen, doch zwei einschneidende Ereignisse innerhalb einer vergleichsweise kurzen Zeit, bezogen auf die bisher tatenlos vertane, gaben ihm einen neuen Impuls.

Deren erstes fand am 11. August 1492 statt. An diesem Tag wurde ein neuer Papst gewählt, der sich den Namen Alexander VI. gab und mit bürgerlichem Namen Rodrigo Borgia hieß. Die Familie, der er entstammte, stand in einem solchen Maß für Tyrannei und Korruption, dass man ihr zur zweifelhaften Ehre diese Begriffe notfalls erfunden hätte. Das Amt, in einem so abgekarteten Wahlverfahren erschlichen, dass es seinen Stammesvätern ein breites Lächeln ins unwiederbringlich verlorene Gesicht gezaubert hätte, übte er in deren Tradition aus. Francesco war ob dieses Oberhauptes der Kirche, deren glühender Diener er war, von tiefer Bestürzung ergriffen, stand dieser Papst doch für das genaue Gegenteil dessen, was sein Onkel ihn gelehrt hatte. Dieser Mann war lüstern von weltlichen Machtansprüchen und von ausschweifendem Lebenswandel. Die berechtigte Abscheu, die jeder sittsame Mensch vor diesem Konglomerat sämtlicher Charakterlosigkeit hegen musste, würde auch auf jeden von dessen sich in täglicher Demut übenden Gefolgsleuten zurückfallen. „Unsere Aufgabe ist es, Seelen zu retten", hatte ihm sein Onkel immer wieder eingeschärft. Jetzt war ein Punkt erreicht, an dem sich dieses

Ziel seiner Verfehlung zuneigte, da diejenigen Meinungen, welche dem Klerus ohnehin eher mit Abneigung gegenüberstanden, auf diese Weise mit einem Überangebot an Nahrung versorgt wurden. Es musste etwas geschehen.

Ein weiteres Ereignis, das diesem Ansinnen endgültig die Richtung weisen würde, ließ nicht lange auf sich warten.

2

Am 19. August 1493 verstarb Kaiser Friedrich III. aus dem Hause Habsburg, der letzte in Rom vom Papst gekrönte deutsche Kaiser. Seine Beisetzung würde am 6. Dezember desselben Jahres stattfinden. Francesco, der die von seinem Onkel aufgebauten Verbindungen zu diesem Haus fortgeführt hatte, reiste als offizieller Vertreter des Vatikans nach Wien, um an der Zeremonie teilzunehmen.

Der Stephansdom war, soweit man das beurteilen konnte, nahezu bis auf den letzen Platz besetzt. Im Eingangsbereich stand noch eine Gruppe von Menschen, die nicht davor zurückschrecken würden, der Veranstaltung notfalls im Stehen beizuwohnen, falls sich keine geeignete Sitzgelegenheit mehr finden ließe. Francesco war von derlei Problemen verschont. Er hatte einen Ehrenplatz auf der Empore mit bester Sicht auf das Geschehen, dessen Beginn er nun erwartete.

Als vielseitig interessierter Mann ließ er seinen Blick immer wieder zwischen den gotischen Architekturelementen und den an Zahlreichtum weiterhin zunehmenden Besuchern hin und her wandern, während seine Ohren unfreiwillige Zeugen allerlei mehr oder weniger belangloser Gespräche um ihn herum wurden. Irgendwann verstummten die Gespräche und auch der Blick verlor an Rastlosigkeit, doch anstatt bedingungslos dem Geschehen zu folgen, das der beschwerlichen Reise an diesen Ort zum Anlass erhoben worden war, wurde er immer wieder von einer Gruppe junger Männer angezogen, die in einem der Seitenschiffe Platz genommen hatten. Der Kleidung nach waren sie Augustiner-Mönche, was insofern nicht verwunderlich war, da in Wien eine Niederlassung dieses Ordens bestand. Was Francescos Aufmerksamkeit einforderte, war, dass sich unter ihnen einer befand, welcher der gesamten Veranstaltung gegenüber seine Teilnahmslosigkeit bekundete. Während sich seine Ordensbrüder an den Gesängen und Gebeten beteiligten oder aufmerksam den Worten von der Kanzel lauschten, saß jener in sich zusammengesunken in der Bank. Möglicherweise hatte er ja ein körperliches Gebrechen oder unterlag einer momentanen Unpässlichkeit. Selbst als die Zeremonie vorüber war und sich seine Ordensbrüder bereits zum Gehen gewandt hatten, saß jener immer noch regungslos da, so als hätte er neben dem gesamten Geschehen auch dessen Ende versäumt. Niemand schien von ihm Notiz zu nehmen. Die übrigen Gäste, die unter Wiederaufnahme ihrer anregenden Gespräche dem Ausgang zustrebten, gingen an ihm vorbei, ohne ihm Beachtung zu schenken. Selbst seine Ordensbrüder hatten das Gotteshaus bereits ohne ihn verlassen.

Nachdem sich das Gebäude so weit geleert hatte, dass man als einzelner Mann gegen den Strom der zum Ausgang drängenden Massen ankämpfen konnte, ohne von diesem mitgerissen zu werden, stieg Francesco von der Empore herunter und bewegte sich auf jenen Bruder zu. Der hatte die von rückwärtiger Seite stattfindende Annäherung nicht bemerkt.

„Friede sei mit Euch, mein Sohn", hatte Francesco ihn angesprochen. In diesem Moment schreckte der andere auf und versuchte, in einer reflexartigen Bewegung einen Gegenstand unter seiner Kutte zu verbergen.

„Friede auch mit Euch", hatte er die Begrüßung erwidert, nachdem er die Sekunde des Schrecks überwunden hatte. Francesco musterte ihn und konnte die zuvor gestellte Vermutung akuter körperlicher Beschwerden bei seinem Gegenüber verwerfen.

„Was habt Ihr da, mein Sohn?", fragte Francesco und richtete einen strengen Blick auf die von der Kutte bedeckte Hand. Der andere zögerte zunächst, aber die Ehrfurcht vor dem Mann, der ihm gegenüber an Jahren wohl das Doppelte aufzubieten hatte, zwang ihn schließlich, sein Geheimnis preiszugeben. So langsam wie es ihm gelang, seinen verbliebenen Zweifel abzuschütteln, zog er die Hand hervor und gab den Blick auf das angesprochene Objekt frei.

Es war ein Buch, auf dessen Einband das Wort „Pentalogus" zu lesen war und das man aufgrund defizitärer Gebrauchsspuren für ein druckfrisches Exemplar hätte halten können. Allerdings deuteten die schon fortgeschrittenen Zersetzungserscheinungen des Papiers, insbesondere im Bereich des oberseitigen Schnittes, eher darauf hin, dass es bereits auf ein längeres, wenn auch unbeachtetes Dasein an einem nicht hinreichend schattigen Ort zurückblicken konnte. Francesco erstarrte für einen Moment. Nach dessen Überwindung forderte er eine Erklärung ein:

„Warum versteckt Ihr das? Habt Ihr es gestohlen?"

Im Gesicht des Angeklagten breitete sich eine der betroffenen Verlegenheit geschuldete Rötung aus.

„Ich… ich hätte es doch zurückgegeben."

„Woher habt Ihr es denn?"

„Aus der Bibliothek des Klosters."

„Ihr wisst, dass solches nicht erlaubt ist?"

„Das weiß ich wohl. Aber…"

„Warum musstest Ihr es stehlen, mein Sohn? Ihr hättet es doch jederzeit lesen können. Und andere auch."

„Ich gehöre nicht dem hiesigen Konvent an. Ich muss in zwei Tagen nach München zurückkehren. Dort gibt es dieses Buch nicht, aber ich musste es unbedingt lesen."

„Ihr stammt aus deutschen Landen?", fragte Francesco, der diesen Umstand bereitwillig aufgriff und ihm angemessene Huldigung verschaffte, indem er mit dieser Frage das in Latein begonnene Gespräch auf Deutsch fortsetzte.

Francesco war diese Sprache von seinem Onkel gelehrt worden, um dessen Nachfolge in der Pflege der Beziehungen zum Hause Habsburg antreten zu können. Er hatte sie lieben gelernt und nutzte jede Gelegenheit, sie zu praktizieren, nicht zuletzt, da ihm deren Beherrschung schon oftmals zu Nutzen gereicht hatte.

„Ja", antwortete der andere, der deutliche Anzeichen der Verwunderung nicht verbergen konnte, plötzlich mit seiner Muttersprache konfrontiert zu werden. Selbst unter den Ordensbrüdern wurde zur Kommunikation das Latein bevorzugt.

„Warum musstet Ihr es unbedingt lesen?", führte Francesco das Gespräch auf den eigentlichen Punkt zurück.

„Weil es von einem Mann geschrieben wurde, den ich sehr verehre."

Francesco wurde von Rührung überwältigt, denn auch er verehrte jenen sehr. Ein Zeichen, das er unmittelbar zu deuten wusste.

„Mein Sohn, ich muss jetzt weiter, aber ich würde Euch gern heute Abend aufsuchen. Ließe sich das einrichten?"

„Nach der Abendmesse, aber ich weiß nicht, ob der Prior seine Einwilligung geben wird", kam als Antwort, die ein unterschwelliges Beben nicht verbergen konnte. Dieses war offensichtlich der Furcht geschuldet, dass seine von zwei Augen entdeckte Verfehlung derer weiteren offenbart werden könnte.

„Ich glaube schon, dass er meinem Gesuch entsprechen wird. Wisst Ihr, wer ich bin?"

Der andere musterte ihn, kam aber zu keinem eindeutigen Ergebnis.

„Nein", war die demensprechende Antwort.

„Ich bin Abgesandter des Vatikans, Kardinal Piccolomini."

Die Augen des Ordensbruders weiteten sich und ein Lächeln umspielte seine Lippen. Er war diesem ehrbaren Herrn zwar noch nie begegnet, dennoch wusste er jetzt, mit wem er es zu tun hatte: Mit dem Neffen des Mannes, dessen Buch er gerade in Händen hielt. Ein Blick in Francescos Gesicht und ein nachfolgender auf die krampfhaft umklammerte Kostbarkeit versicherten den Angesehenen, dass dessen jugendlicher Bruder im Geiste von dieser Erkenntnis übermannt worden war.

„Ich erwarte Euch, heute Abend."

„Wie ist Euer Name?"

„Johann von Staupitz."

3

Die Glocke von St. Stephan hatte gerade sechs Uhr geschlagen, als Francesco das in wenigen hundert Metern Entfernung zu diesem gelegene Kloster erreichte. Dass er vom Prior persönlich empfangen wurde, bestätigte ihm, dass sein Erscheinen an diesem Ort mit Wohlwollen bedacht wurde. Er war genügend Welt- wie Kirchenmann, um sich einem kurzen Gespräch mit jenem und einigen segnenden Worten einzulassen, bevor er sich zu der Person führen ließ, die seinem Besuch an dieser Stätte in der Verantwortung stand.

Der Prior, noch bewegt von der Gunst, die ihm zuteil wurde, hatte es sich nicht nehmen lassen, den hohen Gast höchstselbst zur Zelle des fremden Ordensbruders zu geleiten, dessen Bedeutung ihm zwar noch nicht einging, die dennoch ein Streiflicht des Glanzes auch auf ihn fallen ließ. Nach einem dreimaligen Klopfen an die Tür wurde diese aufgetan und man begab sich in die bescheiden eingerichtete Stube, in der es nichts gab, das dessen Bewohner vom eigentlichen Zweck seines Da- und Hierseins, der Bewusstwerdung in Gebet und Meditation, hätte ablenken können.

Nachdem erwähnter Bewohner den hohen Gast erkannt hatte, warf er sich vor ihm zu Boden, doch mehr als ein schwaches „Verzeiht meine Verfehlung, Euer Eminenz" vermochte er nicht hervorzubringen, bevor er vom Empfänger dieser Unterwerfung unterbrochen wurde.

„Steht auf, mein Sohn. Deswegen bin ich nicht gekommen. Außerdem stellt es keine Verfehlung dar, sich Wissen anzueignen."

Diese Worte verwunderten den jungen Mönch sehr, glaubte er doch, der Besuch sei nur zu dem einen Zweck angestrengt worden, einen Schuldspruch über ihn zu verhängen.

„Weswegen dann?"

„Ihr seid jung, klug, wissbegierig, das sehe ich. Glaubt mir, dass mich die Zeremonie am heutigen Tag mindestens ebenso gelangweilt hat wie Euch, doch Ihr habt die Zeit nutzbringender verwendet als ich. Da Ihr inzwischen wisst, wer ich bin, kann ich Euch sagen, dass Ihr mich an einen Mann erinnert, in den der Verfasser Eurer Lektüre ehemals große Hoffnungen gesetzt hatte."

„Ihr redet dabei von Euch?"

„So ist es."

„Und warum erzählt Ihr mir das?"

„Weil ich über der Bürde dieser Hoffnung alt geworden bin, vielleicht zu alt, um ihr Rechtfertigung zukommen zu lassen, hoffentlich nicht zu alt, um dem, was getan werden muss, zumindest Initiierung zu verschaffen."

„Wovon sprecht Ihr?"

„Es mag sein, dass die alltäglichen Probleme des Vatikans nicht immer bis in jeden Orden seiner hingebungsvollen Diener dringen, aber ich, der ihnen tagtäglich gegenübersteht, weiß davon zu erzählen. Die Kirche steht am Scheideweg. Anstatt sich ihrer eigentlichen Aufgabe zu widmen, ist sie zum Instrument weltlicher Machthaber geworden. Sie ist unterwandert von Korruption und so sehr mit sich selbst beschäftigt, dass es ihr nicht mehr gelingt, die Menschen zu erreichen, geschweige denn, ihnen zu dienen. Mein Onkel hat das alles vor vielen Jahren schon vorausgesehen und erkannt, dass Veränderungen notwendig sind. Dieses Vermächtnis hat er in meine schwachen Hände gelegt, aber ich fürchte, mir fehlt die Kraft und vielleicht auch die Zeit, mich dessen wert zu erweisen. Es gibt sicherlich einige, die ebenso denken, aber wem kann man unter den jetzigen Umständen in Rom vertrauen? Und dann seid Ihr mir heute begegnet. Plötzlich spüre ich die Kraft, die mich schon längst hätte antreiben sollen, aber ich brauche Verbündete, diesen Kampf zu bestreiten, auch und insbesondere außerhalb Roms. Ich kenne das Land, aus dem Ihr kommt, ich spreche dessen Sprache, wie Ihr hört, ich habe es, meinen dienstlichen Geschäften geschuldet, oft bereist. Dort sind mir Menschen von freierem Denken begegnet als in Rom, Menschen wie Ihr. Seid mein erster Verbündeter, helft mir, das Erbe eines bedeutenden Mannes anzutreten, denn viel Zeit bleibt mir dafür wohl nicht mehr, der Sache selbst wohl noch weniger."

Francesco hielt inne. Ein Moment der Stille verharrte im Vorbeiziehen. Dann war es Zeit für eine Antwort.

„Aus Euren Worten spricht Weisheit, aber überschätzt Ihr nicht meine schwachen Kräfte. Ich bin nur ein einfacher Mönch."

„Wir mögen uns vom Rang her unterscheiden, aber wir sind demütige Diener derselben Kirche. Und glaubt mir, wenn nicht bald gehandelt wird, wird diese Kirche nicht bestehen können. Außerdem bin ich davon überzeugt, dass Einfachheit für diese Aufgabe nur zum Nutzen gereichen kann. Und Schwäche? Auch ich fühle mich oftmals schwach, ohnmächtig sogar, aber Gott wird denen Kraft schenken, die seine Werke tun. Dass wir uns heute begegnet sind, hat mir Kraft gegeben."

„Eure Worte sind wahr, daran besteht kein Zweifel. Aber gebt mir Zeit, so wenig davon auch verfügbar sei."

„Das Schwerste ist, den ersten Schritt zu tun. Den habt Ihr getan, denn Ihr habt Euch der Wahrheit geöffnet. Geht zurück in Euer Land, studiert die Schrift, strebt nach Wissen und Erkenntnis, bewegt andere Menschen. Das ist, was Ihr zuvörderst zu tun hättet. Alles Weitere wird sich ergeben. Und dann, studiert auch das."

Bei diesen Worten zog er ein Paket hervor, das in ein Leinentuch gewickelt war. Er legte es auf das Pult, das zu Gebet und Lektüre Verwendung fand, und schlug dessen Einhüllung vorsichtig zurück. Es beinhaltete ein Buch, auf dessen ledernen Einband in goldenen Lettern das Wort „Europa" geprägt war, ein weiteres bedeutsames Werk des großen Gelehrten Enea Silvio Piccolomini.

„Kennt Ihr dieses?"

„Nein, aber ich habe davon gehört."

„Also wisst Ihr auch, wer es verfasst hat?"

Die Antwort bildete ein stummes Nicken. Der solcherart Bedachte war im Moment der verbalen Äußerung unfähig. Vorsichtig nahm er es in die Hand und schlug es unter Aufbietung jeglicher verfügbaren Vorsicht und Ehrfurcht auf.

„Nehmt es, es gehört Euch."

„Euer Eminenz, das kann ich nicht annehmen."

„Doch Ihr könnt. Ich habe schon oft darin gelesen, aber in Euren Händen und Eurem Geist wird es Wunder wirken. Nehmt es."

„Wie kann ich Euch danken, Herr?"

„Ihr habt meine Worte gehört. Handelt danach. Und wenn Ihr das Buch studiert habt, werdet Ihr sie umso mehr verstehen. Schart Leute um Euch, die ebenso denken wie Ihr, wie wir. Seid strebsam und berichtet mir regelmäßig über Eure Fortschritte."

„Das will ich tun."

Nachdem Francesco ihm seinen Segen zugesprochen hatte, verließ er diese Stätte. Draußen hatte die Dunkelheit bereits zu stocken begonnen, aber sein inneres Licht war gerade eben wieder aufgeglommen und leuchtete seinen Weg in Gleiße aus. Er fühlte sich elektrisiert, wenngleich die physikalische Beschreibung dieses Zustandes noch dahingehender Jahrhunderte zu harren hatte.

4

Johann von Staupitz entstammte zwar einer adligen Familie, verfügte über eine entsprechende Bildung und beherbergte vielerlei Interessen, dennoch war ihm ein Leben als einfacher Mönch vorgezeichnet. Da sich ein

freier Geist aber nicht einsperren lässt, auch oder insbesondere nicht hinter hochzölligen Klostermauern, wurde
ihm alsbald deutlich, dass seine eigentliche Bestimmung
an höherem Punkte angesiedelt war als an jenem boden-
verhafteten, den der entsprechend dem Ordenszeremoni-
ell gesenkte Blick über weite Strecken des Tagesschemas
fixierte.

Im Jahr 1490 war er den Augustiner-Eremiten beigetreten, drei Jahre später hatte er jene Begegnung mit Kardinal Piccolomini in Wien, die seiner Überzeugung nach
nur einer göttlichen Fügung entsprungen sein konnte und,
ihn unzweifelhaft auf den Zielpunkt seines Handelns
auszurichten, als Anlass nur auszuweisen hätte. Dieses
Erlebnis war für ihn von derart einschneidender Wirkung,
dass er fortan alle Kraft aufbrachte, um diesem Zielpunkt
auf höchst direktem Weg entgegenzustreben. Er studierte
die Schriften, wie es ihm von seinem väterlichen Gönner
angetragen worden war. Gleichzeitig arbeitete er an seinem Aufstieg in der klösterlichen Hierarchie, denn es
bedurfte einer standsicheren Verbindung aus Wissen und
Einfluss, um jene Dinge bewirken zu können, deren un-
fragliche Notwendigkeit er in dem Maße verinnerlicht
hatte, dass nichts, ihm auf seinem Weg Einhalt zu gebieten, in der Lage gewesen wäre. Innerhalb weniger Jahre
brachte er es zum Prior. Er nahm ein Studium auf, das er
drei Jahre später mit seiner Promotion zum Doktor der
Theologie abschloss.

Kardinal Piccolomini hatte die Entwicklung seines
Schützlings mit dem gleichen Wohlwollen verfolgt wie
einst sein Onkel die seine. Er, Francesco, würde aber
dafür Sorge tragen, dass man die Ernte deren Früchte
rechtzeitig einführe. Er hatte die Erfahrung, die Mittel
und vor allem die notwendigen Verbindungen, dies zu
bewerkstelligen. Kaum, dass ihn die Nachricht der erfolg-

reichen Graduierung erreicht hatte, fasste er den Plan für das weitere Vorgehen. Nachdem die intellektuelle Reife seines willigen Verbündeten ihren Zenit erreicht hatte, musste jenem nun ein Umfeld geschaffen werden, diese nutzbringend einsetzen und vor allem weitergeben zu können. Das Gefühl der Ohnmacht, sich allein einer kaum zu bewältigenden Aufgabe gegenüberstehen zu sehen, hatte Francesco so tief geprägt, dass bezüglich dessen neuerlichen Durchlebens Verzicht zu üben er jederzeit den Vorzug gegeben hätte. Glücklicherweise kannte er jemanden, der ihm dabei von Hilfe sein konnte.

Die Reisevorbereitungen waren schnell getroffen, unproblematisch für einen Mann in seiner Position, zumindest weit weniger problematisch als die Umsetzung der Notwendigkeit, deren Ziel vor einem gewissen Personenkreis in Rom verborgen zu halten. Manch einer hätte sich bei einem derartigen Vorhaben des äußersten Bestrebens nach Geheimhaltung befleißigt, aber Francesco war lange genug im Amt, um der Aussichtslosigkeit einer solchen Strategie versichert zu sein. Den geheimen Augen und Ohren würde nicht einmal die Planung jedweden abtrünnigen Verhaltens entgehen, geschweige denn, dass ein Mann in seiner Position Rom hätte unbemerkt verlassen können. Also kehrte er die Sache ins Gegenteil, strengte eine offizielle Mission an, sandte sogar einen Boten voraus, um seinem Gastgeber sein Erscheinen anzukündigen. Die räumliche Abgeschiedenheit dessen Residenz vom Zentrum der Welt würde ihm dann die Gunst gewähren, seine eigentlichen Pläne verwirklichen zu können.

5

Über dem linken Ufer der Elbe, die an dieser Stelle ihren regelmäßig geschwungenen Verlauf aufgibt – möglicherweise, um die Nähe zu diesem bedeutsamen Ort in Gänze auskosten zu können –, erhebt sich Schloss Hartenfels zu Torgau. Es gibt sicherlich fürstliche Residenzen von höherer Strahlkraft, aber die architektonische Schlichtheit dieses Domizils spiegelte in nahezu vollkommener Weise den Charakter seines Herrn wider: Ein mächtiger Mann, mächtig genug, als dass er dieses mit verzweifelter Ausdauer stetig hätte zur Schau tragen müssen. Er war ein Herrscher mit vortrefflichen Eigenschaften, die ihm, der wie viele seines Standes zuvor und auch noch nach ihm den Namen Friedrich trug, den Beinamen „Der Weise" eingebracht hatten oder zumindest noch einbringen würden. Darüber hinaus war er der Katholischen Kirche treu ergeben, was ihn für einen hochrangigen Vertreter des Vatikans zu einem zuverlässigen Helfer machte.

Dennoch war zur Umsetzung des Vorhabens alle Diplomatie vonnöten, auf die Francesco dank seiner langjährigen einschlägigen Tätigkeit zurückgreifen konnte, denn Kurfürst Friedrich war von konservativer Natur äußerster Prägung. Insbesondere war er glühender Anhänger des Ablasshandels, dem er eine reiche Sammlung von Reliquien verdankte – nun ja, in wirtschaftliche Not würde ihn das mitnichten bringen, dennoch war es beredter Ausdruck seines Standpunktes. Auch wenn die aktuelle klerikale Misere nicht alleinig auf dieses zwiespältige Erscheinungsformat der Heilsbringung zurückzuführen war, in den Augen all jener aber, bei denen es das Streben nach Seelenheil und das tagtägliche Ringen um die Grundlagen der physischen Existenz in ernsthafte Konkurrenz hatte treten lassen, war es der entscheidende Ansatzpunkt des Abrisswerkzeugs, mit dem man dem Kirchenbau zu Leibe rücken würde. Dass solches zum Einsatz käme, musste mit allen Mitteln verhindert werden, soweit war Francesco mit sich überein, aber dazu bedurfte es der großflächigen Entfernung jeglicher Hebelwirkung versprechenden Angriffsfläche. Er hatte dies erkannt, war sich aber nicht sicher, ob sich sein Gegenüber trotz seines Namenszusatzes ebenfalls dieser Erkenntnis verschrieben gab. Es würde möglicherweise nicht von leichter Hand sein, einen solchen Mann an der gestellten Aufgabe auszurichten, zumindest nicht, wenn jenem die Hintergründe des Vorhabens zu Bewusstsein kämen.

Ungeachtet des vergleichsweisen Komforts, dessen Genuss ein Mann seines Standes für sich zu beanspruchen hatte, war die Reise von Rom über die Alpen mit gewissen Anstrengungen verbunden. Auch wenn er – im Gegensatz zu einigen seiner Amtskollegen, die jeden Tag die von ihrem Dienstherrn bereitgestellten Annehmlichkeiten bereitwillig in Empfang nahmen – dem entbehrungsreichen Leben auf der Landstraße noch nicht gänzlich entwöhnt war, spürte er mit jedem verstreichenden Lebensjahr den diesem zu zollenden Tribut mit zunehmender Deutlichkeit. Immerhin dauerte eine solche Reise mehrere Tage und im bereits Einzug gehalten habenden Herbst war das Wetter in bergigen Regionen auch nicht immer angenehm. Umso wichtiger war es deshalb, am Zielpunkt die notwendigen Ressourcen vorzufinden, um Körper und Geist Rehabilitierung zu verschaffen.

Hinsichtlich dessen hatte sich sein Gastgeber in dieser Rolle als Vertreter von Vollkommenheit erwiesen. Als Francesco gegen Abend des 12. Oktober 1500 in der kurfürstlichen Residenz eintraf, war der Bankettsaal hergerichtet, als stünde eine Krönungsfeierlichkeit an, erleuchtet von tausend Kerzen und von aufspielenden Musikanten in dezenten Klang gehüllt. Serviert wurden Fasan und gebratene Täubchen auf silbernen Tellern und der Kurfürst hatte seinen Mundschenk nach dem besten Wein geschickt, den der Keller zu bieten hatte. Bevor man am nächsten Tag zur geschäftlichen Tagesordnung übergehen würde, genoss man den Abend nach bestem Vermögen, nicht zuletzt, um eine entspannte Atmosphäre zu schaffen; eine Tradition, die bis in die heutige Zeit überdauert hat. Über den kulinarischen und geistig erbauenden Annehmlichkeiten breitete sich irgendwann der Schleier der Müdigkeit aus; zuerst bei dem weitgereisten Gast, der alsbald sein Nachtgemach aufsuchte.

Der nächste Tag war angefüllt mit reichlich Aktivitäten verschiedener Art. Der Kurfürst hatte es sich nicht nehmen lassen, seinem Gast die Sammlung aller Schätze zu präsentieren, welche dieser Wohnsitz beherbergte. Nach dem Besuch der Messe, der im Tagesplan des Kurfürsten einen indisponiblen Platz einnahm, wandelte man durch den Schlossgarten und unternahm eine Flussfahrt in der kurfürstlichen Gondel. Zwischendurch gab es wiederum gutes Essen und nun auch anregende Gespräche unter Männern, die schon mit wenigen Worten die Welt hätten verändern können.

„Euer Besuch ehrt mich sehr, aber verratet Ihr mir nun dessen eigentlichen Anlass?", gab sich der Kurfürst bemüht, mehr in Erfahrung zu bringen, als ihm am Abend zuvor sein von den Strapazen der Reise noch gezeichneter Gast zugestanden hatte.

„Der Heilige Vater in Rom würdigt Euch als seinen ergebenen Diener sehr. Genügt das nicht?"

„Dies wäre mehr, als ich erwarten dürfte."

„Insbesondere schätzt man Euer Bemühen um das Wohl Eurer Untertanen."

„Sollte dies nicht jedem Herrscher am Herzen liegen?"

„Das schon, aber viele Herrscher sind darauf bedacht, ihr Volk in Einfalt zu verhaften. Es lässt sich dann leichter regieren."

„Und was bringt Euch zu der Vermutung, dass ich von diesem Prinzip abzuweichen gedenke?"

„Nun, mir ist zu Ohren gekommen, Ihr plant die Gründung einer Universität."

„Dies ist richtig, die Entscheidung dazu entspringt aber einer Notwendigkeit."

„Welcher Art?"

„Universitäten begründen zu einem großen Teil das Ansehen der deutschen Fürstentümer. Denkt nur an die bedeutenden ihrer Art, Tübingen, Heidelberg, Ingolstadt, Prag. Wir hatten diejenige in Leipzig, derer wir aber nach der Teilung unseres Herrschaftsgebietes verlustig gegangen sind. Wir brauchen dringend eine derartige Einrichtung, um uns Geltung zu verschaffen."

„Der Zweck heiligt die Mittel und das Resultat heiligt den Zweck. Ihr werdet damit viel Gutes bewirken."

„Was erweckt Euer gesondertes Interesse an diesem Plan?"

„Es gibt da einen jungen ehrgeizigen Mann. Er ist Prior der Augustiner in Tübingen und wurde vor Kurzem von der dortigen Universität zum Doktor der Theologie promoviert. Ich möchte ihm zu einem Amt verhelfen, in dem er seine Fähigkeiten unter Beweis stellen kann."

„Ihr scheint ein großes Interesse an ihm zu haben?"

„Das ist in der Tat so. Wenn Ihr ihn bei der Auswahl der Würdenträger mit berücksichtigen würdet, wäre ich Euch sehr verbunden."

„Befähigte Leute sind nicht immer leicht zu finden. Deshalb bin ich für jede Empfehlung aus berufenem Munde dankbar. Wie ist sein Name?"

„Johann von Staupitz."

Ein stummes Nicken und ein sanftes Lächeln des Kurfürsten versicherten Francesco, dass er auf williges Entgegenkommen gestoßen war.

Damit war das Ziel der Mission erreicht, leichter als zunächst befürchtet. Francesco konnte zufrieden sein. Schließlich war es nicht einfach, einen jungen Mann, so mächtig seine Qualitäten auch sein mochten, in eine bestehende Seilschaft von Honoratioren einzuklinken. Die Aufstellung einer neuen war somit ein Fall von Günstigkeit, dessen sich nach Kräften zu bedienen wäre. Dem zum Wohle gereichte die dem Kurfürsten nahegebrachte Aussicht, einen Absolventen einer als bedeutend eingestuften höheren Bildungsanstalt zu Dienste verpflichten zu können. Diese hatte jeden vagen Gedanken, auf diese Weise der Revolution über die eigene Fußmatte zu helfen, hinter den Kulissen der um Beachtung buhlenden Vorstellungswelt des von ihr vereinnahmten Entscheidungsträgers sanft und lautlos von der Brüstung kippen lassen. Francesco hatte eigentlich einen weiteren Tag eingeplant, um den Kurfürsten gnädig zu stimmen. Diesen konnte er jetzt auf andere Weise von höherem Nutzen verwenden.

6

Der Morgen war kalt und etwas neblig, konnte Francesco aber nicht von den tags zuvor getroffenen Reiseplänen abhalten; ja es schien beinahe, als ob die in diesiger Schwere dem Fluss entsteigenden Schwaden ihre Bestimmung darin suchten, dem Resultat der anberaumten Entschlossenheit den Vorstoß zu decken. Dessen Richtung war in Klarheit gezeichnet, im Augenblick jedenfalls, so wie das ist, wenn man die ersten Sprossen einer Leiter erfolgreich erklommen hat. Dass dabei weder deren Ende noch deren Standsicherheit die Schwelle der eigenen Wahrnehmung überwunden hat, erleichtert in dieser Situation dem Tatendrang, seine Wirkung zu entfalten. Anderenfalls würde unweigerlich der Absprung erfolgen, solange die erreichte Höhe über Normal dessen gefahrlose Stattgabe noch zuzusichern wüsste. Jeder noch so glorreich in Angriff genommene Aufstieg bliebe auf diese Weise im Stadium des Stückwerkes verhaftet. Glücklicherweise setzt ein derartiger Erkenntnisprozess im Allgemeinen erst dann ein, wenn der Punkt letztmöglicher Umkehrbarkeit bereits überschritten ist. Glücklicherweise, da große Taten auf andere Art wohl nicht zustande kämen.

Francesco würde nach Rom zurückkehren, allerdings nicht auf direkter, sondern einer zunächst gen Südwesten führenden Route. Er nahm diesen Umweg, um einem langjährigen Freund einen Besuch abzustatten, den er ebenso lange nicht gesehen hatte und den er über die neuesten Entwicklungen in unmittelbare Kenntnis zu setzen gedachte. Leider hatte ihn sein kurzer Entschluss außer Standes gesetzt, jenem seinem Besuch Ankündigung vorauszusenden. Die mit Sicherheit eintretende Überraschung würde hoffentlich von freudiger Natur sein und keinerlei Komplikationen nach sich ziehen.

Wie schon sieben Jahre zuvor vertraute Francesco darauf, dass ihm sein Rang die Türen des Augustiner-Konvents, in diesem Fall des Tübinger, und die Herzen dessen Mitglieder öffnen und darüber hinaus auch eine Herberge für die Nacht verschaffen würde. Die Einrichtung erwies sich des Vertrauens als würdig.

Johann von Staupitz war gerührt ob des unvorhergesehenen Auftretens des so willkommenen Gastes.

„Euer Eminenz, Euer Erscheinen überrascht mich, wenngleich es mich freudvoll berührt. Was verschafft mir diese unerwartete Ehre?"

„Ich bin in wichtiger Mission unterwegs, die mich in die Nähe Eures Konvents geführt hat, und ich dachte, dies sei eine günstige Gelegenheit, unserer Verbindung eine Auffrischung angedeihen zu lassen. Darüber hinaus habe ich wichtige Neuigkeiten, die ich keinem Schriftstück anvertrauen möchte, das von wer weiß wem gelesen werden könnte."

„Ich hoffe, das Wirken Eures Dieners erfüllt Euch mit Zufriedenheit."

„Ihr habt große Kraftanstrengungen unternommen, um dem gerecht zu werden. Ihr hättet Besseres nicht leisten können."

„Euer Zuspruch erfüllt mich mit Freude, denn, in der Tat, es ist nicht leicht gewesen."

„Dessen bin ich mir bewusst. Deshalb habt Ihr in mir auch den ersten Fürsprecher, ein Amt anzustreben, das Euren Fähigkeiten angemessen ist und in dem Ihr unserer Sache von höherer Dienlichkeit sein könntet."

„Ich weiß Eure Worte nicht so recht zu deuten."

„Das ist auch nicht erforderlich. Seid nur gewahr und vor allem vorbereitet, dass Euch in nicht allzu ferner Zukunft eine Berufungsurkunde zugeht. Dann zögert nicht, dem nachzukommen."

„Ich werde mich in freudiger Geduld üben."

Am nächsten Tag setzte Francesco seine Reise fort. Gern wäre er länger geblieben, aber die Vertraulichkeit forderte, dass er zum erwarteten Termin wieder in Rom erscheinen würde; anderenfalls konnte die Angelegenheit durch unangenehme Nachfragen in die Gefahr geraten, dem Scheitern anheimzufallen. Hätte er zu diesem Zeitpunkt geahnt, dass er seinem langjährigen Freund und Verbündeten nur noch einmal begegnen würde, und das unter weniger günstigen Umständen, wäre seine Entscheidung möglicherweise eine andere gewesen. Dennoch hatte diese angenehme, wenn auch kurze Visitation seine Seele in wohlige Zufriedenheit getaucht.

Auch bei Staupitz hatte sie eine derartige Wirkung. Dessen Strebsamkeit wurde von der persönlichen Begegnung mit jenem hochverehrten Manne neuerlich befeuert, jeden Tag darauf wartend, dass die in Verkündung stehenden Worte in Erfüllung aufgehen würden. Einige Monate vergingen, dann folgte ihnen die Realität nach.

Gegen Mitte des nächsten Jahres erhielt er ein Schreiben, von Kurfürst Friedrich von Sachsen selbst gezeichnet, das ihn zum Dekan der Theologischen Fakultät der neu zu gründenden Universität Wittenberg berief.

7

Auf den Straßen und vor allem auf dem Marktplatz der Stadt Wittenberg herrschte ein reges Treiben, was nicht ungewöhnlich war; heute aber, an jenem 18. Oktober 1502, war es noch etwas angeregter als sonst. Hoher Besuch hatte sich angesagt und war bereits eingetroffen; eine gewisse Aufregung hatte sich über die gesamte Stadt gelegt.

Deren Bürger von Range feierten ein bedeutsames Ereignis, die Weihung einer Universität, ein solches miterleben zu dürfen schließlich nicht jedem vergönnt ist. Aber auch die Angehörigen jener Schichten, die man im heutigen Sprachgebrauch gern mit dem Attribut „bildungsfern" belegt und die das Innere einer solchen Anstalt niemals zu Gesicht bekämen, waren davon berührt. Eine derartige Einrichtung würde viel junges Volk anlocken, das zu einer merklichen Belebung der Stadt und der Gesichtszüge deren Töchter einen geschätzten Beitrag von nicht minderem Ausmaß leisten würde. Die Händler und insbesondere die Schankwirte versprachen sich davon auf lange Sicht eine spürbare Steigerung ihres geschäftlichen Umsatzes.

Man konnte also sagen, dieser Tag war ein Anlass zum Feiern für jeden, dem auch jeder in der ihm gemäßen Art nachkam. Während es sich die hohen Herrschaften in Abgeschiedenheit vor neugierigen Blicken gutgehen ließen, bei gedämpfter Musik, geistvollen Gesprächen, gutem Wein und erlesenen Wildspezialitäten, feierte das einfache Volk bei beschwingten Tänzen, frischem Bier und Ferkel vom Span. Jeder gönnte dem anderen seine Verlustigung und alle fühlten sich auf magische Weise miteinander verbunden.

Johann von Staupitz hatte diesen Tag seit über einem Jahr herbeigesehnt. Endlich würde er in der Lage sein, das in mühevoller Arbeit angehäufte Wissen auf systematische Weise weiterzugeben und so den Kreis derer, die sich von seiner Sache in Überzeugung ergingen, stetig anwachsen zu lassen. Sein Freund Francesco hatte ihm diese Notwendigkeit beharrlich eingegeben, wohl wissend, dass man sich bei diesem Bestreben in keiner Nachlässigkeit üben durfte.

Wo war eigentlich Francesco? Nachdem der Termin für dieses große Ereignis festgelegt war, hatte jener schriftlich seine Teilnahme angekündigt; eigentlich eine Selbstverständlichkeit, da alle Bemühungen der letzten Jahre am heutigen Tag und an diesem Ort ihren zumindest vorläufigen Kulminationspunkt fanden. Dass er bislang nicht eingetroffen war, beunruhigte Staupitz. Diese Beunruhigung an sich, wenn auch nicht deren Ursache, merkte man ihm auch bei seiner Antrittsrede an. In sicherem Vertrauen auf die Präsenz von Kardinal Piccolomini hatte er sie recht progressiv zu gestalten in Absicht gehabt. Nun fehlte die erwartete Rückendeckung, was ihn von seinem ursprünglichen Vorhaben Abstand nehmen und diese in wesentlich entschärfter Form darbieten ließ. Die in freier Redc notwendige Adaption führte zu einer gewissen Weiche in den Knien des zu diesem Zeitpunkt noch mit mangelhafter Gnade ausgestatteten Rhetorikers, die man ihm, zumindest von Seiten des geübten Zuhörers, anmerkte.

Nachdem er seine Ansprache beendet oder, besser gesagt, überstanden hatte und vom Pult herabgestiegen war, trat ein junger Mann an ihn heran:

„Euer Spectabilis, ich habe hier eine Botschaft für Euch", sprach er ihn an und übergab ihm eine versiegelte Schriftrolle. Staupitz musterte ihn, musste aber feststellen, dass er ihm unbekannt war.

„Wer seid Ihr?", versuchte er, diesem Missstand Abhilfe zu schaffen.

„Mein Name ist Thomas Cajetan. Kardinal Piccolomini sendet mich, Euch dies zu übergeben."

Staupitz bedankte sich, brach das Siegel der Rolle und las:

„Mein ergebener Freund,
leider kann ich meiner Ankündigung nicht nachkommen und Eurer feierlichen Einführung in das so bedeutsame Amt beiwohnen. Wichtige Amtsgeschäfte binden mich in Rom, doch seid unbesorgt, es sind Geschäfte, die unsere

Sache voranbringen. Ich spüre, dass die Veränderungen, die wir so herbeisehnen, kurz bevorstehen. Ich hoffe, dass Ihr unter diesen Umständen mein Fernbleiben mit Milde bedenkt. Ich gehe davon aus, dass wir uns in nicht allzu ferner Zukunft wiedersehen werden. Mein Abgesandter, Thomas Cajetan, der Euch diese Botschaft überbringt, ist mir und unserer Sache treu ergeben. Vertraut ihm, wie Ihr mir vertraut. Er wird mir berichten, wenn er nach Rom zurückgekehrt sein wird. Ich wünsche Euch für die Führung Eures Amtes Kraft, Weisheit und Gottes Segen.

Kardinal Francesco Todeschini Piccolomini"

Sorgfältig, so als hielte er einen Schatz äußerster Fragilität in Händen, rollte er das Papier wieder zusammen. Dabei streifte sein Blick den Cajetans, dessen fragende Ausdrucksweise die Mutmaßung zuließ, dass jener bezüglich des Inhaltes der Botschaft in Kenntnis stand.
„Überbringt Kardinal Piccolomini meine Grüße und meinen Dank. Ich werde alle Anstrengungen aufwenden, um mich meines Amtes als würdig zu erweisen."
Nachdem Cajetan gegangen war, entrollte Staupitz das Schriftstück neuerlich, richtete seinen Blick darauf und ließ es auf seinen Geist wirken. Francescos Worte, obwohl noch wenig konkret, ließen ihn befürchten, dass die Arbeit, die in naher Zukunft auf ihn wartete, nicht weniger werden würde.

8

Staupitz ging in seinem Amt als Professor und Dekan der Theologischen Fakultät vollkommen auf. Endlich verfügte er neben dem erforderlichen Wissen auch über den nötigen Einfluss, um etwas bewegen zu können. So bestand eine seiner ersten Amtshandlungen darin, die Bibliothek der Universität mit allen aus seiner Sicht bedeutsamen Schriften auszustatten. Kein Student sollte zur Erlangung von Wissen jemals mehr gezwungen sein, ein Buch aus dem Lektorium des Wiener Augustiner-Konvents zu entwenden.

Die Befürchtung ob des zu erwartenden Arbeitspensums hatte sich selbst zwar noch übertroffen, doch er war von Begeisterung ergriffen. Diese entsprach im Vergleich derjenigen, die ein Töpfer empfindet, wenn er mit seinen Händen ein irdenes Gefäß in Form gebracht hat. Zwar arbeitete Staupitz im Gegensatz zu jenem Handwerker mit Kopf und Stimme, aber auch er formte Gefäße; junge Menschen die dem Heiligen Geist und dem Humanismus als sicherer Hort dienen sollten. Aus diesem Grund wählte er seine Studenten auch sorgsam aus, was ihn so manches Mal in den Ruf versetzte, elitäre Ansprüche zu haben. Aber das stimmte so nicht. Er öffnete jedem einen Weg, der zumindest die Bereitschaft bekundete, seine Lehre anzunehmen, in sich wirken zu lassen und weiterzuentwickeln. Auf diese Weise gelang es ihm, Anhänger um sich zu scharen, die mit der gleichen Glut im Herzen seine Sache vertreten würden, so wie es ihm von seinem eigenen Lehrmeister aufgetragen worden war.

Dieser Lehrmeister unterstützte ihn auch weiterhin nach allen ihm verfügbaren Möglichkeiten. Bereits im Verlaufe des nächsten Jahres nach seiner Berufung wurde er Prior des Augustinerkonvents in München und wenig später Generalvikar des Augustinerordens. Auf diese Weise war sein Wirken nicht nur auf die Universität in Wittenberg beschränkt, sondern er war viel auf Reisen und somit in der Lage, seine Lehren einer breiteren Öffentlichkeit zugänglich zu machen.

Er erlangte schnell ein Ansehen, das die Grenzen der deutschen Fürstentümer im Fluge überwand und ihm Einladungen zu anderen altehrwürdigen Hallen des Wissens einbrachte. Er hielt Vorlesungen und lud Studentengruppen zu Seminaren ein, in denen er ihnen seine Lehrmeinung vermittelte. Überall, wenn auch nicht bei jedem Einzelnen, stieß er auf offene Ohren, Münder und Herzen, in dieser Reihenfolge. Besonderen diesbezüglichen Erfolg konnte er jedoch bei seinen Ordensbrüdern verbuchen, deren Oberhaupt er war. Als Generalvikar war es seine Aufgabe, regelmäßig die Konvente zu visitieren, und als Professor und enger Vertrauter von Kardinal Piccolomini war es ihm in Fleisch und Blut übergegangen, stets ein waches Auge darauf zu haben, ob sich in seiner Nähe nicht ein potenzieller Anhänger des neuen Geistes, den auszugießen er sich verschrieben hatte, finden ließe. Jene ermunterte er, die Heilige Schrift zu studieren. Viele folgten diesem Rat.

So war das erste Jahr seiner universitären Tätigkeit beinahe vergangen, von ihm, der nur mit Eifer seinem Dienst nachging, unbemerkt. Die Grußbotschaft von Francesco anlässlich seines Dienstantritts hatte er sorgsam im Schränkchen in seiner Amtsstube verwahrt, ohne dass deren Inhalt in seinem vollständig in der Wissensvermittlung verhafteten Geist noch präsent gewesen wäre. Irgendwie hätte es endlos so weitergehen können, bis auch er eines Tages, so wie Francesco zehn Jahre zuvor, bemerkt hätte, dass Zeit dahingegangen war, die hier zwar eine permanente evolutionäre Wirkung, aber keine derer revolutionäre entfaltet hätte. Doch in diesem Fall nahmen die Dinge einen anderen Verlauf.

9

Es war ein Tag zu Ende des Septembers im Jahr 1503. Dieser neigte sich bereits dem Abend entgegen. Staupitz saß in seiner Amtsstube in der Universität, die Lehrverpflichtungen für den heutigen Tag zur eigenen Zufriedenheit und hoffentlich auch der seiner Studenten bereits absolviert, und traf noch einige Vorbereitungen für den morgigen. Eigentlich hätte er sein Tagwerk bereits beendet, wäre da nicht ein Dokument zu replizieren gewesen, das er am nächsten Tag für seine Lehrtätigkeit benötigte und dessen Vorgänger in schuldhafter Unachtsamkeit mit einem Tintenfleck verunziert worden war. Er war Pedant genug, einem solchen Zustand keine Duldung zu gewähren, und tat nun mit diesem unplanmäßigen Arbeitspensum die fällige Buße. Die meisten seiner Kollegen hatten schon den Heimweg angetreten und die Studenten sorgten um diese Zeit für gewöhnlich in den Wirtschaften für das vorausberechnet gute Geschäft.

Staupitz hatte seine Präparationen gerade abgeschlossen und war im Gehen begriffen, als ihm vom Pedell ein Besucher angemeldet wurde. Da es damals zum guten Ton gehörte, dass ein Professor jederzeit ansprechbar war und er glücklicherweise keine terminlichen Konflikte zu befürchten hatte, ließ er ihn hereinbitten und erging sich sogleich in Erstaunen.

„Euer Spectabilis", hatte jener ihn unter Andeutung einer Verneigung begrüßt. Staupitz hatte ihn zwar ein Jahr lang nicht gesehen, aber trotzdem sofort wiedererkannt.

„Bruder Thomas. Was führt Euch hierher?"

Der Befragte, dessen innere Erregung im Ausdruck des Gesichtes den ihren fand, rang um eine Antwort. Diese musste sich aber in kurze Geduld fassen, bis der Respondent die Worte, aus denen sie bestehen würde, in die richtige Reihenfolge gebracht hatte. Rhetorik war eben von alters her eine Kunst, die eher den Griechen denn den Römern zuzuschreiben war.

„Kardinal Piccolomini sendet mich, Euch die Botschaft vorab zu übermitteln, bevor sie Euch auf offiziellem Weg erreicht. Er ist zum neuen Papst gewählt worden und bittet Euch, nach Rom zu kommen."

Glücklicherweise hatte Staupitz sein Schriftstück bereits vollendet, anderenfalls wäre auch der zweite Versuch dessen Aufsatzes von einem Tintenfleck ausgelöscht worden.

„Ihr meint…?"

„Ja, er muss dringende Geschäfte mit Euch besprechen. Ihr könnt mich auf der Rückreise begleiten."

„Wann wollt Ihr abreisen?"

„Sobald wie möglich. Nötigenfalls bereits morgen."

„Aber ich kann meine Verpflichtungen hier nicht vernachlässigen. Ich habe ein verantwortungsvolles Amt inne."

„Kardinal Piccolomini… Papst Pius III. ist Eure Treue zur Pflichterfüllung natürlich bewusst. Deshalb lässt er Euch daran erinnern, dass neben dieser noch eine höhere Pflicht existiert."

Diese Worte rührten Staupitz in der Tiefe seiner Seele, doch deren Kern lag nicht in dem Wort „Pflicht" sondern an anderer Stelle: „Pius III."

Francesco hatte diesen Namen zur Huldigung des Mannes gewählt, den er und Staupitz zutiefst verehrten und gegenüber dem Staupitz in weitaus größerer Schuld stand als seinem Dienstherrn.

„Ihr habt recht", fügte er sich in die unfehlbare Wahrheit des päpstlichen Wortes, „dennoch erbitte ich einige Tage, um die nötigen Vorkehrungen treffen zu können."

„Ich werde warten, bis Ihr bereit seid." Cajetan verneigte sich und trat ab.

Als Staupitz wieder allein war, wurde ihm die gesamte Bedeutungsfülle der Situation bewusst, die unter einem Gebirge an Arbeit verschüttet worden war. Zehn Jahre lang hatten sich Francesco und er bemüht, die Voraussetzungen für eine Erneuerung der Katholischen Kirche zu schaffen. Jetzt plötzlich war dieser Zustand erreicht. Es wurde Zeit zu handeln.

Dennoch verzögerte sich die Abreise um einige Tage. Staupitz wollte und durfte seine Studenten nicht sich selbst überlassen; ein Entschluss, der weniger der vergleichsweise niederen Verpflichtung gegenüber seinem Amt entsprang, sondern der Tatsache, dass sich aus deren Schar die seiner künftigen Gefolgsleute rekrutieren würde. Und auf diese würden er, Francesco und die gesamte Katholische Kirche angewiesen sein.

Sich um jene während seiner Abwesenheit zu kümmern, hatte er seinem engen Vertrauten Ambrosius Volland anzutragen in Absicht. Ihn hatte Staupitz seinerzeit in Tübingen kennen und schätzen gelernt, in dem Maße, dass er ihn nach Wittenberg geholt hatte, um den Lehrstuhl der Rechtswissenschaften zu besetzen. Leider war Volland momentan selbst auf Studienreise und würde erst in fünf Tagen nach Wittenberg zurückkehren. Es galt also, sich zunächst in der Kunst des Wartens zu üben.

Als Volland in Wittenberg eintraf, war er sofort bereit, in besagter Sache von Hilfe zu sein. Es bedurfte auch keiner großen Disputation zur Übergabe der anstehenden Aufgabe. Beide kannten einander und ihr Metier gut genug, um dem anderen jederzeit gleichwertigen Ersatz stellen zu können. Bereits zwei Tage später reisten Staupitz und Cajetan nach Rom.

10

Während auf dem nördlichen Teil des europäischen Kontinents der Sommer zu Ende gegangen war, deutlich erkennbar an trüben Tagen und frostigen Nächten, trotzte er auf der Apenninischen Halbinsel noch dem von Tag zu Tag flacher und kürzer werdenden Sonneneinfall. Die Nächte waren noch lau, die Tage teilweise von einer Wärme, dass man für jedwede kühle Brise aus maritimen Regionen Dankbarkeit empfand. Blumen auf den weiten Ebenen standen noch in voller Blüte und wiesen den Reisenden den Weg zu ihrem Ziel.

Dass der äußere Anschein, der durch einen derartigen von der Natur bereiteten Empfang gegeben wird, im Einklang mit allen anderen Umständen steht, ist aber leider nur in Romanen anzutreffen. Das wahre Leben nimmt keine Rücksicht auf die Emotionen der Leser, geschweige denn der handelnden Personen. Vor dieser Erkenntnis blieben Staupitz und Cajetan, so ihnen dies bislang gelungen sein sollte, nicht verschont, als sie ihren Bestimmungsort erreicht hatten.

Das Römische Volk ist von jeher eher frohen Gemütes, und das umso mehr, wenn gerade ein neuer Papst gewählt worden ist. Selbst jene, die diesem Würdenträger im Alltag eher mit Skepsis begegnen, können sich dem in solcher Situation nicht entziehen. Umso wundersamer mutete es an, dass diese Heiterkeit nicht so rechten Ausdruck zu finden schien; so zumindest war der erste Eindruck, der sich in der Erinnerung der beiden Ankömmlinge verhaftete. Sie gaben zunächst nichts darum. Vielleicht war dieser Anschien ja auch nur das Resultat des Umstandes, dass die beiden in einer Euphorie schwelgten, die von anderen niemals in gleicher Weise hätte Besitz ergreifen können. Allerdings waren deren Stunden gezählt.

Je näher die beiden dem klerikalen Machtzentrum kamen, desto finsterer und sorgenvoller schienen die Mienen der Passanten zu werden, und insbesondere Staupitz, vor dem inzwischen keiner seiner Studenten mehr ein etwaiges inneres Zerwürfnis hätte verbergen können, wurde davon infiziert. Sein Gesichtsausdruck wurde sukzessive von dem der Masse assimiliert, auch wenn seine Ratio diesen im Moment noch nicht zu deuten gewusst hätte. Glücklicherweise hatte er keinen Spiegel zur Hand, wobei ein solcher den Ausbruch der Bedenken nur um Minuten vorweggenommen hätte, ehe sie sich in dem Moment, da man den Päpstlichen Amtssitz erreichte, ohnehin in Realität manifestierten.

Staupitz, der sich durch sein persönliches Ergehen im Verlauf der letzten Jahre ein durchaus beachtenswertes Selbstbewusstsein erarbeitet hatte, war sich sicher, durch bloßes Überschreiten der Grenze des Vatikanischen Staates zur zweitwichtigsten Person innerhalb dessen zu werden. Jetzt versperrte ihm ein Jüngling ohne Professorentitel, der ihm weder an Jahren noch an Körperfülle ebenbürtig war, den Weg.

„Der Heilige Vater kann niemanden empfangen."

Staupitz fühlte sich in diesem Moment wie der Arzt, der von seinem Patienten mit der Begründung abgewiesen wird, dass er zu krank sei und absolute Ruhe brauche. Andere hätten sich in einer derartigen Situation zu unkorrekten Worten hinreißen lassen, aber Staupitz war ein Gemütsmensch.

„Wenn es der Wunsch Seiner Heiligkeit ist, werde ich mich dem fügen, aber ich bin auf deren Geheiß hin weit gereist, um dem nachzukommen."

„Seid Ihr…?"

„Johann von Staupitz. Der Heilige Vater hat mich bestellt. Bruder Thomas wird dem Bestätigung geben."

„Verzeiht, das wusste ich nicht. Natürlich dürft Ihr zu ihm… Sobald der Medicus gegangen ist."

Mit diesen Worten war es für Staupitz an der Zeit, seinen Seelenzustand dem von ihm bisher unbemerkt angenommenen Gesichtsausdruck anzupassen.

„Der Heilige Vater ist schwer erkrankt", fügte der Camerlengo zur Erläuterung hinzu, um seine Absolutionsfähigkeit nicht einzubüßen.

Einige Minuten vergingen, während deren Verlaufes Staupitz unruhig auf und ab ging; ein Habitus, dessen er sich bis zu diesem Zeitpunkt in Vermeidung befleißigt hatte, war er doch im Allgemeinen die Ruhe in Person. In dieser Situation aber gelang es ihm nicht, der Bedrückung, die auf diesem Hause lag, zu entfliehen.

Dann kam jemand aus dem Gemach Seiner Heiligkeit, sprach leise einige Worte mit dem Camerlengo und entfernte sich.

„Ihr könnt jetzt zu ihm", richtete jener das Wort an Staupitz, „aber bitte nehmt Rücksicht auf seinen Zustand."

Die Tür wurde von Neuem aufgetan und Staupitz trat ein. Der Anblick, der ihn dort empfing, brannte sich auf ewig in sein Gedächtnis ein. Sein Freund und Mitstreiter Francesco, der Papst Pius III., lag auf dem Bett, das Gesicht bleich und sich dem mühseligen Versuch hingebend, das Zittern der knochigen Hände zu unterdrücken. Sein Körper war offensichtlich dem Verfall geweiht, sein Geist hatte aber noch nichts von seiner Schärfe eingebüßt. Als er bemerkte, dass jemand eingetreten war, versuchte er, den Kopf zu heben, unterlag aber sofortig der Kraftanstrengung, die dafür vonnöten war. Dennoch hatte er den Besucher erkannt, was in einer leichten Entspannung seiner Gesichtszüge Ausdruck fand.

„Mein Freund, tretet näher", gab er überflüssigerweise die Aufforderung, da Staupitz, als er die Lage erfasst hatte, sich schnellen Schrittes auf ihn zu bewegte. Wie zur Bestätigung seiner Anwesenheit nahm er dessen Hand in die seine und fragte mit bedrückter Stimme:

„Mein Freund, was ist geschehen?"

„Wie Ihr seht, geht es zu Ende."

„Euch kann doch sicherlich geholfen werden?"

„Der Medicus findet keine Ursache. Ich mache mir nichts vor und ich möchte auch Euch nichts vormachen."

„Aber unsere Sache, jetzt, wo wir endlich bereit sind, etwas zu tun? Jahrelange Anstrengungen liegen hinter uns."

„Das ist mir wohl bewusst. Auch ich hatte die Hoffnung, jetzt Großes bewirken zu können, aber die Unergründlichkeit seiner Wege entspricht nicht immer unseren Erwartungen. Vielleicht habe ich ja den bescheidenen Beitrag, der mir zusteht, bereits geleistet. Nun wird es wohl an anderen sein, das Werk zu vollenden. In dieser Gewissheit werde ich von dieser Welt gehen, eine Gewissheit, die ich Euch verdanke."

„Eure Worte ehren mich. Dennoch wird es nun umso schwerer, das zu tun, was getan werden muss."

„Auch daran habe ich gedacht. Noch bin ich mit aller Macht des Amtes ausgestattet und werde bis zum letzten Atemzug unsere Sache vertreten. Dort drüben auf dem Tisch findet Ihr einen versiegelten Brief. Bitte nehmt ihn an Euch und übergebt ihn meinem Nachfolger. Darin bitte ich ihn, Euch alle erdenkliche Unterstützung zu geben. Betet dafür, dass es ein weiser Mann werden möge, der uns wohlgesinnt ist und der fortzusetzen bereit ist, was wir begonnen haben. Wolltet Ihr solches für mich tun?"

„Es ist mir eine heilige Pflicht."

„Seid gesegnet, mein Freund."

Staupitz nahm das Papier an sich, warf seinem Freund ein Lächeln zu, das dieser erwiderte, und verließ das Gemach. Eigentlich hätte er jetzt nachdenken müssen, fühlte sich dazu aber nicht in der Lage. Das Einzige, das ihm deutlich zu Bewusstsein kam, war jenes, dass sich sein Aufenthalt hier auf eine noch nicht näher zu bestimmende Zeitspanne verlängern würde. Er verfasste deshalb seinerseits einen Brief, in dem er Ambrosius Volland über diesen Umstand in Kenntnis setzte. Dieser datierte vom 17. Oktober 1503. Einen Tag später wurde Papst Pius III. abberufen.

11

Weißer Rauch stieg auf aus dem Kamin der Sixtinischen Kapelle und signalisierte der wartenden Menge, dass ihrem Ausharren der verdiente Lohn zufallen würde. Sicherlich war dieser in vielen gleichgearteten Situationen weitaus härter zu erarbeiten gewesen, denn in vorliegendem Fall hatte das Konklave gerade mal einen Tag in Anspruch genommen, um ein Ergebnis zu liefern. Doch unabhängig davon ist die zu beobachtende Reaktion immer identisch. Die Gesichter hellen sich auf, die gebannte Erstarrung der Masse löst sich allmählich und das andächtig-bedrückte Schweigen verfliegt zusammen mit den Resten der verbrannten Wahlzettel. Dabei ist in diesem Augenblick nur einer elitären Minderheit der Ausgang der Wahl bekannt. Zwar gibt es immer unter dem Volk von Rom diesbezügliche Erwartungen und natürlich auch einige selbsternannte Allwissende, für welche der Name des Erwählten von vornherein feststeht und deren bloße Anzahl allein dafür Sorge trägt, dass der eine oder andere von ihnen damit recht behalten wird. Doch all das scheint in einem solchen Augenblick von untergeordneter Bedeutung zu sein. Wichtig allein ist wohl lediglich der Umstand, dass die Zeit der Sedisvakanz vorüber ist, ganz gleich, wer sich anschickt, dem ein Ende zu bereiten; eine Reaktion, die im Zeitalter der Analyse und Interpretation von Wahlergebnissen bis in die Nachkommastellen nur mit einem Kopfschütteln bedacht werden kann. Umgekehrt sicherlich auch.

Unter den Wartenden war einer, der die Mentalität der Menge in nahezu vollkommener Weise repräsentierte. Für ihn war es zunächst von Wichtigkeit, dass ein Nachfolger für den zwei Wochen zuvor verstorbenen Papst Pius III. gefunden würde. Nachdem dies in zufriedenstellender Eile gelungen war, stellte sich nun bei jenem die Frage nach der Qualität der getroffenen Entscheidung. Von dieser würde es maßgeblich abhängen, ob sich sein Aufenthalt hier, der schon mehr als zwei Wochen andauerte und, wovon jener Person aktuell noch die Kenntnis fehlte, bis dato nicht einmal zur Hälfte vorüber war, mit Sinn füllen ließe. Aber Staupitz hatte seinem dahingeschiedenen Freund Francesco sein Wort gegeben. Er würde diesen Ort nicht verlassen, bevor seine Aufgabe erfüllt wäre, auf die eine oder andere Weise. Er hoffte inständig, es würde die eine Weise sein.

Die Tatsache, dass die Wahl auf einen Mann namens Giuliano della Rovere gefallen war, konnte den Zwiespalt in Staupitz' Gefühlswelt nicht schließen. Auf der einen Seite hatte sich Besagter bislang als Politiker und Heerführer hervorgetan, zwei Aufgabenbereiche, denen sich Francescos und auch Staupitz' Meinung zufolge ein Kirchenoberhaupt tunlichst zu enthalten hätte, auf der anderen war er ein Mann von Tatkraft und außerdem ein erklärter Gegner der Familie Borgia, die der Kirche in Verkörperung von Papst Alexander VI. nachhaltigen Schaden zugefügt hatte. So hätte es für Staupitz' Ansinnen sowohl aussichtsreichere Kandidaten als auch derer von gänzlichem Gegenteil gegeben, ohne dass er der einen oder anderen Gruppe hätte Namen zuordnen können. Er war sich der Gefahr wohl bewusst, die ihm nachstellen würde, falls er sich einem Vertreter der falschen Fraktion zu offenbaren hätte. Aber er hatte sein Wort gegeben, die Sache zu Ende zu führen, sodass sich ein diesbezügliches Nachsinnieren in grüblerischer Weise ohnehin erübrigte.

Problematisch für Staupitz war allenfalls die Terminierung des Geschehens. Er war zu Beginn des Oktobers aus Wittenberg abgereist, die Wahl von della Rovere hatte am 1. November stattgefunden, aber erst am 26. des Novembers hatte er den Heiligen Stuhl unter dem Namen Julius II. besetzt. Vor letztgenanntem Datum war es für Staupitz nicht möglich gewesen, mit jenem in persönlichen Kontakt zu treten. Auch hatte er keinerlei Rückmeldung, wie sich die Dinge in Wittenberg während seiner nunmehr beinahe zweimonatigen Abwesenheit entwickelt hatten. Umso mehr war er auf das konzentriert, was ihm hier von Aufgabe war.

Gleich nachdem Julius II. seine Amtsgeschäfte offiziell aufgenommen hatte, bemühte sich Staupitz um eine Audienz. Formal gesehen war er Abgesandter eines Mannes, der dem neuen Papst von ebenbürtigem Rang war. Dieser Umstand hätte ihm eigentlich eine bevorzugte Behandlung vonseiten Seiner Heiligkeit sichern müssen. Leider aber war sein Status nur in jenem Dokument festgeschrieben, das ausschließlich für ebenderen Augen bestimmt war und somit bei der Überwindung aller vorgelagerten Hindernisse personeller Art nur von mittelbarem Nutzen sein konnte. So vergingen einige weitere Tage, bis Staupitz die Gunst des Empfanges gewährt wurde.

Nachdem die Formalitäten, dem Heiligen Vater seine Ehrerbietung zu erweisen, abgearbeitet waren, war Julius II. bestrebt, die Unterredung möglichst schnell auf ihren eigentlichen Punkt zu bringen; ein Mann von Tatkraft eben und außerdem vielbeschäftigt.

„Was ist Euer Anliegen, mein Sohn?"

„Mich sendet Euer Vorgänger im Amt, Euch diese Botschaft zu überbringen", sagte Staupitz, dessen Hand beim Übergeben des Papiers leicht zitterte, da er weder über den genauen Wortlaut des Schreiben unterrichtet war, noch sich der Vorstellung zu bemächtigen wusste, wie die Reaktion seines Gegenübers ausfallen würde. Nachdem das Schreiben entfaltet worden war, las es sich folgendermaßen:

„An meinen Nachfolger im Amt,
der Überbringer dieses Schreibens, Johann von Staupitz, ist ein langjähriger Freund und Mitstreiter im Dienste unserer geliebten Kirche. Gemeinsam haben wir um deren notwendige Erneuerung gerungen, ohne die sie ihren Aufgaben nicht mehr gerecht werden kann. Ich habe gehofft, durch Wahl in deren höchstes Amt diesem Prozess entscheidenden Vorschub leisten zu können. Leider ist mir die Zeit dafür nicht zugemessen. Deshalb bitte ich Euch, mein Werk fortzusetzen, meinen treuen Verbündeten als den Euren anzunehmen, ihn zu unterstützen, wie ich es getan habe. Er wird Euch als weiser Berater zur Seite stehen.

Francesco Todeschini Piccolomini, Papst Pius III."

Während Julius II. das Schreiben las, war in seinem Gesicht keine in der einen oder anderen Weise zu interpretierende Regung zu erkennen. Nachdem er die Hand mit dem Papier hatte sinken lassen und seinen Blick Staupitz zuwendete, stieg eine überwältigende Anspannung in jenem auf. Diese war ein untrügliches Signal dafür, dass der Moment gekommen war, da allen Mühen der letzten zehn Jahre Rechtfertigung verschafft oder Vergeblichkeit bescheinigt würde. Der Heilige Vater hielt noch einen Moment inne, dann richtete er das Wort an Staupitz:

„Mein Sohn, ich bin vielleicht kein besonders frommer Mann, so wie mein Vorgänger und auch wie Ihr, und mein vergangenes Tun mag Euch zweifeln lassen, ob ich mit dem Willen und der Fähigkeit ausgestattet bin, Eurem Bestreben mit Gunst gegenüberzutreten. Aber seid eines versichert: Ich hätte mich nicht in dieses Amt wählen lassen, wenn mir unsere Kirche nicht ebenso am Herzen liegen würde wie Euch. Ich habe Euer Wirken und auch das Eures und meines Freundes, Kardinal Piccolomini, mit Wohlwollen verfolgt. Auch ich bin zu der Erkenntnis gelangt, dass Veränderungen dringend geboten sind."

„Darf ich also auf Eure Unterstützung zählen?"

„Das dürft Ihr, aber seid eines gewahr: Es wird nicht einfach sein, auf jeden Fall schwerer, als Ihr es Euch vorstellen mögt."

„Weder Kardinal Piccolomini noch ich sind von einer Geringfügigkeit ausgegangen."

„Das ist mir wohl bewusst. Wovon ich spreche, ist, dass nicht nur das Ziel im Dunkel liegt, sondern auch der Weg dorthin. Veränderungen sind unabdingbar und nur Gott selbst weiß, wie viel Zeit dafür noch bleibt. Unsere Kirche ist wie ein großes Schiff, das im schweren Sturm auf eine Klippe zusteuert. Aber wenn man versucht, mit aller Macht das Ruder herumzureißen, wird es kentern. Es gibt viele Kardinäle und auch weniger hochrangige Diener sowie mit weltlicher Macht ausgestattete Anhänger unserer Kirche, die sich mit den bestehenden Verhältnissen arrangiert haben, diese sogar gutheißen, und sei es nur aus mangelndem Weitblick. Jene von neuem Gedankengut zu überzeugen ist schwierig, aber sie bilden unser Fundament, uns dem zu entheben ebenso fatal wäre. Ihr seht, wir stecken in einem tiefen Dilemma. Hinzu kommt noch, dass weder Ihr noch ich zu den Männern gehören, die jene, welche es zu erreichen gilt, auch erreichen könnten. Wir sind durch Herkunft und Amt gebrandmarkt, dass keiner derer, die sich von uns abgewendet haben, die Redlichkeit unserer Absichten anerkennen würde."

„Aber was sollen wir dann tun? Weitermachen wie bisher, bis zum nicht mehr fernen Ende? Wir können nicht sehenden Auges unser Ziel verfehlen und hinterher die Hand zur entschuldigenden Geste erheben. Mein Freund Francesco, Kardinal Piccolomini, Papst Pius III., hat mich gelehrt, dass unsere Kirche Verantwortung trägt für die Seelen der Menschen, aller Menschen. Dieser Verantwortung müssen wir uns stellen."

„Ihr habt recht, zweifelsohne. Wir wissen um die Notwendigkeit der Veränderung, diese zu bewirken ist Euch und auch mir aber verwehrt. Wir können sie vorbereiten, sie initiieren, sie begleiten und unterstützen nach unseren Kräften. Diese aber herbeizuführen, bedarf es eines anderen, jung unvoreingenommen, von neuem Geiste, mit neuen Gedanken, der Menschen aller Schichten zu begeistern imstande ist. Bringt mir diesen Mann und unser Vorhaben wird gelingen."

„Wo aber sollte man einen solchen Mann finden?"

„Leider weiß ich nur, wo man ihn nicht finden kann, nämlich hier in Rom. Gäbe es hier einen solchen, würde er entweder sofort von der Kurie aufgesogen werden oder in andere Weise seiner Bestimmung entzogen. Bedenkt wohl die im Dunkel liegenden Umstände, die unser heutiges Zusammentreffen zu verantworten haben. Es liegt mir fern, ohne Beweis Schuld zuzusprechen, aber es kann für einen Einzelnen von schicksalhafter Missgunst sein, sich gewissen Kräften zu widersetzen. Kardinal Piccolomini war ein weiser Mann. Er hat in Euch mit Bedacht jemanden gewählt, der nicht unter dem direkten Zugriff des Vatikans steht. Darum, sucht Ihr unter euresgleichen. Ihr lehrt an der Universität, habt Umgang mit Studenten. Wenn es den Richtigen gibt, werdet Ihr ihn dort finden."

„Aus den Worten Eurer Heiligkeit spricht Weisheit. Ich werde mich nach Kräften bemühen."

„Und sorgt dafür, dass jenem von einer hinreichenden Gefolgschaft der Rücken gestärkt wird. Ein einzelner Mann, so gut seine Gedanken auch sein mögen, so stark sein Wille auch sei, läuft stets Gefahr, überhört, ignoriert oder verleumdet zu werden. Sein Streben, seine Ideen müssen von der Masse aufgenommen und getragen werden, um zur Wirkung zu gelangen. Deshalb, sorgt für Einheit unter Eurer Studentenschaft, Euren Ordensbrüdern, einem jeden, der seinen Geist zu öffnen des Willens ist, dass sie alle dann bereitstehen, wenn man ihrer bedarf."

Staupitz verneigte sich zum Zeichen seiner Zustimmung. Damit war die Audienz beendet. Am nächsten Tag reiste er zurück, den Kopf voller neuer Gedanken und die Seele angefüllt mit zwiespältigen Gefühlen. Immerhin hatte er die Hoffnung, dass sein Weg noch nicht zu Ende sein würde.

12

Staupitz saß wieder in seiner Amtsstube in der Universität, wo er sich am wohlsten fühlte. Hier war er fast immer anzutreffen, bereit, sich der Sorgen seiner Studenten oder des Kollegiums seiner Fakultät anzunehmen, oder, wenn keine derartige akute Notwendigkeit bestand, über Gott und die Welt zu sinnieren. Seit seiner Rückkehr aus Rom waren seine Gedanken an diesem Ort aber immer wieder und immer häufiger auf seine eigene Person ausgerichtet. Einerseits war er froh darüber, sich nach so langer Abwesenheit wieder um seine Studenten kümmern zu können, andererseits hing er in gewisser Wehmut der Vorstellung nach, was alles hätte möglich sein können, wenn sein Freund und Weggefährte Francesco nicht so plötzlich und auf ungeklärte Weise aus dem Leben geschieden wäre. Dieser letzte Gedanke beunruhigte ihn. Als er nach Rom aufgebrochen war, wäre er sogar bereit gewesen, seine akademische Laufbahn diesem großen Ziel, dem er sich vollständig verschrieben hatte, zum Opfer darzubringen. Inzwischen hatte ihn die Realität wieder eingeholt und von seinem übereilten vorfristigen Siegestaumel geheilt. So wie er dereinst die Worte Francescos als Wahrheit erkannt und angenommen hatte, oblag es ihm jetzt, mit denen von Julius in ebendieser Weise zu verfahren. Ein Papst ist nun einmal unfehlbar.

Diesem unumstößlichen Fakt seinen demütigen Respekt erweisend, hatte sich Staupitz sofort daran gemacht, das Projekt in der neu getroffenen Ausrichtung voranzutreiben. Seine ganze Hoffnung hatte sich dabei auf den Sommer des Jahres 1504 konzentriert, in dem sich wieder eine Anzahl neuer Studenten an seiner Theologischen Fakultät immatrikulieren würde. Unter ihnen waren auch einige vielversprechende Kandidaten, die Staupitz' Lehre mit Begeisterung folgten. Dennoch schlug die Euphorie des Lehrenden nach einigen Monaten in Resignation um. Er erkannte, dass er vor einem grundlegenden Problem stand, das diesen Kreislauf aus freudvoller Erwartung und zerstörter Hoffnung bis zum jüngsten Tage hin antreiben würde, ohne ihn brechen zu können.

Die Mitglieder seiner Studentenschaft waren in ihrem Wesen einander sehr ähnlich. Die meisten von ihnen entstammten mehr oder weniger wohlhabenden Familien, was ihnen die Möglichkeit erst eröffnete, den Tag mit Studentendasein in allen bekannten Facetten zu verbringen, denn mit eigener Hände Arbeit zum Broterwerb der Familie beitragen zu müssen. Zwar waren sie von hohem Intellekt, aber soeben erst dem behüteten Nest entschlüpft, ohne Erfahrung im Leben, geschweige denn, dessen Sorgen bereits kennengelernt zu haben. Sie studierten mit dem Ziel, sich ein gewisses Ansehen zu verschaffen, das ihrem Stand angemessen wäre, und mit dem Anspruch, Empfänger einer Dienstleistung zu sein. Sie saßen in Vorlesungen und Seminaren, zugegebenermaßen mit voller Aufmerksamkeit, um auch nicht das noch so wenig bedeutsame Wort aus dem berufenen Munde des Vortragenden zu versäumen, machten sich eifrig Notizen, wälzten am Abend noch Bücher und repetierten das im Verlauf des Tages Aufgenommene. Sie waren fleißige Arbeiter, aber ihre Erkenntnis würde sich immer auf das beschränken, was man ihnen eingab. Das Gelernte einer schöpferischen Behandlung zu unterziehen und daraus selbst neue Gedanken zu entwickeln oder diese gar argumentativ gegen die Meinung des Lehrenden zu vertreten, ließen sie vermissen. Es waren Schafe, die willenlos ihrem Leithammel folgten, ohne selbst den geringsten Versuch zu unternehmen, ihm diese Position streitig zu machen. Dennoch gab Staupitz seine Hoffnung nicht auf. Irgendwann würde der geeignete Mann erscheinen.

13

Der Sommer war zwar von kalendarischen Rechts wegen erst eine gute Woche alt, dennoch erfreuten sich dessen Tage bereits einer Wärme, welche dieser in anderen Jahren nicht einmal zu seiner Höchstzeit aufzubringen hatte. Mücken umspielten auf der Suche nach einem Mindestmaß an feuchter Kühle die in Klarheit vor sich hin plätschernden Bachläufe, Wiesen und Bäume standen in saftigem Grün und die Saaten auf den Feldern sprossen zur Freude von Mensch und Tier. Ein Bild des Friedens, doch das Bild war trügerisch.

Der Prozess des menschlichen Erkenntnisgewinns läuft immer in zwei Stufen ab, oder sagen wir vereinfacht, in mindestens zweien, um dem studierten Methodiker nicht abzusprechen, dass sich dieser Vorgang auch im Detail wissenschaftlich beschreiben lässt. Die erste Stufe besteht in der Erfahrung, die auf Beobachtung beruht. Deren bekannteste Vertreter sind wohl die allseits beliebten Bauernregeln, welche ebendiese über Generationen angesammelte Erfahrung zu einfach verständlichen Handlungsanweisungen formen. Da ihnen in diesem Stadium aber noch keine Fundiertheit beschieden ist, laufen sie immer wieder Gefahr, bei manchem unter Selbstüberschätzung leidenden Ehrgeizling auf Ignoranz zu stoßen. Erst wenn ihre Entwicklung weit genug gereift ist, können sie in einer zweiten Stufe in den stabilen Kontext eines wissenschaftlichen Gebäudes eingefügt werden. Einzig auf diese Weise erringen sie eine Bestandskraft, die eine Leugnung der gefundenen Zusammenhänge nur noch unter Eingehung des Risikos ermöglicht, als nicht auf der Höhe der Zeit zu sein bezichtigt zu werden.

Eingangs des 16. Jahrhunderts war die Entwicklung der Naturwissenschaft zwar bereits auf einem Weg, der sie unaufhaltsam in Richtung der Erkenntnis führen würde, dennoch befand sie sich in vielen Bereichen noch in der ersten Phase dieses Prozesses, so auch in der Meteorologie. Dieser Umstand wurde an jenem Tag einem jungen Mann zum Verhängnis oder, vielleicht besser gesagt, zu dem Element, das seinem Schicksal und nachfolgend dem vieler anderer die Richtung weisen würde.

Dieser junge Mann, einundzwanzig Jahre alt, seines Zeichens Student der Rechtswissenschaften an der Universität in Erfurt, hatte seinen auf dem Land lebenden Eltern einen Besuch abgestattet und befand sich bereits wieder auf dem Rückweg, den er, seinem Status angemessen, zu Fuß zurückzulegen hatte. Alle zuvor erteilten Warnungen von Wetterkundlern im Liebhaberstatus in den zu diesem Zeitpunkt noch lauen Wind schlagend, welche aus der meteorologischen Konstellation das Aufziehen eines schweren Unwetters prognostizierten, hatte er den Weg angetreten, anstatt ihn auf den nächsten Tag zu verschieben. Manch anderer Angehöriger seines Standes, insbesondere in der heutigen Zeit, hätte diesen willkommenen Vorwand genutzt, um dem universitären Alltagstrott einen zusätzlichen Tag fernbleiben zu können; jener aber war von unnachgiebigem Drang zur Pflichterfüllung getrieben.

Beinahe wäre auch alles gutgegangen, doch kurz vor dem Ziel, die Türme der Stadt schon in Sichtweite, ereilte es ihn dann doch. Schwarze Wolken türmten sich auf über ihm zu bedrohlich wirkenden Formationen, ein Sturm zog auf und Letzterer peitschte den von Ersteren abgeworfenen Ballast ins Gesicht des Heimgesuchten. Blitze fuhren hernieder, gefolgt von Donnergrollen, das der Szenerie ein Maß an Gefährlichkeit überzustreifen suchte, das auch ohne dieses einem jeden Beteiligten eingängig gewesen wäre. Die Gedanken des Betroffenen waren in diesem Augenblick einer solchen Dispersität unterworfen, dass er sich nicht mehr hätte erinnern können, ob in einer solchen Situation Eichen zu weichen oder diese zu erreichen der Vorzug zu geben sei, wenn denn überhaupt welche zur Verfügung gestanden hätten. Er befand sich auf freiem Feld, ohne mit Grundkenntnissen der Elektrizitätslehre ausgestattet zu sein, deren Kenntnisstand auf der erwähnten Skala noch nicht einmal die erste Stufe erreicht hatte.

In seiner Verzweiflung wandte er sich an die Heilige Anna, die Mutter der Maria, und versprach ihr, fortan ein Leben als Mönch zu führen, so sie ihm in seiner misslichen Lage beistünde. Sie tat dies mit Wohlwollen und geleitete ihn sicher an sein Ziel. Er erfüllte seinen Teil, indem er schon zwei Wochen später in das Kloster der Augustiner-Eremiten in Erfurt eintrat.

14

Der Weg ist nicht immer das Ziel. Was für manchen reisenden Pilger zutreffend sein mag, schloss Staupitz für seine zu bewältigende Aufgabe definitiv aus. Die Investition an Mühe, die er bisher aufgebracht hatte, konnte nicht nur dem Zweck dienen, in einer Tretmühle gefangen zu sein und lediglich dem Nichtstun zu trotzen. Die Lösung seines Problems, welches zugleich das Problem eines Großteils seiner Zeitgenossen und deren Nachfahren sein würde, wenngleich sich dieser Umstand nur einer kleinen visionären Teilmenge von ihnen eröffnete, wäre auf diese Weise nicht zu generieren. Sich dem stellend, arbeitete er umso härter, verfeinerte seine Lehrmethoden, stets darauf hoffend, dass das Schicksal ihm dafür irgendwann die gebührende Anerkennung zukommen ließe. Das gesamte Jahr 1504 hindurch und sogar bis in das nun bereits zur Hälfte vergangene Folgejahr hatte er sich in ein Arbeitspensum hineingesteigert, das seine engsten Vertrauten nur darauf warten ließ, dass dieses in Erschöpfung zusammenfallen würde. Staupitz war nicht mit einer solchen Blindheit geschlagen, dass er sich seiner Selbstüberforderung nicht bewusst gewesen wäre, aber was hätte er anderes tun sollen? Die Dinge dem Selbstlauf überlassen? Dazu drängte die Zeit gar allzu sehr. Er war davon überzeugt, dass die Quantität an Bemühungen nur hinreichend groß zu setzen wäre, um die Qualität sich zwingend einstellen zu lassen. Und er war davon überzeugt, dass nur er selbst sie herbeiführen konnte, durch Reden, Zuhören, Beobachten und Anleiten, um dem einen Kandidaten, der sich als würdig erwies, auf den richtigen Weg zu bringen.

Über diese volle Konzentration auf seine universitäre Arbeit, die in seinen Augen einzig geeignet war, die notwendige heilsbringende Wirkung zu entfalten, vernachlässigte er sogar seine anderen Aufgaben. Er war immer noch Prior des Münchner Konvents und darüber hinaus sogar Generalvikar des Augustinerordens, aber seine Reisetätigkeit war in dieser Zeit stark eingeschränkt, um nicht zu sagen, praktisch zum Erliegen gekommen. Er versuchte, diesen Funktionen weitestgehend von seiner Wittenberger Amtsstube aus gerecht zu werden, was aber in Zeiten, die eine starke Hand vor Ort von Erfordernis machen, dem nicht zu Genüge gereicht. Diese Erkenntnis würde ihn aber erst einige Jahre später, dann aber umso mächtiger überkommen. Er verließ Wittenberg nur dann, wenn ihn ein dringlicher Ruf seiner Ordensbrüder ereilte, und auch nur widerwillig, betrachtete er eine solche Gelegenheit doch lediglich als Hindernis, das ihn von seiner eigentlichen Aufgabe fernzuhalten suchte.

Doch manches scheinbare Hindernis auf dem Weg ist das Ziel des Weges selbst. Nur erkennt man das oft erst nach dem Sturz, der den Vorgang des Stolperns über dieses beendet. Dieser fand seinen Ausgangspunkt, als Staupitz zu Mitte des Jahres 1505 ein Gesuch um Hilfe aus dem ihm unterstellten Konvent in Erfurt erhielt. Ein Novize hatte dort offensichtlich Schwierigkeiten, sich in das Ordensleben zu integrieren. Staupitz, sonst die Ruhe in Person, zeigte darauf leichte Anzeichen von Ungehaltenheit, dass ein so nichtiges Anliegen ihn von seinem so bedeutsamen Tun abzuhalten die Stirn hatte. Er unterbreitete den Vorschlag, jenen Bruder von seinem Gelübde zu entbinden und ziehen zu lassen; mit Problemen wurde Staupitz bis zur Sättigung von seinen Studenten versorgt, als dass er in irgendeiner anderen Weise darauf angewiesen wäre. Mit seiner diesbezüglichen schriftlichen Erklärung glaubte er, den Fall ausgestanden zu haben, bis ihn eine zweite einschlägige Nachricht mit der Bitte erreichte, sich der Sache persönlich anzunehmen. Doch diese benötigte noch die Fürsprache von Ambrosius Volland, Staupitz' engstem Vertrauten und der einzigen Person, mit der er alle seine Sorgen teilte.

„Johann, hast du es schon vergessen? Es geht um jeden Einzelnen. Du glaubst, du kannst hier nicht weg, um – was war es gleich noch – zu tun? Wertvolle Zeit vergeuden? Oder was hast du in den letzten beiden Jahren erreicht? Dort braucht dich vielleicht jemand dringender. Deine Studenten für ein paar Tage im Zaum zu halten und deinen Bemühungen ein geringes Maß an Erfolglosigkeit zuzusetzen, das kann ich auch. Mache dich auf den Weg!"

Volland hatte recht, und sei es nur aus dem Grunde heraus, dass Staupitz einfach mal dem Alltag entfliehen musste. Dass es dabei tatsächlich um mehr ging, würde er aber erst dann erkennen, wenn er nach seinem Sturz das Haupt aus dem Staub erhoben und zum Himmel gerichtet hätte.

15

Die Stadt Erfurt liegt zwar nur etwa zweihundert Kilometer von Wittenberg entfernt, keine Distanz im Vergleich zu jenen, die Staupitz anlässlich anderer Gelegenheiten zurückzulegen hatte, dennoch war sein Seelenzustand bei seinem Eintreffen dort einem merklichen Wandel unterworfen. Draußen war Sommer, unbemerkt von jenem, der die letzten Wochen, ja Monate vor offenen Büchern und verschlossener studentischer Erkenntnisfähigkeit zugebracht hatte. Die Natur lebte ihm vor, wie man das von ihm begangene Versäumnis beiseite gestalten konnte, und verfehlte die beabsichtigte Wirkung nicht. Der Schöpfer dieses Bildes vollendeter Schönheit hatte mit seinem abschließenden Pinselstrich an diesem gleichzeitig alle bei Staupitz angestauten trüben Gedanken ausgelöscht. Sogar deren letzter, in dem die Worte Vollands „Es geht um jeden Einzelnen" seine wankelmütige Absicht, einen möglicherweise treuherzigen Bruder seines Ordens desselben zu verweisen, in die Knie zwangen, spendete ihm Kraft. So war ihm im letzten Augenblick erspart geblieben, seine Bestrebungen nach so langen Jahren selbst ad absurdum zu führen. Er war bereit, seine Aufgabe zu erfüllen.

Der Prior des Konvents empfing den erflehten Besucher voller Freude über den Beistand, der ihm nun von höherer Stelle zufallen würde. Dennoch zwang die wiedergewonnene Demut vor den vermeintlich nichtigen Problemen seiner Gefolgsleute Staupitz dazu, seine Reue ob seines als unziemlich erkannten Verhaltens zu bekunden: „Verzeiht, mein Bruder, dass ich nicht sofort gekommen bin, aber Pflichtbesessenheit und Pflichtvergessenheit gingen Hand in Hand."

„Es ist nicht an Eurem treuen Diener, Eure Handlungsweisen zu beurteilen."

„Befleißigen wir uns also der Eile, die versäumte Zeit aufzuholen. Wie stellt sich der besagte Kasus denn nun dar?"

„Ich hatte es Euch gegenüber schon schriftlich erwähnt: Es geht um unseren Bruder Martin, der seit Kurzem bei uns ist. Ich habe es schon des Öfteren erlebt, dass die Phase der Eingewöhnung eine gewisse Zeit in Anspruch nimmt, und es steht mir auch nicht zu, vorschnell ein Urteil über ihn zu fällen. Dennoch muss ich unumwunden eingestehen, dass seit seinem Eintritt das Ordensleben massiver Beeinträchtigung unterliegt."

„Zweifelt Ihr, dass jener mit der erforderlichen Frömmigkeit ausgerüstet ist, um an diesem Ort bestehen zu können?"

„Wenn es das nur wäre, hätte ich sicherlich nicht um Eure Hilfe gebeten. Diese Verantwortung hätte ich selbst auf mich genommen, ihm seine Entscheidung zu überdenken nahezulegen. Es wäre nicht der erste Fall dieser Art gewesen und in den meisten so gearteten Lagen haben wir auch denjenigen Weg gefunden, der für alle von größtmöglichem Wohl war. Nein, das ist es nicht. Ich bin selten einem Bruder begegnet, der die Ordensregeln mit so viel Hingabe befolgt. Aber auf irgendeine Weise scheint er zweier Seelen zu sein. Was tagsüber ein Ausbund an frommer Demut ist, scheint sich abends und des Nachts ins Gegenteil zu wandeln. Dann sind Schreie aus seiner Zelle zu vernehmen und lautes Poltern. Er schlägt mit Fäusten und dem Kopf gegen Tür und Wände, als sei er besessen. Eines Morgens fanden wir ihn mit einer blutenden Wunde an der Stirn. Die Brüder, mich eingeschlossen, sind besorgt, ganz abgesehen von der Störung in Gebet und Nachtruhe."

„Habt Ihr nicht versucht, solches Tun zu unterbinden, oder ihn wenigstens zur Rede zu stellen?"

„Niemand hat es bislang gewagt, in solchen Momenten dessen Zelle zu betreten. Ich hatte zwar den Entschluss gefasst, ihn zu diesem nächtlichen Treiben zu befragen, musste diesen aber in einem Gefühl der Unsicherheit aufgeben. Was, wenn jenem dieses Tun gar nicht von Bewusstsein ist? Was, wenn man durch Ungeschick bei einem solchen Verhör die Lage noch verschlimmert? Deshalb bat ich Euch um Rat."

„Damit tatet Ihr wohl recht. Weiß jener Bruder von meiner Anwesenheit?"

„Bislang nicht. Ihr seid ihm nicht begegnet."

„Ließe sich dies bis morgen aufrechterhalten?"

„Ich werde all jenen Brüdern, die um Euer Hiersein wissen, die nötigen Anweisungen geben."

„Gut. Tut dies. Ich möchte mir selbst ein Bild davon verschaffen. Dazu ist es aber unabdingbar, dass jener keinen Anlass erhält, von seinem Gebaren Abstand zu nehmen."

Der Prior schickte sich an, die entsprechenden Vorkehrungen zu treffen.

Kaum, dass das soziale Leben des Ordens vom individuellen dessen Mitglieder abgelöst worden war, die Ruhe nicht nur in ihrer akustischen Form, sondern auch durch das Einstellen jeglicher physischen Bewegung Einkehr gehalten hatte, nahm das allabendliche Schauspiel oder, besser gesagt, Hörspiel seinen Lauf. Es begann mit Schritten, wo keine hätten sein dürfen, dann Klopfgeräusche zunehmender Intensität und eine Stimme – oder waren es mehrere – in modulierter Dynamik, zunächst leise, dann immer wieder bis ins Fortissimo gesteigert. Dabei gewann sie im Anschwellen ebenso wenig an Verständlichkeit, wie sie beim Abschwellen an Intensität verlor. Die Vorstellung mochte eine halbe Stunde gedauert haben, ehe sie von Erschöpfung eingedämmt wurde und für den Rest der Nacht der nun endgültig einziehenden Ruhe weichen musste.

Staupitz war dem mit Aufmerksamkeit gefolgt. Auch er war dabei von einer leichten Beängstigung ergriffen gewesen, doch bevor er den von Amtes bestellten Exorzisten rufen würde, so beschloss er, sollte erst einmal ein Gespräch mit jenem seltsamen Bruder angestrengt werden; vielleicht war solches ja dem Zwecke bereits dienlich. Am nächsten Tag orderte er ihn zu sich.

„Was bedrückt Euch, mein Sohn?"

Die Antwort bestand zunächst nur aus einem fragenden Blick peinlicher Berührung.

„Euer Ausbruch von Zorn am gestrigen Abend ist mir und allen Euren Brüdern nicht entgangen. Und dieser war wohl nicht der erste solcher Art, was meine Anwesenheit hier begründet."

Nachdem sich der andere hinreichend gesammelt hatte, gab es dann doch eine verbale Antwort:

„Verzeiht mir, aber es ist nicht Zorn, es ist Verzweiflung."

„Ihr seid noch nicht lange hier. Bereut Ihr Euren Entschluss?"

„Nein, das nicht. Ich kam her, um Buße zu tun und Vergebung zu finden."

„Daran tatet Ihr recht."

„Aber wie kann ich Vergebung finden, wenn Gott mir zürnt?"

„Wieso sollte Gott Euch zürnen?"

61

„Er verlangt Dinge, die mir unmöglich sind."

„Ich hörte, Ihr seid an Frömmigkeit kaum zu übertreffen."

„Er fordert Reue aus Liebe zu ihm, derer ich nicht fähig bin. Meine Reue steht immer unter der Furcht vor seiner Strafe. Er wird mich darum verstoßen. Dieser Gedanke treibt mich am Ende eines jeden Tages voller Verfehlung um."

„Und Ihr glaubt, dass er diejenigen darum weniger verstoßen wird, die sich darüber keine Gedanken machen?"

„Oh, wäre ich nur einer von jenen. Aber ich kann nicht anders."

„Ihr seid, wie Ihr seid."

„Aber wieso werde ich dafür bestraft? Wieso ist Gott nicht gnädig, sondern zornig? Wo finde ich den gnädigen Gott?"

„Ihr werdet ihn finden, auch ohne Euch an Körper und Seele zu misshandeln."

„Ich vertraue auf die Wahrheit Eures Wortes."

Staupitz setzte auf seine Überzeugungskraft. Wenn die nächste Nacht in Stille verlaufen würde, könnte er nächsten Tages schon wieder abreisen. Seine Hoffnung bewahrheitete sich.

16

Eigentlich hätte sich Staupitz nun wieder seinen Studenten und dem wenig aussichtsreichen Versuch, unter ihnen den einen Auserwählten zu finden, widmen können. Aber so, wie er bei seiner Abreise aus Wittenberg vom Gefühl begleitet worden war, dort wichtige Arbeit unerledigt zurückzulassen, erging es ihm jetzt bei der Rückreise mit umgekehrtem Vorzeichen. Die Begegnung mit jenem

Bruder Martin hatte bei ihm etwas ausgelöst, das er zunächst nicht so recht zu deuten wusste. So wie manche Entscheidungsprozesse vor sich hin gären, um dann urplötzlich in einem Resultat aufzugehen, als hätte nie eine Alternative bestanden, kam es ihm jetzt ein:

„Wo finde ich den gnädigen Gott?", war die Frage gewesen. Staupitz hatte darauf in der Weise eines Universitätsprofessors reagiert, der jegliche Überraschung mit nüchterner Analyse übertüncht und für den sich die Beantwortung einer Frage nur auf die unvoreingenommene Abwägung aller Umstände reduziert. Jetzt aber, da er mit sich allein war, erkannte er, dass die eigentliche Leistung nicht in deren Beantwortung, sondern in deren Formulierung bestand. „Wo finde ich den gnädigen Gott?" Seit eineinhalb Jahrtausenden hatte die Kirche ihre Mitglieder und auch Widersacher mit einer rabiaten himmlischen Allmacht bedroht, die jeden mit Fehl Beladenen in die Hölle weist. Dass in einer solchen Konstellation, insbesondere im einsetzenden Zeitalter der Aufklärung, die zweite der genannten Gruppen an Zulauf gewann, war schon allein als ein Akt des Selbstschutzes anzusehen. Was sollte also jenen, welche eine mit möglichen unangenehmen Konsequenzen verbundene Instanz vorsichtshalber mal vollständig in Zweifel ziehen, anstatt sich dieser im Versuch bestmöglicher Ergebenheit zu stellen, entgegnet werden? Es bedarf nicht Gottes, um in die Hölle hinein-, sondern aus dieser herauszukommen. „Wo finde ich den gnädigen Gott?" Eigentlich hätten Staupitz und seine Mitstreiter diese Frage selbst aufwerfen sollen, vielleicht wären sie dann schon weiter in ihrem Bestreben, das labile Stückwerk ihres Tuns zur Gänze zu führen; jetzt musste er sie sich von einem seiner niedersten Ordensbrüder stellen lassen. Doch die dadurch eintretende Kränkung der eigenen Eitelkeit war nur von kurzer Dauer und wurde von der voluminösen Erkenntnis im letzten Winkel seiner Seele erstickt: Dieser Mann war sein Mann. Lange hatte Staupitz diesen im Kreise seiner elitären Studenten mit Verzweiflung gesucht, jetzt fiel er praktisch vom Himmel, nein, wurde von dort gesandt. Ein einfacher Mönch zwar, aus einfachen Verhältnissen, aber von einer Frömmigkeit, deren Mangel bei so manchem Inhaber des Heiligen Stuhls die aktuelle Misere zumindest zum Teil zu verantworten hatte. Außerdem von hohem Intellekt; einige grundlegende Studien hatte er bereits absolviert, ein Jurastudium begonnen und er stellte Fragen, die andere nicht auszusprechen gewagt hätten, so sie ihnen überhaupt zu Gedanken gekommen wären.

Diese Erkenntnis war für Staupitz von befreiender Wirkung. Endlich konnte er sich wieder in aller Ruhe und ohne das Gefühl eines Versäumnisses der Formierung seiner Schafherde verschreiben. Deren künftigem Leithammel jedoch würde er auch weiterhin seine gesonderte Aufmerksamkeit angedeihen lassen. Er kam nicht umhin, seinen obersten Dienstherrn, Papst Julius II., umgehend über die neuen Entwicklungen in Kenntnis zu setzen.

„Heiliger Vater, der Mann ist gefunden, die drängende Vakanz zu besetzen. Ich werde ihn persönlich auf sein Amt vorbereiten", schrieb er ihm im Gefühl höchsten Glückes. Bewusst nannte er weder Namen noch Details. Die Geheimhaltung musste unter allen Umständen gewährleistet werden. Der einzige berechtigte Empfänger der Botschaft würde sie zu deuten wissen. Das musste fürs Erste von Hinlänglichkeit sein.

Die prinzipielle Voreiligkeit dieses Aktes kam ihm dabei nicht zu Bewusstsein. Wenn aber ein hinreichend großer Erwartungsdruck auf dem Erfolg des eigenen Handelns lastet, ist man geneigt, jedem noch so kleinen Anzeichen dessen Sich-Einstellens nachzugeben. Selbst die Größe der eigenen Verantwortung bewahrt einen nicht davor, eher im Gegenteil.

Von nun an reiste Staupitz regelmäßig nach Erfurt. Da eine derartige Bevorzugung des dortigen Konvents nicht von den Aufgaben eines Generalvikars gedeckt war, übernahm er zusätzlich die Rolle des Beichtvaters jenes Bruders Martin. Somit war sein außerordentliches Bemühen im Einklang mit seiner Pflicht und gegen jede Hinterfragung gefeit; außerdem bot es ihm die Möglichkeit, diesen als engen Vertrauten zu gewinnen und dessen Streben die Richtung zu weisen.

17

Papst Julius II. hatte lange nichts von Staupitz gehört, genau genommen nicht, seit er sein Amt vor beinahe zwei Jahren angetreten hatte. Bewusst wurde es ihm, dem seine Amtsgeschäfte kaum Zeit zum Nachhängen derlei Gedanken zugestanden, jedoch erst in dem Augenblick, als er dessen Nachricht erhielt. Deren Eintreffen war unerwartet, deren Inhalt mindestens ebenso. Sogleich schickte er nach seinem geheimen Berater.

In dieser Eigenschaft diente ihm wie schon seinem Vorgänger jener Dominikanerbruder Thomas Cajetan. Nach außen hin war dessen Dienst als der eines Boten anberaumt. So konnte er sich frei im Vatikan bewegen und war keinerlei unliebsamen Fragen oder noch weniger liebsamen Gerüchten ausgesetzt. In Tatsache aber war er ein studierter Mann, Theologe wie Philosoph, und in jeder Hinsicht ein zuverlässiger Ratgeber. Von seinen persönlichen Fähigkeiten her wäre er vielleicht sogar der geeignete Mann zur Bewältigung der Aufgabe gewesen, für die, dem Brief nach zu urteilen, wohl doch jemand gefunden worden war. Doch hier in Rom wäre, so diese Bestrebungen offenbart würden, die Gefahr für ihn zu groß gewesen.

„Es stehen Entscheidungen an, die ich nicht allein treffen möchte", hatte Seine Päpstliche Autorität, die hin und wieder zu einem derartigen Akt der Selbstrelativierung gezwungen war, Cajetan eröffnet und ihm Staupitz' Nachricht zur Einsichtnahme überantwortet. Cajetan war mit den Vorgängen hinreichend vertraut, um zu verstehen.

„Heiliger Vater, Ihr habt recht. Wenn die Dinge so liegen, wie uns diese Nachricht zu vermitteln sucht, dann steht uns eine unruhige Zeit bevor. Wir wissen weder, wann genau dieser Prozess einsetzen, noch wie lange er andauern wird. Weshalb wir auf alle Eventualitäten vorbereitet sein sollten."

„Und was schlagt Ihr vor?"

„Ich habe mir natürlich darüber bereits Gedanken gemacht. Dennoch bedarf es für einen detaillierten Plan einer gewissen Bedenkzeit. Was sich schon jetzt mit Bestimmtheit sagen lässt, ist, dass die Sicherheit Eurer Heiligkeit und deren getreuer Anhänger gewährleistet werden muss."

„Zu welchen Maßnahmen sollten wir greifen?"

„Zunächst einmal solltet Ihr über die Einrichtung einer Leibgarde nachdenken."

„Dieser Gedanke hängt mir durchaus schon seit einer gewissen Zeit an. Nur birgt ein solcher Schritt auch eine Unwägbarkeit. Einer derartigen Streitmacht muss man uneingeschränktes Vertrauen entgegenbringen können und es wäre nicht der erste Fall, in dem sich eine solche gegen ihren Dienstherrn wenden würde. Ihr versteht?"

„Man müsste sich deren Loyalität natürlich hinreichend versichern."

„Aber kann das gelingen? Vermag man, jeden Einzelnen so eingehend zu prüfen, dass man sich vollkommen sicher sein kann?"

„Man müsste die Rekrutierung einer solchen Garde von vornherein auf einen Personenkreis beschränken, der in seinem Dienst weder einer weltlichen, noch einer geistlichen Macht verpflichtet ist, dessen Hingabe nur jenem gilt, der für die Entlohnung sorgt, kurzum, Söldner eben."

„Aber könnten solche nicht auch der Bestechlichkeit anfällig sein?"

„Ich denke an eine Zenturie Schweizer Reisläufer. Sie verfolgen keinerlei politische Interessen und stehen im Ruf vortrefflicher Loyalität, dem gerecht zu werden sie eindringlich bedacht sind. Anderenfalls wären sie ihrem Land und nicht zuletzt sich selbst von großem Schaden."

„Ich vertraue Eurem Urteil vollkommen. Ich werde eine solche anfordern."

„Seid aber eines gewahr: Damit wird sich nicht allen erdenklichen Widerständen trotzen lassen. Ihr müsst auf alles vorbereitet sein."

„Im Falle eines massiven Angriffs haben wir die Engelsburg als sichere Zufluchtsstätte."

„Eben das meine ich. Diese Sicherheit ist trügerisch. Zwar war sie dem einen oder anderen Eurer Vorgänger von Nutzen, aber eben darum ist diese Stätte ebenso wenig geheim wie der Weg dorthin. Der Passetto ist im Falle einer gewaltsamen Intrusion kein sicherer Zugang. Wie leicht könntet Ihr dort Angriffen ausgesetzt sein, ohne entweichen zu können."

„Ich sehe, Eure Bedenken hegt Ihr mit Recht. Aber was wäre zu tun?"

„Die Idee ist zweifelsohne von Kühnheit, aber die Gelegenheit ist günstig. Deshalb lasst es uns angehen. Bestellt Signore Bramante zu Euch. Wir müssen seine Pläne überarbeiten."

Seine Heiligkeit konnte den Worten seines Beraters zunächst nicht folgen, kam dem Wunsch aber ohne zu zögern nach.

18

Bramante, sein eigentlicher Name lautete Donato di Pascuccio d'Antonio, war ein begnadeter Maler und Architekt. Er war sechs Jahre zuvor nach Rom gekommen und erfreute sich hier eines gutgehenden Geschäftes. Julius II., der den Künsten sehr zugetan war, behandelte ihn gönnerhaft und verschaffte ihm lukrative Aufträge. Deren bedeutendstes Projekt stand kurz vor seiner Realisierung: Der Neubau des Petersdomes.

Bereits seit einem halben Jahrhundert gab es unter Julius' Vorgängern Bestrebungen, die alte Basilika St. Peter, welche das Grab ihres ersten Urvaters beherbergte, baulich an die steigenden Anforderungen, insbesondere hinsichtlich des Platzbedarfes, anzupassen. Aufgrund von Problemen bei Planung und Realisierung dieser Arbeiten entschied Julius, was damals noch möglich war, dieses Vorhaben in der ursprünglichen Form zu beenden, die alte Basilika abzutragen und durch einen Neubau zu ersetzen.

Die Abrissarbeiten hatten im Jahr 1503 begonnen und kamen gut voran, sodass man für das kommende Jahr 1506 den Beginn des neuerlichen Aufbaus ins Auge gefasst hatte. Der Entwurf, den Bramante dafür vorgelegt hatte, ähnelte dem, den ein gewisser Bernardo Rossellino vor Jahren für den damals noch beabsichtigten Umbau erarbeitet hatte; ein Bau im Stil der klassischen gotischen Kathedralen in Längs- oder Longitudinalbauweise. Deren Hauptelement ist ein Längsschiff, das zugleich die Symmetrieachse des gesamten Objektes bildet und den Blick vom Eingangsbereich an dessen einem Ende hin zur Apsis, die gewöhnlich den Hauptaltar beherbergt, am anderen führt. Ein zumeist anzutreffendes kürzeres Querschiff verschafft dem Bau dann einen Grundriss in Form eines „Lateinischen Kreuzes" mit einem längeren Längs- und einem kürzeren Querbalken.

Dieser Entwurf war Cajetan bekannt, aber er war Visionär genug, um zu erkennen, dass die Hohe Schule der Architektur darin bestand, die symbolträchtige Formensprache mit zweckmäßigem Inhalt zu füllen. Nur zu deren Umsetzung war er, seiner mangelnden Schulung auf diesem Gebiet geschuldet, auf den erfahrenen Fachmann angewiesen.

Bramante war zunächst überrascht, in nämlicher Angelegenheit von Seiner Heiligkeit vorgeladen zu werden, und anschließend etwas ungehalten darüber, dass ihm ein Laie ins stolze Handwerk zu pfuschen beabsichtigte. Aber die notwendige dahingehende Überzeugungsarbeit zu leisten, verfügte Cajetan über die entsprechende Ausbildung.

„Maestro, bedenkt die Bedeutung dieses Bauwerkes. Es wird die Jahrhunderte überdauern und noch in ferner Zukunft seinem Erbauer zu Ehre gereichen. Da sollte jeder Strich wohlüberlegt sein."

„Ich glaubte bislang, dem wäre so", entgegnete jener etwas schroff, noch nicht davon überzeugt, ob es ihm zumutbar wäre, dem Gesuch zu entsprechen. Schließlich waren die Pläne bereits von höchstmöglicher Stelle aus abgesegnet worden.

„Mag sein, aber die Situation hat sich geändert. Wir haben neue Aspekte zu berücksichtigen."

„Das geht mir nicht so recht ein. Die Größe ist wohl bemessen und der Anblick wird alles bisher Bestehende übertreffen."

„Es geht nicht um eine Aufwertung an Quantität, sondern an Qualität."

„Ich versichere Euch, die Qualität wird von höchster sein."

„Daran hege ich keinen Zweifel, aber wovon ich spreche, ist nicht die Qualität der Ausführung, sondern diejenige des Zwecks."

„Welchem Zweck sollte ein solcher Bau denn dienen, wenn nicht dem der Verehrung des Allerhöchsten?"

„Dem einer Festung."

Damit erfuhr das Duell eine Pause. Eine Seite musste erst einmal nachladen. Bramante stand da mit offenem Mund und bemühte sich, seiner Verwirrung Herr zu werden. Nach kurzem Überlegen versuchte er, sich der Gedankengänge seines Kontrahenten auf die Weise zu bemächtigen, indem er dessen letzten Satz wiederholte.

„Dem einer Festung?"

Das nachgestellte Fragezeichen ließ den Schluss zu, dass diese Intention fehlgeschlagen war.

„Seine Heiligkeit braucht bei gegebenem Fall einen sicheren Zufluchtsort."

„Dessen sie bislang zu entbehren hatte?"

„Es wird in naher Zukunft Umbrüche geben, die nicht bei jedermann auf Wohlwollen stoßen werden, um es vorsichtig auszudrücken."

„Dann verkennt Ihr eines: Weder Ihr noch ich werden die Vollendung dieses Bauwerkes erleben. Euer Ansinnen kommt demzufolge reichlich spät."

„Die Umbrüche, von denen ich spreche, werden auf lange Sicht Wirkung entfalten, ebenso die Angriffe, denen wir und unsere Nachfolger ausgesetzt sein werden. Jetzt ist die Gelegenheit, dem zu entsprechen, nicht vor hundert Jahren, nicht in hundert Jahren."

„Gut, also was schwebt Euch vor?"

„Ich bin kein Baumeister, aber ich habe eine hinreichende Vorstellung davon, dass dieses Bauprojekt auf einen langen Zeitraum hin ausgelegt ist. Dennoch ließen sich Maßnahmen treffen, die kurzfristig wirksam sein könnten. Ich dachte da an die Nekropole mit dem Grab des Heiligen Petrus. Ließe sich diese nicht als sicherer Aufenthaltsort für eine begrenzte Anzahl an Personen herrichten?"

Bramante überlegte. Jener Laie schien sich durchaus brauchbare Gedanken gemacht zu haben.

„Die neue Basilika wird wieder über deren Eingang errichtet. Der Zugang wäre dann nur von innerhalb gegeben", sprach er betont langsam, als müsste er seinen Status eines Fachmanns dadurch unterstreichen, indem er nur zu Ende Gedachtes aussprach. Dabei rollte er seinen Plan aus, dann setzte er fort:

„Der Zustand der Nekropole wäre in Augenschein zu nehmen, notfalls sind Restaurationen vorzusehen. Der Eingang müsste so gestaltet werden, dass er, zumindest solange der Bau nicht vollendet ist, gegen den Angriff einer Streitmacht eine gewisse Zeit zu verteidigen ist, bis weitere Hilfe eintrifft. Dazu müsste er möglichst schmal und verwinkelt angelegt werden, um einen massiven Einfall zu verhindern. Diese Möglichkeit wäre zu prüfen. Des Weiteren wäre er so einzurichten, dass er mit einer kleinen Wachmannschaft gesichert werden kann."

„Ich sehe, wir beginnen, in die gleiche Richtung zu denken", stimmte Cajetan zu. Seine Heiligkeit, die den Disput bisher wortlos verfolgt hatte, beschränkte sich auf ein stummes Nicken. Dann ergriff Cajetan erneut das Wort.

„Darüber hinaus stelle ich mir einige Änderungen an der Architektur vor, die langfristig die Wehrhaftigkeit eines solchen Baus erhöhen." Er suchte einen Plan, auf dem dessen Grundriss erkennbar war.

„Hier seht. Die Längsbauweise, wie sie für Kathedralen üblich ist, hat für die Defensivkraft einer solchen Anlage Nachteile. Man benötigt, um eine gewisse Grundfläche zu erzielen, eine vergleichsweise lange Außenwand. Diese bedarf einerseits einer größeren Menge an Baumaterial, andererseits ist der Aufwand zu deren Sicherung höher. Ganz abgesehen von der Einsehbarkeit im Falle der Verteidigung. Ein in zwei Achsen symmetrischer Bau hätte da bedeutende Vorteile. Durch die Symmetrie gäbe es keinen vorgezeichneten Schwachpunkt, der als bevorzugtes Angriffsziel dienen könnte. Die dann kürzere Außenwand kann bei gleichem Einsatz an Baumaterial verstärkt werden. Von einem zentralen Turm aus wäre das gesamte Umfeld einsehbar."

„Haltet mich nicht für einen schlechten Baumeister", erklärte Bramante beinahe unterwürfig, „natürlich habe ich verschiedene Entwürfe gemacht, darunter auch den von Euch beschriebenen. Da ich aber bis gestern von einem sakralen und keinem militärischen Bau ausgegangen bin, habe ich dem vorliegenden den Vorzug gegeben. Unter den gegebenen Umständen stimme ich Euch natürlich zu, dass ein anderer von höherer Eignung wäre. Da ich nun mit Euren Vorstellungen vertraut bin, werde ich die Pläne überarbeiten. Aber bedenkt, es ist zusätzliche Arbeit notwendig, die zu entlohnen wäre."

Da sich Cajetan an den Grenzen seiner Kompetenz angelangt sah, überließ er die Antwort seinem Dienstherrn.

„So soll es geschehen", beschloss jener die Konferenz. Bramante rollte seine Pläne ein und verließ den Raum.

Für einen Moment zog Stille ein. Seine Heiligkeit saß auf ihrem Stuhl, den Kopf von der einen Hand gestützt, während die Finger der anderen als Signal eines leichten Anfalls von Nervosität auf die polierte ebenhölzerne Tischplatte eintrommelten. Cajetan schritt währenddessen langsam auf und ab, wobei er die Hände in die Hüften stützte und den Kopf zu Boden senkte, als wolle er die Ornamente zu seinen Füßen nach Anzahl und Größe bestimmen. Immer wieder warf er dabei einen verstohlenen Seitenblick auf den Träger der höchsten Würde, der sich gerade zum Träger der höchsten Bürde gemacht hatte, darauf wartend, dass jener das Wort ergriffe. Nachdem dies nicht innerhalb einer vertretbaren Zeitspanne geschehen war, fühlte sich Cajetan dessen selbst berufen.

„Ihr bedenkt das Gleiche wie ich?"

„Was bedenkt Ihr denn?"

„Nun, wie das alles zu bezahlen sei."

„Bramante wird unsere Ansprüche als Freibrief für die Selbstzumessung eines fürstlichen Salärs ansehen. Hinzu kommt eine Erhöhung der Baukosten in nicht unbeträchtlichem Umfang. Und vor allem, ich allein habe diesen Beschluss gefasst und zu verantworten."

„Wer wird es wagen, Eure Entscheidung zu hinterfragen?"

„Möglicherweise niemand, jedenfalls nicht öffentlich. Aber die Ausgaben bleiben. Und es ist eine märchenhafte Vorstellung, dass uns alles geschenkt wird."

„Also, wie gehabt?"

„So unwohl mir dabei ist, wir werden es nur über den Verkauf von Ablassbriefen ermöglichen können."

„Nur, ob das der richtige Weg ist?"

„Es mag grotesk klingen, dass wir uns zur Überwindung der Missstände ebendieser zu bedienen haben. Aber früher oder später wird es damit vorbei sein."

Neuerlich setzte ein nachdenkliches Schweigen ein.

19

Es war der 23. Januar des Jahres 1506. Papst Julius II. hatte zu einer geheimen Konferenz geladen. Teilnehmer außer ihm waren sein Berater Cajetan, sein Baumeister Bramante und Capitano von Silenen.

Letztgenannter war am Vortag mit 150 Gefolgsleuten eingetroffen, die hier ihren Dienst als Leib- und Palastwache versehen würden. Nachdem das mit einem solchen Vorgang verbundene übliche Zeremoniell absolviert war, hatte Seine Heiligkeit deren Anführer zur ersten Amtshandlung in Form der Teilnahme an der soeben begonnen Beratung der Sicherheitsvorkehrungen geladen. Einerseits sollte jener so schnell wie möglich mit den aktuellen Maßnahmen vertraut gemacht werden, andererseits war dessen Mund der im Moment wohl berufene, um das erarbeitete Befestigungskonzept zu beurteilen und Hinweise zu dessen weiterer Gestaltung zu geben.

Bramante, der keine Mühe gescheut hatte, die Baupläne im Sinne der gestellten Anforderungen und natürlich der Maximierung der von ihm abgreifbaren finanziellen Mittel zu überarbeiten, wurde das Wort erteilt. Mit einer von Wichtigkeit zeugenden Geste breitete er seine Zeichnungen auf dem Tisch aus.

„Das Baufeld wird in Kürze frei sein, dann können wir mit der Errichtung beginnen. Dabei konzentrieren wir uns zunächst auf die Nekropole. Deren Zugang ist leicht zu sichern. Über deren Eingang wird ein Schutzhaus aufgebaut, das mit Wachen besetzt werden kann. Das wird zunächst noch keine vollkommene Sicherheit gegen einen konzentrierten Angriff bieten, aber es ist ein Anfang, der sich in das Gesamtkonzept einfügen wird. Dieses sieht im Weiteren, so wie bereits besprochen, einen Bau im Grundriss eines Griechischen Kreuzes vor."

Bramante suchte nach dem entsprechenden Plan und legte ihn zuoberst.

„Wir werden dann also einen in zwei Achsen symmetrischen Bau mit nahezu quadratischer Grundfläche haben. Dessen Ecken werden, in Verbindung mit den an jeder Seite angeordneten Apsiden, der äußeren Mauer eine stark gewinkelte Form geben, wie sie aus dem Festungsbau bekannt ist und einen frontalen Angriff unmöglich macht. Hinzu kommt, im Gegensatz zur klassischen Kathedrale, ein Flachdach, das begehbar ist und mit Wachen und Schützen besetzt werden kann. Das Prunkstück des Ganzen wird aber dies hier sein." Wieder suchte er nach einer Zeichnung.

„Anstelle eines Turmes wird der Bau eine gewaltige Kuppel bekommen. Diese dient als Beobachtungs- und Wehrposten und ist von außen aufgrund ihrer Form praktisch nicht einzunehmen. Ihr Gewicht ruht auf vier im Quadrat angeordneten Hauptpfeilern, zwischen denen sich ein großer freier Raum bildet. Im Inneren wird am unteren Rand der Kuppel ein Wehrgang angeordnet, von dem aus das Zentrum des Baus, in dem sich auch der Zugang zur Nekropole befindet, von oben verteidigt werden kann."

Bramante atmete tief durch.

„Damit, so glaube ich, sind alle gestellten Anforderungen erfüllt", fügte er in Bescheidenheit hinzu, die ihr Bestehen verwirkt hätte, sobald er die Hand zum Empfang seiner Entlohnung öffnen würde. Dennoch war die versammelte Runde zunächst von Zufriedenheit, ja sogar Begeisterung ergriffen.

„Ich sehe", war es jetzt am Capitano, seine sachkundige Meinung beizusteuern, „Ihr habt an alles gedacht. Das Konzept sollte mit der aktuellen Stärke der Schutztruppe zu realisieren sein."

Cajetan lächelte zufrieden. Er sah seine zugegebenermaßen vagen Ideen, die so zu Papier zu bringen er selbst außerstande gewesen wäre, in vollkommener Weise umgesetzt. Somit war es nun am Bauherrn selbst, das abschließende Urteil zu verkünden:

„Gut, Signore Bramante, baut mir den Dom in dieser Weise."

Am 18. April desselben Jahres würde er selbst den Grundstein dafür legen.

20

„Nun, Bruder Martin, wie seid Ihr mit Euren Studien vorangekommen?"

Staupitz war wieder einmal nach Erfurt gereist, um dem dortigen Augustiner-Konvent im Allgemeinen und seinem Zögling im Besonderen einen Besuch zu verehren. Er tat dies inzwischen mit angemessener Häufigkeit und ohne Reue; er war immer darauf bedacht, seine Pflicht zu erfüllen, und niemals zuvor mehr von deren Inhalt in Überzeugung ergeben. Als seine vordringlichste Aufgabe hatte er es angenommen, jenem jungen Ordensbruder mit Namen Martin Luther ebenso viel Aufmerksamkeit zu widmen wie seinem gesamten Studentenkolleg. Deren Mitglieder waren ihm zwar auch alle namentlich gewärtig, an diese aber würde sich, so seine Überzeugung, schon in wenigen Jahren niemand, er selbst eingeschlossen, mehr erinnern. Bei jenem Luther sollte es anders werden, würde es anders werden. Seit er sich für ihn entschieden hatte, verfolgte er dessen Werdegang mit Aufmerksamkeit und Zufriedenheit. Zwar hatte er ihn noch nicht über die Rolle in Kenntnis gesetzt, die er ihm zugedacht hatte, aber die Zeit dafür würde heranreifen. Umso wichtiger war es, ein Auge permanenter Wachsamkeit auf dessen Entwicklung zu richten.

„Dank Eurem wohlen Rat nimmt die Einsicht mehr und mehr ihren Lauf."

Luther war Staupitz gegenüber voll des Dankes. Dieser Mann, der an diesem Ort mehr und mehr die Rolle des Vaters füllte, hatte ihn Schritt für Schritt auf den Weg der Erkenntnis geführt, obwohl dieser Begriff den Sachverhalt nicht in Präzision wiedergibt. Den Weg gewiesen, wäre treffender formuliert, denn er hatte lediglich den Boden bereitet. Aussaat und die hoffentlich noch bevorstehende Ernte lagen in eigener Verantwortung. Staupitz hatte ihm im Gegensatz zur Verfahrensweise gegenüber seinen Studenten keine Denkungsart vorgegeben. Nur so würden sich große Ideen und außerdem die notwendige Bescheidenheit, ob dieser nicht in Selbstüberschätzung zu verfallen, entwickeln können.

„Und diese ist wohl auf einem guten Weg. Der Prior sagte mir, dass Ihr Eure nächtlichen Ausbrüche inzwischen zu zähmen wisst."

„Sie nur zu zähmen würde nicht den Makel der Sünde von ihnen nehmen."

„Sondern?" Staupitz' Neugier auf den Stand der gewonnenen Erkenntnisse war geweckt.

„Es waren merkliche Störungen der Ruhe meiner Ordensbrüder. Damit habe ich mich über sie gestellt, ein Recht, so es denn überhaupt eines wäre, das mir nicht zusteht. Ein solches Tun lediglich zu unterdrücken hieße ja, nur an dessen Symptomen zu kurieren, nicht aber an dessen Ursache. Damit kann es nicht getan sein."

„Und ist Euch dies gelungen?"

„Dank Eurem Rat."

„Und zürnt Euch Gott jetzt nicht mehr?"

„Gott zürnt demjenigen, der ihm zürnt. Das habe ich erkannt. Wer ihm in Liebe begegnet, dem wird er auch in Liebe begegnen."

Staupitz war begeistert. Wofür studierte Theologen ganze wissenschaftliche Abhandlungen anstrengen, die außer ihnen selbst ohnehin niemand versteht, konnte dieser Mann in so einfachen Worten ausdrücken.

„Das klingt erstaunlich selbstverständlich."

„Es ist alles andere als dies. Zu diesem Gedanken zu gelangen war schon nicht leicht, diesen umzusetzen noch viel schwieriger."

„Wie das, wenn er doch so einfach zu sein scheint?"

„Zorn bringt immer nur neuen Zorn hervor. Wer sich auf diesen Weg begibt, wird darin immer tiefer versinken."

„Aber Euch ist es gelungen."

„Durch Eure Hilfe."

Staupitz verspürte eine tiefe Genugtuung. Dieser Luther war nicht nur intellektuell auf einem guten Weg; was mindestens ebenso wichtig war, er war ihm in Dankbarkeit ergeben. Beste Voraussetzungen für das, was er mit ihm vorhatte.

21

Ereignisse, die einer steten Wiederholung folgen, ermüden auf Dauer den menschlichen Geist, sofern sie in dessen bewusster Wahrnehmung stehen. Das führt unter anderem dazu, dass man beständiges Glück nicht als solches empfindet, es sei denn, dass es einer exzessiven Expansion unterliegt oder von Phasen des Abhandenseins durchbrochen ist. Da das eine von der Beschränktheit des Seins, das andere von jener der menschlichen Einsicht nicht akzeptiert wird, ist der Kampf um dessen Erlangung von vornherein aussichtslos. Wohl dem, der sich mit der zweiten Option zu arrangieren weiß; bietet der Bruch innerhalb der Monotonie doch zumindest einen gewissen Raum für Gestaltungsmöglichkeiten, die anderenfalls latenter Verlustangst zum Opfer fallen würden.

In einer solchen Schleife steckte auch Staupitz, was seine Rolle als Beichtvater Luthers anging. Er besuchte ihn regelmäßig, bekam in den Beichtsitzungen zumeist die gleichen Dinge zu hören und reiste irgendwann wieder ab, im sicheren Gefühl des glücklichen Umstandes, den jener Luther für ihn darstellte. Aber wie lange konnte dieses Gefühl anhalten? Der Bruch der Monotonie würde sich irgendwann erforderlich machen.

Dieser zeichnete sich ab, als Staupitz zu Beginn des Jahres 1507 wieder einmal nach Erfurt reiste. Die wiederholten Besuche hatten ihn zu dessen enger Vertrauensperson werden lassen, sodass er inzwischen in der Lage war, Luthers Gemütsverfassung auf den ersten Blick richtig einzuschätzen, noch ehe jener seine Sorgen vor ihm ausgebreitet hatte. Seine Erfahrung, für die er seiner Lehrtätigkeit zu Dank verpflichtet war, tat dazu ihr Übriges. In den meisten Fällen war Luther von freudiger Erregung ergriffen, wenn Staupitz ihm eine Visitation verehrte.

Umso überraschter war er ob des Umstandes, dass es dieses Mal anders zu sein schien. Luther war zunächst reserviert, zumindest die sonst übliche Freude vermochte ihrem Ausdruck durch die etwas verkniffenen Gesichtszüge nur schwer einen Weg zu bahnen. Zudem gab sich Luther, der sonst enthusiastisch von den Erfolgen im inneren Streit mit sich selbst zu berichten hatte, ungewöhnlich wortkarg. Irgendetwas war heute nicht so wie sonst.

Staupitz, dessen psychologische Fähigkeiten weit genug ausgeprägt waren, begegnete diesem Umstand zunächst mit offenkundiger Gleichgültigkeit. Sollte es ein unvorhergesehenes Problem geben, so würde er es herausfinden, darin war er sich sicher. Und er würde es lösen, darin war er sich ebenso sicher. Doch dazu war es unbedingt erforderlich, die Ruhe zu bewahren; ein Vorgehen, das, so schwer es manches Mal zu sein scheint, den Experten auszeichnen sollte. Mit hektischen Manövern war kein abdriftendes Schiff wieder ins Ruder zu zwingen und auch auf Luthers Innenleben wäre eine demonstrative Unruhe vonseiten des Mannes, der alle Fäden in ruhiger Hand halten sollte, nur von abträglicher Wirkung gewesen. Spätestens in der Beichte würde er ein umfassendes Bild der Dinge, die momentan noch im Verborgenen lagen, erhalten. So sollte es dann auch kommen, aber der Weg dafür musste mit Gespür gebahnt werden.

Als sich die beiden gegenübersaßen, legte Staupitz zunächst einen langen musternden Blick auf Luther. Dann begann er:

„Bedrückt Euch etwas, mein Sohn? Ihr wirkt heute auf seltsame Weise abwesend."

Die Antwort kam zögerlich. Ihr völliges Ausbleiben scheiterte aber an der Erkenntnis, dass eine bereinigende Wirkung auf diese Weise nicht zu erzielen wäre.

„Ich habe schwere Sünde auf mich geladen."

Staupitz erging sich in Erstaunen. Er kannte Luther als einen Mann von Frömmigkeit, der das Attribut „päpstlicher als der Papst" von trefflicher Charakterisierung war. In all ihren früheren Beichtsitzungen wusste dieser immer nur Belanglosigkeiten anzuführen, die bei anderen aus Mangel an Zeit am Ende einer langen Liste wirklicher Verfehlungen nicht einmal Erwähnung gefunden hätten. Vorstellen konnte er sich das nicht, nicht bei Luther.

„Was ist denn geschehen?"

„Ihr wisst, dass ich mich in Demut gegenüber den Ordensregeln übe, aber was soll ich tun, wenn mir nur Wege offenstehen, die von Fehl sind?"

„Dann solltet Ihr das kleinere Übel wählen."

„Wenn Gott mir zwei Übel anbietet, wie kann es dann an mir sein, daraus das kleinere zu wählen?"

Schon wieder so eine Weisheit. Staupitz nahm sie mit Genugtuung zur Kenntnis, bestätigte sie ihm doch, dass Luther auf dem richtigen Weg war.

„Vielleicht wollte er Euch auf die Probe stellen."

„Wenn das so ist, dann konnte ich also nur versagen?"

„Das hängt von der Art Eurer Verfehlung ab."

„Amtsanmaßung."

Das war natürlich schwerwiegend, aber Staupitz würde ihm die Absolution nicht verweigern, ohne die näheren Umstände zu kennen; wohl nicht einmal dann.

„Wie kam es dazu?"

„Es ist wenige Wochen her, als eine plötzliche Krankheit in unserem Konvent umging. Der Medicus meinte, sie könnte durch verunreinigtes Wasser ausgebrochen sein. Einige der Ordensbrüder waren für mehrere Tage ans Bett gefesselt, ebenso der Prior und der Priester. Es war niemand mehr da, der die Messe hätte abhalten können, und schnelle Aushilfe war nicht zu bekommen. Die anderen Brüder wollten die Messe aussetzen. Also habe ich mich zu deren Durchführung bereiterklärt. Ich weiß, das durfte ich nicht und ich hatte keinerlei Befähigung dazu, aber ich habe nach meiner Überzeugung gehandelt. Ich konnte nicht anders."

„Und wie denken die anderen Brüder darüber?"

„Sie sind mir mit Dankbarkeit begegnet."

„Ich denke, Ihr habt die Prüfung bestanden. Sollte an Euerm Handeln ein Fehl gewesen sein, so sei es vergeben. Was Eure diesbezügliche Befähigung angeht, denke ich, dass Ihr sie unter Beweis gestellt habt. Und das Offizielle betreffend, da sollte sich etwas machen lassen."

Damit war der Grundstein gelegt, auf dem Luthers Berufung zu Höherem fußen würde. Zu Ende des Februars wurde Luther zum Diakon ernannt, was ihm zunächst die Berechtigung zusprach, zu predigen und bei der Heiligen Messe zu assistieren. Dieser Schritt war formell erforderlich, um ihn einen guten Monat später durch die Weihung zum Priester mit allen Rechten für die Durchführung der Messe und die Spende der Sakramente auszustatten.

Dieser Akt stellte eine große Ehre dar. Immerhin war es noch nicht einmal zwei Jahre her, dass er dem Orden beigetreten war. Es gab einige unter den Brüdern mit höherem Dienstalter und der mehr oder minder begründeten Hoffnung, dieser hohen Gunst bevorzugt teilhaftig zu werden. Aber niemand erging sich ob dieses Umstandes in Neid, nicht nur, weil es gegen die Ordensregeln verstoßen hätte. Luther hatte sich in der relativ kurzen Zeit seiner Mitgliedschaft unter seinen Brüdern ein hohes Ansehen verschafft, nicht zuletzt durch seine Strebsamkeit, die in der damaligen Zeit noch generell als eine Tugend galt und die Nachahmung, nicht Abwertung einzufordern vermochte. Darüber hinaus hatte man ihn, der von nun an regelmäßig die Messe abhalten durfte, recht schnell als einen gewandten Prediger schätzen gelernt, der je nach Erfordernis ein aufmunterndes, ein tröstendes oder ein kluges Wort beizusteuern hatte. Sein Aufstieg war jedenfalls nicht mehr aufzuhalten. Das war es, was Staupitz bezweckt hatte.

22

Der Mensch neigt dazu, unliebsame Arbeiten hintenan zu stellen, besonders dann, wenn ihr vergleichsweise geringer Grad der Priorisierung ihrer Erledigung weitreichenden Aufschub gewährt. Man widmet sich dann bevorzugt derer neu auflaufenden von Wichtigkeit und verspürt ein tiefgreifendes Gefühl inneren Friedens, wenn diese termin- und qualitätsgerecht zur Ausführung kommen. Darüber vergisst man oftmals jene, die, von Tatendrang verhüllt, ein Schattendasein in der Aufgabenliste fristen und dabei schleichend an Dringlichkeit gewinnen. Irgendwann verkünden sie dann lautstark ihr Geltungsbedürfnis; sich ihnen in solcher Situation zuzuwenden fällt umso schwerer, da man sie nach langanhaltender Phase der Verdrängung einer neuerlichen inhaltlichen Aufarbeitung unterziehen müsste.

So erging es jetzt Staupitz. Plötzlich war er sich des Problems bewusst geworden, dem er über Jahre hinweg mangelnde Beachtung geschenkt hatte. Er glaubte, damit auf dem richtigen Weg zu sein, sich voll auf die Rolle als Mentor Martin Luthers zu konzentrieren. Man musste ihm, und auch er sich selbst, dabei zugute halten, dass die Begegnung mit diesem so außergewöhnlichen Ordensbruder einen Glücksfall, unglaublich wie unerwartet, wenngleich sehnlich erhofft, darstellte. Aber dieser hatte den allseitig ins Dunkle gerichteten Blick des beflissenen Akademikers auf einen einzigen strahlenden Punkt fokussiert. Jetzt erfuhr dieses eingeschränkte Gesichtsfeld neuerliche Zerstreuung auf das Wesentliche, da sich ein anderer anschickte, den Lichtschein dorthin zu richten, wo er im Nachhinein als dringend erforderlich erkannt wurde.

Thomas Cajetan war wieder einmal in geheimer Mission Seiner Heiligkeit Julius II. unterwegs, der sich seiner immer dann bediente, wenn eine schriftliche Korrespondenz der Forderung nach Vertraulichkeit möglicherweise nicht in hinreichendem Maße gerecht werden konnte oder in dieser Hinsicht zumindest ein berechtigter Zweifel bestand. So war er am Vorabend in Wittenberg eingetroffen, um Augen, Ohren und Stimme des Heiligen Vaters an diesen Ort zu tragen, was jenem selbst, seinen allumfassenden Befugnissen zum Trotz, nicht ohne Weiteres möglich gewesen wäre. Umso gründlicher hatte er die Begegnung seines Abgesandten mit Staupitz vorbereitet, sodass ihrer Zielführung nichts im Wege stehen sollte. Dafür Sorge tragen würde die von ihm erwählte Vertrauensperson, die daran zu scheitern er nicht der geringsten Erwägung unterworfen hätte. Jene, kaum dass sie Staupitz gegenübergetreten war, übte sich auch umgehend darin, einen etwaigen Zweifel auch jeglicher Grundlage zu berauben.

„Der Heilige Vater hat mich beauftragt, Euch seine Grüße und seinen Segen zu überbringen."

„Wie stehen die Dinge in Rom?"

„Bislang läuft alles in wohlgeordneter Bahn. Seine Heiligkeit sieht sich im Moment keinen offenen Anfeindungen ausgesetzt, weder innerhalb noch außerhalb des Vatikans. Dennoch laufen die Sicherheitsvorkehrungen und die Befestigung des Vatikans nach Plan. Der Bau des Petersdoms kommt gut voran. Wir sind vorbereitet, wenn es so weit sein wird."

„Ich vernehme Eure Worte mit Freude. Ihr wart nicht untätig."

„Ihr aber auch nicht. Der Heilige Vater blickt mit Zufriedenheit auf Euer Tun, was jenen jungen Ordensbruder betrifft. Er scheint auf einem guten Weg zu sein."

Staupitz fühlte sich geschmeichelt. Eitelkeit war zwar eine Untugend, wenn aber der Heilige Vater höchstselbst ein Qualitätsurteil abgab, so durfte man dieses zumindest in dankbarer Bescheidenheit entgegennehmen.

„Ja, in der Tat, er hat sich als eine vortreffliche Wahl erwiesen. Er ist von regem Geist und mustergültiger Frömmigkeit. Und er genießt die Anerkennung seiner Brüder. Kürzlich konnte ich ihn bereits zum Priester weihen. Dabei gehört er dem Orden gerade einmal zwei Jahre lang an."

„Das klingt vielversprechend. Dennoch sorgt sich Seine Heiligkeit darum, ob jener, wenn es darauf ankommt, alle seine Brüder hinter sich zu versammeln vermag."

„Davon gehe ich aus. Ich visitiere ihn regelmäßig und mir kam dabei nur Positives zu Ohren."

„Das mag sein. Aber wie steht es um die Einigkeit Eurer Konvente?"

Genau aufs Schlimme. Die Wunde des Säumnisses begann zu schmerzen. Bereits vier Jahre zuvor hatte Julius ihm dieses Problem ans Herz gelegt, er aber hatte es verdrängt. Sein Anflug von Eitelkeit wurde umgehend erstickt.

Ihm, Staupitz, als Generalvikar des Augustinerordens unterstanden die diesem angehörenden Konvente. Seit Jahren schon herrschte unter ihnen eine Uneinigkeit über die Auslegung der auferlegten Ordensregeln. Auf der einen Seite gab es jene Konvente, welche der „observanten" Strömung angehörten. Diese forderten deren strikte Auslegung ohne Ausnahme ein. Dem gegenüber positionierten sich diejenigen der „konventualen" Strömung, die es den einzelnen Konventen in Verantwortung stellen wollten, dahingehende Ausnahmen zuzulassen. Staupitz selbst war zwar Anhänger der „Observanten", aber es waren ebendiese Konvente, die sich der Einheit widersetzten, da sie eine allgemeine Schwächung der aus ihrer Sicht unabdingbaren Regeln befürchteten. Staupitz hatte es bislang unterlassen, die Zusammenführung mit harter Hand durchzusetzen. Zum einen hatte er Aufgaben, die er als von höherer Bedeutung ansah, zum anderen war er bislang damit gut gefahren. Jetzt aber wurde ihm das gesamte Ausmaß des Problems bewusst. Damit ein Martin Luther gegen alle Widerstände dieser Welt bestehen konnte, war es als minimale Voraussetzung sicherzustellen, dass zumindest alle seine Ordensbrüder, welchem einzelnen Konvent sie auch angehörten, wie ein Mann hinter ihm stehen würden. Und bei dem neuen Geist, der über der Katholischen Kirche auszuschütten war, um deren Überleben zu sichern, war unter der konfliktträchtigen Lage die offene Konfrontation mehr als nur zu befürchten. Julius hatte recht gehabt, damals schon und heute umso mehr. Staupitz' Klöster würden mit einer Stimme sprechen müssen. Jetzt war deren Durchsetzung zwingend erforderlich.

„Ihr habt recht, da ist noch Arbeit, die getan werden muss."

„Der Heilige Vater bietet Euch dabei seine Hand an."

Staupitz vertraute zwar darauf, dass Luther selbst diesem Problem von Abhilfe sein könnte, wenn er sich bei allen Ordensbrüdern das gleiche Maß an Ansehen erarbeitet haben würde wie bei jenen im Erfurter Konvent, aber er hätte es nicht gewagt, Seiner Heiligkeit eine Bitte abzuschlagen, geschweige denn, ihr zur widersprechen.

„Als sein ergebener Diener nehme ich die Hilfe in Dankbarkeit an."

23

Der Winter hatte einen frühen Einzug gehalten. Bereits zu Beginn des Novembers tanzten erste Schneeflocken in der Stete des Ostwindes, als wollten sie ihre Freude darüber zum Ausdruck bringen, dass ihnen ein für diese Breiten vergleichsweise langes Dasein beschieden sein würde. Die Kinder begeisterte es. Sie fielen in den Reigen der zu Boden gehenden Eiskristalle ein. Mangelnde Erfahrung verweigerte ihnen die Erkenntnis, dass ein solcher Zustand auch bedrohliche Züge annehmen konnte, deren Beherrschung dem Menschen nicht mehr gegeben wäre.

Inzwischen war es Anfang Dezember und die Beherrschbarkeit der klimatischen Unbilden näherte sich zusehends ihren Grenzen. Dem Volk von Wittenberg war als Hauptbeschäftigung auferlegt, die Passierbarkeit der schneebelagerten Wege sicherzustellen, und der Pedell der Universität musste alle seine schwachen Kräfte daran setzen, die Temperatur in den Amtsstuben und Lehrräumen auf einem Niveau zu halten, das dem elitären Anspruch des hier verkehrenden Personals gerecht wurde. Gesonderten Dank würde ihm das aber nicht einbringen. Die Rahmenbedingungen für die Aufrechterhaltung der Wissensausschüttung wurden an diesem Ort als selbstverständlich angesehen. Erst wenn diese nicht mehr gegeben wären, würde es jemandem auffallen und den benannten Träger der Verantwortung sich dieser stellen lassen. Dieses unsichtbare Helferlein, ein bedeutsames aber meist übersehenes Rädchen im Lehrgetriebe, entstammte dem einfachen Volk und war froh, seinen Arbeitstag unbehelligt von hohen Würdenträgern und vorlauten Studenten zu überstehen. Insofern war er bestrebt, die Lenkung des öffentlichen Augenmerkes auf seine Person zu unterbinden, gleich, ob ihm dieses einen warmen Händedruck oder einen Satz ebenso temperierter Ohren einbringen würde. Glücklicherweise waren die hohen Herren dieses Hauses zumeist von anderen Sorgen getrieben, als dass sie ihre Kraft an derartigen Nichtigkeiten aufzureiben gedächten.

Staupitz saß in seiner wohlig geheizten Amtsstube und wünschte sich, dass der Universitätsdiener auf deren Klimatisierung ein geringeres Maß an Akribie verwendet hätte. Trotz der klirrenden Kälte draußen spürte er die aufsteigende Hitze, die nur zu einem geringen Teil vom knisternden Feuer im Kamin verursacht wurde. Den weitaus größeren Beitrag dazu lieferte ein Brief, der ihm heute zugestellt worden war und den er zur Strafe dafür am liebsten der lodernden Glut zur Vernichtung überantwortet hätte. Aber erstens hätte das nun, da er mit dessen Inhalt vertraut war, auch nicht mehr geholfen und zweitens hätte solch blinder Aktionismus die Raumtemperatur, ob nun merklich oder nicht, nur noch weiter gesteigert.

Der Inhalt des Briefes war kurz; so kurz, dass dessen Hauptbestandteil der Name dessen Absenders ausmachte: Bernardino López de Carvajal. Staupitz war sich zunächst nicht sicher, ob der diesen Namen schon einmal vernommen hatte. Diese Ungewissheit wich schließlich derjenigen ihrer gegenteiligen Instanzen, dass er sich an einen solchen auf jeden Fall erinnern würde. Das war es auch nicht, was ihn beunruhigte. Offensichtlich war jener ein Abgesandter des Vatikans und falls Seine Heiligkeit bereits mit den personellen Aufräumarbeiten unter ihren Gefolgsleuten begonnen hatte, würden künftig sicherlich weitere Namen auftauchen, die Staupitz nicht geläufig wären.

Die Sorge, die Staupitz überkommen hatte, lag darin begründet, dass sich das Schreiben jedes konkreten Hinweises enthielt. Es beorderte lediglich den Empfänger zu einer Unterredung mit dem Absender, der momentan im Kloster in Memmingen residierte. Dass es keine weiteren Informationen enthielt, deutete darauf hin, dass es seine Initiierung der Person Julius II. verdankte, der bei schriftlichen Mitteilungen auf höchste Vertraulichkeit bedacht war. Aber immerhin konnte das auch bedeuten, dass ein konkreter Anlass zu deren Notwendigkeit bestand. Möglicherweise gab es in Rom doch Schwierigkeiten, die vor Kurzem noch nicht absehbar waren. Hinzu kam, dass vor Staupitz wieder einmal eine längere Reise liegen würde, und das bei diesem Wetter. Aber die Pflicht trieb ihn, dem zu trotzen und sich auf den Weg zu machen.

24

Bernardino López de Carvajal war weniger ein Mann großer Worte denn entsprechender Taten. Insofern war die Kürze der Angebundenheit der von ihm verfassten Nachricht nicht notwendigerweise auf eine derartige Verordnung von höherer Stelle zurückzuführen. Darüber hinaus hatte er es nicht in Absicht, der ihm aktuell übertragenen Aufgabe mehr Aufmerksamkeit zuzumessen als unabdingbar, betrachtete er sie doch nicht als seine eigentliche Berufung.

Julius II., nachdem er über die Lage Staupitz' und seiner Augustiner sowie dessen formales, in fahrlässiger Weise geäußertes Hilfegesuch im Unionsstreit unterrichtet worden war, hatte López de Carvajal in dessen Eigenschaft als päpstlicher Legat mit der Klärung der Situation betraut. Dem solcherart Bediensteten kam die damit verbundene Reise ins Ausland zwar recht, da er zusammen mit einigen anderen Konspiratoren Pläne verfolgte, die ihm schon wenige Jahre später die Ungnade des Heiligen Vaters einbringen würden und deren Vorbereitung in sicherer Entfernung von Rom leichter durchzuführen wäre, aber er hatte nicht die Absicht, deren Realisierung durch Wahrnehmung seiner offiziellen Aufgaben zu verzögern. Deshalb war er darauf bedacht, die Angelegenheit von schneller Hand zu bereinigen. Zu diesem Zweck hatte er Staupitz zu sich bestellt. Jener, mit der entsprechenden Vorladung ausgestattet, traf zu Mitte des Dezembers 1507 in Memmingen ein.

Staupitz, der aufgrund seiner Ämter normalerweise in den Genuss der Ehrerbietung seiner Gesprächspartner kam, hatte nicht vergessen, dass deren heutiger den Rang eines Kardinals bekleidete und somit selbst in diesem Anspruch stand.

„Euer Eminenz", hatte er jenen begrüßt, unter Andeutung einer Verneigung, der von der Korpulenz seiner Statur nicht übersehbare Grenzen aufgezeigt wurden. Der Angesprochene erging sich dessen ohnehin in Gleichgültigkeit, da er, wie bereits erwähnt, einzig Priorität auf eine rasche Bearbeitung der Angelegenheit legte.

„Euer Spectabilis", hatte er entgegnet, um in Sachen Höflichkeit nicht hintenan zu stehen und zudem den anderen daran zu erinnern, dass hier fachliche Kompetenz zur Lösung eines Problems versammelt war, nicht deren Gegenteil, das schon in der damaligen Zeit durch offenkundige Schaustellung politischer Korrektheit lediglich von sich selbst abzulenken suchte.

„Ich erhielt Euren Brief, wusste aber dessen Ansinnen nicht zu deuten", hatte sich Staupitz offenbart.

„Sonst wärt Ihr nicht hier", dachte López de Carvajal während des ersten Teilsatzes und „sonst wärt Ihr nicht so schnell hier" während des zweiten.

„Seine Heiligkeit hat mich mit der Vollmacht ausgestattet, Euch bei der Einigung Eurer Konvente zur Hand zu gehen."

Staupitz schluckte. Offensichtlich hatte Julius seine heuchlerische Unterwürfigkeit fehlinterpretiert. Damit hatte Staupitz an seiner eigenen Kompetenz gekratzt und deren gestreute Krümel verunzierten nun die Reinheit seiner Weste. Aber er wagte es auch nicht, nun in den Widerspruch zu treten, den er schon bei Cajetans letztem Besuch gescheut hatte. Jetzt konnte er sich nur in die Obhut des Heiligen Vaters und dessen Vertreters auf deutscher Erde fügen.

„Ich bin dankbar für die Unterstützung bei dieser großen Aufgabe."

Der weitere Verlauf des Gespräches ist nicht überliefert. Allerdings war dessen Dauer von der angestrebten Kürze. In dessen Ergebnis war sich Staupitz nicht sicher, ob dieses mit seinen Vorstellungen konform lief. Er verließ Memmingen mit einer Bulle, die ihm von López de Carvajal ausgehändigt worden war und die ihn ermächtigte, die Einigung seiner Konvente durchzusetzen. Zugleich wurde den Gegnern dieser Einigung die direkte Anrufung des Heiligen Vaters verwehrt. Damit verfügte er zwar über ein entsprechendes Machtmittel, hoffte aber, dass es ihm mit Unterstützung Luthers nicht auferlegt wäre, dieses auch einsetzen zu müssen.

25

Das Reisen war eingangs des 16. Jahrhunderts noch eine beschwerliche Sache. Der größte Teil der Bevölkerung hatte sich dessen ohnehin zu enthalten und wenn sich dennoch eine derartige Notwendigkeit ergab, waren die meisten dabei auf die eigenen Füße angewiesen. Mit etwas Glück gelang es manchmal, eine Mitfahrgelegenheit auf einem Ochsen- oder Eselskarren zu ergattern, falls die Bereitstellung einer solchen Dienstleistung auf individueller Ebene noch nicht auf dieses niedrige Maß reduziert worden war, das in der heutigen Zeit den Mitfahrzentralen zum kommerziellen Erfolg verhilft.

Angehörige der höheren Stände kamen da schon in den Genuss eines gewissen Komforts, waren sie bereits in Kutschen oder als das, was man vier Jahrhunderte später als „Gentleman-Driver" bezeichnen würde, hoch zu Ross, unterwegs. Nichtsdestotrotz war auch für Letztere die Annehmlichkeit bei einem solchen Unterfangen auf weitaus geringerem Niveau angesiedelt, als man sich in der heutigen Zeit der allumfassenden Verfügbarkeit jeglicher Mobilität vorstellen könnte. Reisen erforderte präzise Planung, um den davon verursachten Plagen keine Ausprägung pandemischer Züge zu gestatten.

Diesem Prinzip verpflichtet, hatte Staupitz bei seiner Abreise aus Memmingen den Entschluss gefasst, in dem auf dem Rückweg nach Wittenberg gelegenen Erfurt eine Station einzulegen. Es gab wichtige Dinge zu besprechen. Die Bulle von López de Carvajal brannte in seiner Tasche, ohne dass dazu eine gesonderte Initiierung erforderlich gewesen wäre. Nach wie vor hoffte er darauf, bezüglich dieses letzten Mittels renunzieren zu können. Die gestellte Aufgabe war zwar groß, aber er war der eingehenden Überzeugung, dass Luther dieser gewachsen

sei. Es wäre für jenen die erste bedeutende Bewährungs-
probe, an der, sich daran zu beweisen, die Befähigung für
größere Taten bescheinigt werden würde.

Luther war zu den meisten Gelegenheiten erfreut, mit
seinem Lehrmeister zusammenzutreffen. In diesem Fall
umso mehr, da der kurzfristige Ruf nach Memmingen
dem letzten geplanten Besuch eine Absage erteilt hatte.
Weil es Staupitz in der Kürze der Zeit an Gelegenheit
und unter den zu Diskretion verpflichtenden Umständen
an Kompetenz gemangelt hatte, den Versetzten über sein
Ausbleiben zu informieren, war jener ob dessen in Sorge
verfallen. Umso befreiender war es nun, seiner so überra-
schend angesichtig zu werden. Dies konnte sich, wenn
Staupitz es recht bedachte, als Glücksumstand erweisen,
würde es seinem jugendlichen Bruder gegebenenfalls an
Gefügigkeit zusetzen, was nun an Pein von ihm abgefal-
len war.

„Nun, Bruder Martin, wie ist es Euch ergangen? Unsere
letzte Begegnung liegt ja schon einige Zeit zurück."

„Besser denn je. Seit Ihr mir die Priesterwürde verliehen
habt, mehren sich meine Aufgaben, aber das ist gut so. In
ihnen gehe ich auf und deren Bewältigung bringt mir
reichliche Anerkennung ein."

„Ihr seid Euch dessen bewusst, dass eine solche Weihung
eine bedeutende Ehre darstellt, und das insbesondere, da
Ihr dieser bereits nach so kurzer Zeit teilhaftig geworden
seid?"

„Dies ist mir schon gewärtigt. Umso mehr bemühe ich
mich, den damit verbundenen Verpflichtungen gerecht zu
werden."

Es war für Staupitz an der Zeit, das Gespräch in zielfüh-
rende Richtung zu lenken.

„Und Eure Ordensbrüder, wie denken jene über Euer
Tun?"

„Ich weiß, dass ich sie bei meinem Eintritt in den Konvent durch mein Gebaren mit Sorge beladen habe. Aber inzwischen habe ich Vertrauen und Ansehen gewonnen. Ich versuche, ihnen Vorbild zu sein, und ich sehe, sie ereifern sich darin, es mir gleichzutun."

„In letzter Zeit ist mir aus dem hiesigen Konvent auch nur Gutes zu Ohren gekommen. Ihr übt Euch hier in strenger Auslegung der Ordensregeln. Das erregt mein Wohlgefallen."

„Das Eure und das des Allerhöchsten, so hoffe ich."

„Aber Ihr wisst auch, dass ich als Generalvikar die Verantwortung für alle unsere Konvente trage. Und es gibt derer viele, die eine freiere Auslegung anzustrengen versuchen. Das verursacht einen Riss unter allen unseren Brüdern."

„Mögen sie auf den rechten Weg finden."

„Dies sagt sich leicht. Aber es ist an mir, Einigkeit unter ihnen allen herzustellen."

„Diese Einigung kann nur gelingen, wenn jene von ihrem frevelhaften Tun ablassen. Keinesfalls dürfen wir es dulden, dass diejenigen, die sich ehrlichen Herzens um höchste Frömmigkeit bemühen, davon abgebracht werden. Die Gefahr wäre nicht zu unterschätzen, dass sie sich der gleichen Verfehlung schuldig machen. Solange jene anderen nicht bekehrt sind, wird sich keine Einigkeit herstellen lassen."

Was sollte Staupitz darauf antworten. Er hatte alles daran gesetzt, Luther zu dem zu machen, was er jetzt war, ein Meister der Argumentation. Und es war dem Schüler soeben gelungen, seinen Lehrer in dieser Hinsicht zu bezwingen. Aber was viel schwerer wog, war, dass Luther ihm in seiner momentanen Misere nicht nur nicht von Hilfe sein würde, sondern sogar seine Bemühungen konterkarierte. Staupitz hatte ja für den Notfall seine brennende Rückversicherung in der Tasche, aber selbst diese Ermächtigung von höchster irdischer Stelle hatte gerade ihren Nutzen eingebüßt. Sollte er sich dieser bedienen, würde er sich Luther unzweifelhaft zum Gegner machen. Das konnte und durfte er auf keinen Fall wagen, zu viel stand auf dem Spiel. Er musste sich etwas anderes einfallen lassen.

Während seiner Weiterreise zurück nach Wittenberg dachte er immer wieder über Luthers Worte nach und stellte sich dabei ebenso oft die Frage, ob er, dessen Person betreffend, irgendetwas falsch gemacht hatte, an irgendeiner Stelle unachtsam gewesen war oder ihn in seinem Selbstfindungsprozess nicht hinreichend enge Begleitung gestellt hatte. Allerdings fand er im Moment darauf noch keine Antwort. Es würden noch Jahre vergehen, bis sich ihm und auch allen anderen die tiefe Wahrheit in Luthers Worten eröffnen würde.

26

Staupitz war wieder einmal zum Nachdenken angehalten. Was hatte er eigentlich? Da waren zunächst seine Studenten, die an sie gerichteten Erwartungen er bereits auf ein Minimum reduziert hatte; dann Papst Julius II., der, was seine Belange betraf, wohl im Moment alles im Griff hatte und dies auch von allen seinen Untergebenen und Mitstreitern einforderte, dessen Unterstützung sich aber im Angesicht der harten Realität als von rein theoretischer Natur erwies. Inmitten dieses Spannungsfeldes aus Möglichkeiten und Ansprüchen stand nun dieser eine Mann: Luther, zugleich Problem und Lösung. Welches von diesen die Oberhand behalten würde, lag in Staupitz' Verantwortung. Jedenfalls glaubte deren Träger fest daran. Ebenso fest glaubte er daran, dass sich die Eigenschaft als „Lösung" durchsetzen würde. Aber die Aufgabe war nach wie vor schwierig. Zu deren Bewältigung hatte es sich jetzt als notwendig erwiesen, Luther aus seinem behüteten Dasein innerhalb einer in „richtig" und „falsch" unterteilten Welt in jene Sphären zu entheben, deren Anforderung an Verantwortung darin bestand, ebendieser eindeutigen Kategorisierung zu entbehren. Die Folgen würden in Unsicherheit und Angreifbarkeit bestehen, doch wer sich in diese Höhe begibt, muss dem Umgang damit Vertrautheit abzuringen wissen. Staupitz hatte diese Erfahrung bereits gemacht; jetzt war es an ihm, diese weiterzugeben. Aber wie?

Verantwortung trägt die Last in sich, nicht permanent gegenüber ihrem Gegenstück Erklärung leisten zu können. Umso schwerer wiegt es darum, wenn eine solche in stetiger Einforderung steht. Unter derartigen Umständen würde es Luther nicht gelingen, sich aus dem silenten Eremitentum zu lösen und zum unüberhörbaren Weckruf für die gesamte Welt zu werden. Das Ansehen, das er sich in seinem gewohnten Umfeld – unter Aufbietung größter Anstrengungen, zugegebenermaßen – erarbeitet hatte, barg die Gefahr, sich dort in Gemütlichkeit einzurichten, anstatt es in den Dienst eines höheren Zweckes zu stellen. Die Bande, die ihm am Boden seines der Einfachheit ergebenen Daseins eine im Moment noch unlösbare Fessel bildeten, galt es aufzubrechen, um dem Geist an jener Freiheit einen Vorgeschmack zu geben, der ihn sich dieser auf ewig verschreiben lassen würde.

Es gab nur eine Möglichkeit: Luther musste aus dem vertrauten Schema des von ihm gewählten Lebens zumindest temporär herausgelöst werden. Dies schien wohl unabdingbar zu sein, um ihn auf das vorzubereiten, was ihm die Vision zweier Päpste und eines Universitätsprofessors zugedacht hatte, die aber aktuell von Untauglichkeit war, diesem Ziel einen Beitrag zu liefern. Staupitz konnte es nicht wagen, Luther unter den gegebenen Umständen seinen künftigen – zumindest was die Pläne betraf – Werdegang zu eröffnen, würde eine solche Handlungsweise ebendiesen in Gänze verhindern. Staupitz musste seinen Einfluss auf Luther intensivieren. Die einem mehr oder weniger geregelten Schema folgenden Visitationen waren nicht mehr ausreichend. Aber nicht nur das, er musste alle anderen Einflüsse von jenem fernhalten.

Die Reife der Zeit forderte den nächsten Schritt ein. Er würde Luther für ein Theologiestudium bei sich in Wittenberg vorschlagen. Das Zeug dazu hatte dieser, einen Grund, ein solches abzulehnen, hingegen nicht. Innerhalb weniger Monate unter seiner unmittelbaren Obhut würde er bei Luther den Effekt erzielen, für den unter den momentanen Gegebenheiten Jahre vonnöten sein würden, dessen Ausbleiben zu akzeptieren. Eine Zeit, die nicht mehr zur Verfügung stand.

27

„Wir müssen uns erklären."

Papst Julius sprach diesen Satz ungern aus, stellte er doch seinen Status infrage. Zwar hatte er in seiner nunmehr vierjährigen Amtszeit gelernt, dass er die absolute Macht für sich beanspruchen konnte, aber ebenso, dass sich ein solcher Anspruch durchaus auch gegen ihn wenden konnte.

Cajetan nickte zustimmend. Er hatte die Amtsführung seines Herrn von Beginn an verfolgt und eine sehr konkrete Vorstellung davon, welche Außenwirkung diese entfalten musste. Dass er auf mehr oder weniger diskrete Art und Weise die Gegner des neu durchzusetzenden Geistes von ihrem Einfluss auf die politischen und geistlichen Belange des Vatikans zu befreien suchte, war bei vielen seiner Gefolgsleute auf Zustimmung getroffen. Doch ebenjene verstanden es umso weniger, was er darüber hinaus sich zu leisten imstande war; nicht zuletzt sein gewaltiges Bauprojekt, das dabei war, jeglichem gesetzten Rahmen zu entwachsen. Es kam voran nach Plan, doch dessen jüngste kostenintensive Abänderung stand dem versammelten Kardinalskollegium in Unverständnis generierender Weise gegenüber. Ganz zu schweigen von der Methode, die sprunghaft gestiegenen und darin nach wie vor begriffenen Kosten zu erwirtschaften, wie das Zudrücken mit der einen Hand und das Aufhalten der anderen heute beschönigend bezeichnet wird. Diese hätte eher bei den Vertretern jener Kreise, deren Wirken hinter den Mauern des Vatikans und über diese hinaus es eizudämmen galt, ein Gefühl der Gegenliebe erzeugt.

Noch stand die Sache sicher, aber sie lief auch Gefahr zu laufen, und zwar aus dem Ruder. Die im mühsamen Aufbau befindliche und unter dem noch nicht in Aushärtung erprobten Mörtel der Erneuerung fragile Front wider die Fehler der Vergangenheit drohte zu bröckeln. Es musste etwas geschehen. Cajetan war das bewusst.

„Ihr habt recht", resümierte er seine Überlegungen, „wenn Ihr den rechten Zeitpunkt versäumt, könnte sich die Lage ins Gegenteil kehren."

Ein wahrer Satz, gesprochen von einem Mann, der damit beauftragt war, den Überblick zu behalten.

„Ihr wisst, was zu tun ist."

Cajetan machte sich an die Vorbereitungen.

Als sich wenige Tage später die geladenen Kardinäle in der Sixtinischen Kapelle versammelt hatten, war er mit sich zufrieden. Die Sitzung musste unter höchster Geheimhaltung abgehalten und der Teilnehmerkreis auf jene Personen beschränkt werden, denen Seine Heiligkeit absolutes Vertrauen entgegenbrachte. Soweit der einfache Teil der Aufgabe. Weitaus schwieriger war es, die außerhalb dieses Vertrauens Positionierten von der Teilnahme auszuschließen, ohne bei den erklärten Gegnern unter ihnen Verdacht und den nicht eindeutig erklärten Mitstreitern ein Gefühl der Ausgrenzung zu erregen. Nämliche Personen mussten zur fraglichen Zeit aus dem Vatikan entfernt werden; für jeden Einzelnen musste dafür ein Vorwand konstruiert werden. Insofern war die Zufriedenheit, die Cajetan verspürte, von Berechtigung.

Jetzt war es an Julius, das Wort an den Stab seiner Konfidenz zu richten:

„Geschätzte Brüder, wir haben uns hier versammelt, um über die Dinge zu sprechen, die uns für die Zukunft vorgezeichnet sind und die umzusetzen es an uns sein wird. Ihr mögt Euch über so manches in der Führung meines Amtes in Befremdlichkeit ergangen haben, aber jede Zeit verlangt nach den ihr gemäßen Maßnahmen. Viel zu lange schon ist gewissen Dingen mit Ignoranz begegnet worden, Dinge, die für uns eine Bedrohung darstellen und denen wir uns zu stellen haben. Wir müssen den Versäumnissen unserer Vorgänger Rechnung tragen und tun, was nicht mehr aufzuschieben ist. Das wird uns den Unwillen so mancher Unwilliger einbringen, aber diesen Kelch an unsere Nachfolger weiterzureichen wird die Situation vielleicht für uns, nicht aber im Allgemeinen verbessern. Diese Verantwortung müssen wir wahrnehmen.

Verbunden mit dieser Verantwortung wird sein, Maßnahmen zu ergreifen, die bei wenigen auf Verständnis, bei vielen hingegen auf Widerstand treffen werden. Umso wichtiger wird es sein, dass wir unter allen Umständen Einigkeit demonstrieren. Dass Veränderungen innerhalb unserer Kirche unabdingbar sind, ist, so denke ich, einem jeden von uns eingängig. Wie hoch der Preis dafür sein wird, kann im Moment noch niemand abschätzen, aber er könnte höher sein als der, den unsere aktuellen Baumaßnahmen einfordern. So mancher unter Euch hat sich gefragt, warum die Pläne in derart kostensteigernder Weise geändert wurden. Dies diente einzig dem Zweck, unsere Sicherheit zu gewährleisten. Die Zeiten, in denen man sich unser bediente, um zweifelhaften Ansprüchen Geltung zu verschaffen, müssen ein für allemal vorbei sein. Wir müssen wieder dazu übergehen, uns auf unsere eigentlichen Aufgaben zu konzentrieren. Das wird in gewissen Kreisen verständlicherweise Missfallen erregen."

Angeregte Diskussionen begannen unter den Teilnehmern. Eigentlich hätte Julius noch einige weitere Erklärungen abgeben wollen, aber das war im Moment wohl weder möglich noch notwendig. Was er erreichen wollte, hatte er erreicht: Alle waren sich über die Situation im Klaren.

28

Staupitz hatte recht behalten, zumindest in dem einen Punkt. Luther hatte es nicht ablehnen können, ein Studium der Theologie aufzunehmen. Und selbst wenn er es getan hätte, Staupitz' Weisungsbefugnis ihm gegenüber hätte ohnehin jeden etwaigen Widerstand gebrochen. Dennoch war es besser, dass Luther dem Ruf aus freien Stücken folgte, da es für Staupitz nach wie vor unangenehm gewesen wäre, in Konfrontation mit Luther treten zu müssen. So weit dieser eine Punkt; in Bezug auf einen anderen würde sich die Angelegenheit als nicht so einfach zu handhaben darstellen.

Luther war im Herbst 1508 in Wittenberg eingetroffen und Staupitz hatte sofort den mit Abstand größten Teil seines Augenmerks auf dessen Vorankommen gelegt. Von Anfang an war klar gewesen – zumindest für Staupitz, für Luther etwas später –, dass Luther nicht den standardmäßigen Lehrbetrieb durchlaufen würde. Er war seinen Kommilitonen, den typischen, mit jeder Unzulänglichkeit beladenen Studentenseelen, in allen Belangen weit voraus. Staupitz begriff recht schnell, dass er Luther auf theologischem Gebiet, zumindest was die Studieninhalte betraf, eigentlich nichts mehr beibringen konnte; im Grunde genommen hätte er ihm nur die Examinationen zu bescheinigen gehabt. Jedoch bestand der Zweck, zu dem er ihn zu sich beordert hatte, nicht darin, ihm im Schnellverfahren eine Prüfungsurkunde auszustellen und ihn dann wieder ziehen zu lassen. Luther hingegen sah das anders. Er ereiferte sich in täglicher harter Arbeit, um seinen Studien zu einem ebenso schnellen Erfolg wie Ende zu verhelfen. Es drängte ihn zurück zu seinen Ordensbrüdern nach Erfurt.

Staupitz litt unter der Situation sehr. Was er Luther von Rechts wegen an Wissen zu vermitteln hatte, wusste jener schon, aber was er ihm darüber hinaus an Einsichten einzugeben hatte, würde möglicherweise mehr Zeit in Anspruch nehmen, als Luther in Wittenberg zu verbringen die Bereitschaft entwickeln würde. Staupitz bemühte sich nach Kräften, Luther in seinem Sturmangriff einzubremsen, ersann immer neue Ausreden, weshalb er ihm noch keinen Abschluss zuerkennen konnte, ihn aber wirklich aufzuhalten stand jenseits der Reichweite seiner Macht.

Zu Staupitz' Leidwesen waren auch alle seine Agitationsversuche hinsichtlich revolutionären Gedankengutes bei Luther bislang auf keinen fruchtbaren Boden gefallen. Luther war nach wie vor von einer unter den gegebenen Umständen als beklagenswert zu bezeichnenden Frömmigkeit, die im Wesentlichen auf die Erlangung des eigenen Seelenheils ausgerichtet war. Nach Gott kam für ihn gleich der Papst und die Katholische Kirche, wobei er im Moment zwischen diesen Instanzen noch keine rechte Unterscheidung zu treffen vermochte und demzufolge auch keine dieser in Frage zu stellen gewagt hätte. Irgendwie lebte er in Zufriedenheit in seiner Welt, ohne die Probleme der Welten, welche die seinige umgaben, wahrnehmen zu wollen oder zu können. Das, so Staupitz' feste Überzeugung, war keine Frage des Intellekts. Aber irgendwie stand sich Luther selbst im Weg.

Im Frühjahr des folgenden Jahres waren Staupitz' Kräfte so weit ermattet, dass er Luther den ersten Schritt der Graduierung nicht mehr verwehren konnte. Im März des Jahres 1509 verlieh er ihm den Grad des „Baccalarius biblicus", in der Hoffnung, sich dadurch zumindest Luthers Gefügigkeit zu erhalten. Alles Weitere ergäbe sich dann schon.

„Es irrt der Mensch, solang' er strebt", würde ein großer deutscher Dichter drei Jahrhunderte später den Umstand auf den Punkt bringen, der Staupitz jetzt seine Strebsamkeit bescheinigte. Nichts ergab sich. Luther ging unbeirrt seinen Weg, als gelte es, den einzigen freien Platz im Himmel zu besetzen. Man konnte ihm nicht einmal mangelnde Kritikfähigkeit unterstellen, aber er duldete Kritik nur an sich selbst, davon überzeugt, dass deren Verstummen ihm selbst Perfektion zuerkennen würde. Andere hingegen zu belehren, war seine Sache nicht.

Hinzu kam ein weiterer Umstand, den Staupitz durch Versetzung Luthers nach Wittenberg überwunden glaubte, nämlich der Einfluss seiner Erfurter Ordensbrüder.

Staupitz war davon ausgegangen, dass dieser schon aufgrund der räumlichen Entfernung abnehmen würde. Als er aber feststellen musste, dass Luther diese durch einen regen Schriftwechsel überbrückte, hatte er seinen Irrtum anzuerkennen. Doch was sollte er tun? Luther den Kontakt verbieten? Er verfügte über hinreichende Imaginationskraft, um zu wissen, dass dies die denkbar schlechteste Lösung wäre. Das Küken muss die Eischale selbst aufbrechen. Wenn man von außen nachhilft, wird kein Huhn daraus. Also weiterbrüten.

Staupitz hatte sich ganz der Entwicklung Luthers verschrieben und darin nicht nachgelassen, selbst als er spürte, dass es seinem Körper wie seinem Geist in ordentlichem Maße zusetzte. Als jedoch Rufe laut wurden, er würde über diesen Luther seine anderen Studenten vernachlässigen, war er gezwungen gewesen, sich selbst ein Stoppzeichen zu setzen. Er erkannte, dass sein Weg offenbar nicht zum Ziel führte. Er ließ Luther noch den Grad des „Baccalarius sententiarius" erwerben und gestattete ihm im Sommer des Jahres 1509, nach Erfurt zurückzukehren. Er selbst musste erst einmal sein Vorgehen überdenken.

Das eigene Versagen nagte an ihm. Er hatte alles in Händen gehabt, oder vielleicht doch nicht? Aber er hatte alles verspielt, oder vielleicht doch nicht? Auf jeden Fall hatte er sich die Sache leichter vorgestellt. Sollte er sich nach jemand anderem umsehen? Das hatte er lange genug getan und erging sich dessen nicht in Überzeugung. Die absehbare Zeit, einen wie Luther zu finden, würde deren verfügbare weit übertreffen.

Jetzt konnte er nur noch eines tun. Er griff zu Feder und Papier.

29

Eigentlich hätte Papst Julius II. zufrieden sein können. Sein Bauprojekt kam gut voran, er hatte die Mehrzahl seiner Kardinäle hinter sich versammelt und sah sich im Moment trotz einiger zwiespältiger Entscheidungen, die der ihm zugedachten Rolle entsprangen, außer den üblichen keinen zusätzlichen offenen Anfeindungen ausgesetzt. Er war vorbereitet auf die Dinge, die da kommen sollten. Doch stattdessen kam ein Brief:

„Heiliger Vater, ich bitte Euch eindringlich, meinem Versagen zu vergeben, für das ich mich zweifellos an höherer Stelle zu verantworten haben werde. Leider ist es mir bislang nicht gelungen, jenem Bruder Martin die Aufgabe nahezubringen, die wir ihm zugedacht haben. Ich hatte ihn sogar zum Zwecke theologischer Studien zu mir nach Wittenberg beordert, um besser auf ihn einwirken zu können. Bisher aber ohne Erfolg. Ich halte ihn zwar nach wie vor für einen geeigneten Kandidaten, aber er ist von charakterlicher Eigenheit, die ihn schwer zugänglich macht. Er lebt in der Enge seines Konventes, ganz darauf bedacht, in Frömmigkeit sein unbedeutendes Dasein gefällig vor Gott und der Kirche zu fristen. Er muss mit äußerster Behutsamkeit behandelt werden; anderweitig besteht die Gefahr, ihn gegen uns aufzubringen und endgültig zu verlieren. Diesen Umstand berücksichtigend, musste ich bis jetzt auch die notwendige Einigung meiner Konvente aussetzen, da Bruder Martin einem solchen Schritt mit Skepsis gegenübersteht; ein weiteres Versäumnis, das meiner Verantwortung zuzuschlagen ist. Im Moment sehe ich mich an den Grenzen meiner Fähigkeit angelangt. Wir müssen zu einer Entscheidung gelangen.

Euer ergebener Diener, Johann von Staupitz"

Julius hatte dieses Schreiben, wie er es mit Verantwortung aufbürdenden Dokumenten zu tun pflegte, an den eilig herbeigerufenen Cajetan weitergereicht. Nachdem Letzterer mittels Lektüre des fatalen Aufsatzes den Stand seiner Besorgnis dem seines Dienstherrn angeglichen hatte, drängte es diese, in Erörterung aufzugehen.

„Ich habe derlei Dinge schon befürchtet, die Sache bahnte sich bislang zu leichten Weg", erklärte Cajetan, nicht ohne den Hintergedanken, im Falle einer unerwarteten Lösung des Problems in hellem Licht zu erstrahlen.

„Das ist richtig, aber wir haben alles auf diese eine Karte gesetzt. Vielleicht war es ein Fehler, vielleicht haben wir Staupitz zu großes Vertrauen vorgeschossen, aber Alternativen hätten wir anderenfalls wohl auch nicht zahlreicher gehabt, als wir jetzt gar keine mehr haben."

„Vielleicht sollten wir den Plan aufgeben, irgendetwas verändern zu wollen. Die meisten Eurer Vorgänger hatten mit dieser Einstellung gutes Auskommen, warum daran rütteln?"

„Weil wir Verantwortung tragen, und das in vielerlei Hinsicht. Überlegt, die Vorbereitungen, die wir bereits getroffen haben, die Mühe, vor allem aber die finanziellen Mittel, die sie uns gekostet haben und noch kosten werden. Irgendwann wird dies alles nicht mehr mit Rechtfertigung zu belegen sein. Außerdem haben wir eine Aufgabe zu erfüllen, der wir uns nicht entziehen können."

Cajetan lächelte. Natürlich dachte auch er nicht daran, sich dem Scheitern hinzugeben, aber er musste wissen, ob Seine Heiligkeit noch mit vollem Elan bei der Sache war. Die Bekräftigung dieses Umstandes hatte er erwartet wie erhofft. Jetzt konnte an einer Lösung gearbeitet werden.

„Staupitz ist mit Sicherheit ein fähiger Mann, aber ich denke, wir haben ihn zu lange mit einer großen Aufgabe alleingelassen. Diese ist zu groß, um von einem Einzelnen bar jedes Zweifels bewältigt zu werden, und zu bedeutend, um in solches uneingeschränktes Vertrauen zu setzen."

„Aber wer stünde bereit, ihm von Hilfe zu sein?"

„Ich verstehe. Die Vertraulichkeit müsste gewährleistet werden. Ich würde mich der Sache selbst annehmen, aber Ihr wisst, seit meiner Ernennung zum Ordensgeneral ist meine Handlungsfähigkeit ebenfalls gewissen Einschränkungen unterworfen."

„Nur, einen Kardinal kann ich mit einer derartigen Aufgabe nicht betrauen, Ihr versteht."

Cajetan verstand. Er war ein Mann von hoher Intelligenz, so hoch, dass ihm in Verbindung mit seinen Verdiensten eigentlich selbst ein solcher Titel zugestanden hätte. Dass ihm die Ernennung bislang verwehrt worden war, lag einzig daran, dass ihn diese an der Verübung anderer wichtiger Aufgaben gehindert hätte. Selbst seine Berufung zum Ordensgeneral im Jahr zuvor war ein Schritt, der dem abträglich, letztendlich nach Abwägung aller Faktoren aber nicht zu vermeiden gewesen war. Julius' letzter Satz versicherte ihn außerdem des Umstandes, dass sich die Anerkennung für seine Dienste, so er diese denn weiterhin mit gleichem Engagement erbrächte, früher oder später in Form eines Aufstieges in der klerikalen Hierarchie niederschlagen würde.

„Ihr könnt auf mich zählen", fasste er seine Ansprüche zusammen.

30

Die menschliche Seele ist Herberge einer tief verwurzelten Sehnsucht nach Ordnung. Dem in Widerspruch steht auch nicht der individuell mehr oder weniger ausgeprägte Drang, sich über diese hinwegzusetzen. Selbst jene, bei denen dieses Streben anarchistische Züge pathologischen Ausmaßes annimmt und scheinbar das Vorhandensein jeglichen systematischen Zustandes negieren lässt, müssen zugestehen, dass jedwede Beugung des Schemas dessen Bestehen zur unabdingbaren Voraussetzung hat. Chaos lässt sich nicht verwirren. Wer sich diesem Fakt zu entziehen und aus bestenfalls mit mangelnder Weitsicht zu begründendem mephistophelischen Hass gegen jede Form von Struktur diese zu vernichten sucht, wird am Ende seines Weges auch das eigene Sein verwirkt haben. Der einzige objektiv legitimierte Grund in der Beseitigung von Regularien besteht darin, derer neue zu erschaffen. Dieser fordert im Regelfall aber die Fähigkeit ein, den Hütern des bestehenden Ordnungszustandes alle persistenten Zweifel an der Sinnhaftigkeit eines neuen auszutreiben oder die Gewissheit um dessen bereits seit Anbeginn aller Zeiten andauernde Existenz einzugeben.

Das Klopfen an die Tür wurde von diesen Gedanken begleitet, die, nachdem man eingelassen ward, in der festen Überzeugung der Beherrschung dieser Kunst mündeten. Ihnen ein anderes Resultat zu gewähren, war es ohnehin zu spät.

„Wie ist Euer Name?"

Der Prior des Erfurter Augustiner-Konventes war freudig berührt, war die Anzahl von Neuzugängen in letzter Zeit doch beständig im Sinken begriffen. So tat es dieser Freude auch keinen Abbruch, dass sein Gegenüber, der sein viertes Lebensjahrzehnt bereits vollendet hatte, weder als Novize anzusehen war, noch auf unbefristete Zeit an diesem Ort verweilen würde.

„Tommaso de Vio."

„Ihr seid ein Bruder vom Orden der Dominikaner?"

„So ist es."

„Und was führt Euch hierher?"

„Der Heilige Vater in Rom ist sehr angetan von Eurem Konvent. Wir Dominikaner haben da in vielerlei Belangen noch Nachholbedarf. Er sendet mich, an Eurem Ordensleben eine Zeitlang teilzunehmen, um von Euch zu lernen."

„Ein höchst ungewöhnlicher Schritt."

„Das wohl, aber man muss mit der Zeit gehen. Schließlich dienen wir alle demselben Herrn."

„Seid herzlich willkommen."

Die Kunstfertigkeit hatte ihren Nachweis erbracht. Sicheres Auftreten war eben alles, um dem Gegenüber zu suggerieren, dass die soeben geschaffenen Tatsachen von urzeitlichem Bestand seien.

Soweit schien alles gutzugehen. Cajetan hatte dem Prior seinen Geburtsnamen genannt, in der Hoffnung, dass jenem seine wahre Identität nicht zu Bewusstsein käme. Dies hätte seine Mission noch schwieriger gemacht, als sie ohnehin schon war. Als Ordensgeneral der Dominikaner musste er davon ausgehen, dass zumindest sein Name bereits bis zu den Orten vorgedrungen war, an denen er erschien, selbst wenn diese jenseits erdbegleitender Himmelskörper gelegen waren. Die Gefahr, hier von Angesicht bekannt zu sein, bestand hingegen kaum. Die Porträtmaler der damaligen Zeit waren im Regelfall Hauptberufler, die zur Sicherung ihres Lebensunterhaltes zwei elementare professionelle Regeln befolgten. Erstens, nur zahlungskräftige wie –willige Modelle abzufärben, und zweitens, diesen in so schmeichlerischer Weise ge-

108

recht zu werden, dass man die Originale anhand der Repliken ohnehin nicht hätte wiedererkennen können.

„Kaum" will heißen, dass ein gewisser Rest an Risiko natürlich nicht auszuschließen war. Dieser materialisierte sich an dem Tag, als Staupitz wieder einmal zu einem seiner Besuche eintraf. Er war zunächst geneigt, seiner Verwunderung ob dieser unerwarteten Begegnung publikumswirksamen Ausdruck zu verleihen, konnte sich aber im letzten und entscheidenden Augenblick Einhalt gebieten. Wenn sich Cajetan hier aufhielt, gab es dafür einen Grund, der von Staupitz weder zu hinterfragen noch zu sabotieren wäre. Also beschränkte er sich darauf, seine Freude auf die Hoffnung zu konzentrieren, dass Cajetan hier seiner eigenen Unzulänglichkeit zu Hilfe geeilt wäre. So ließ er ihn gewähren, ohne sich näher mit ihm zu befassen. Zu gegebener Zeit würde sich dieses nachholen lassen.

Cajetan selbst hätte auch keine Ablenkung von seiner Aufgabe dulden können. Seine Zeit war knapp bemessen, da er, wie bereits erwähnt, im Moment seine übrigen Pflichten mit schmählicher Missachtung strafte. Er bemühte sich intensiv um Luther, sehr diskret, um keinen Verdacht zu erregen, aber er musste alles über diesen Mann in Erfahrung bringen, was sich seinem Zugriff bot. Er erwarb dessen Vertrauen, was ihn in die Lage versetzte, scheinbar belanglose, in Wahrheit aber umso tiefgründigere Dispute zu führen. Als er nach wenigen Wochen Erfurt wieder verließ, hatte er sich ein vollumfängliches Bild von Luther verschafft. Dass sich dieses mit seiner hoffnungsvollen Erwartung zur Deckung bringen ließ, erfüllte ihn mit Zufriedenheit. Er würde Papst Julius befreiten Herzens gegenübertreten können.

31

Eine geradezu fühlbare Erleichterung breitete sich im Raum aus. Sie stieg die hohen Wände empor und sank, nachdem sie sich an der Decke zu massiven Wolken zusammengeballt hatte, in zirkulierender Bewegung wieder zu Boden. Dabei infizierte sie alles, was sich ihrer Wirkung noch in aussichtsloser Verzweiflung zu widersetzen suchte, mit der ihr innewohnenden Kraft, die alsbald den gesamten Raum in grelles unsichtbares Licht tauchte.

Die beiden Quellen dieser Erleichterung saßen einander gegenüber und ersetzten dabei vage Befürchtung durch im Moment noch ebenso vage Erkenntnis. Zumindest aber war die Zeit des ungeduldigen Wartens vorbei. Immerhin war Cajetans Abwesenheit aus Rom von längerer Dauer gewesen, als es für seinen Dienstherrn an Maß erträglich wie vertretbar gewesen wäre, auf dessen sicheren Ratschlag verzichten zu müssen. Endlich war er wieder zurück, mit seiner Präsenz die der päpstlichen Verunsicherung zu ersetzen.

Auch Cajetan wollte in Sachen innerer Befreiung seinem Gegenüber nicht nachstehen. Er musste sich einräumen, bei der letzten Disputation mit Julius seinem Optimismus einen Höhenflug gestattet zu haben, der aus nüchterner Sicht der Dinge von unverantwortbarem Ausmaß gewesen war. Gut, inzwischen hatte die Situation ihre Übersichtlichkeit zurückgewonnen, sodass man dem einen gnädigen Blick auferlegen konnte; dennoch hätte es anders kommen können. Dies konnte es eigentlich immer noch, nicht einmal fernab jeglicher Wahrscheinlichkeit, aber Cajetan wähnte es jetzt in seiner eigenen Hand, den weiteren Verlauf des Geschehens deren Kontrolle zugänglich zu machen.

„Ich habe mich eingehend mit der Sache befasst", begann Cajetan die anberaumte Erörterung der Lage und fügte, dem skeptischen Blick des anderen zu begegnen, ein „und sehe sie durchaus positiv" hinzu.

Nachdem sich eine wortlose Entspannung Julius' Blicks bemächtigt hatte, setzte Cajetan fort:

„Meine Meinung zu Luther ist: Er ist genau der Mann, den wir brauchen. Meine Meinung zu Staupitz ist: Es war kein Fehler, ihm zu vertrauen, obgleich Ihr es in Zweifel zieht. Er hat seine Aufgaben erfüllt, bis auf eine, was ich aber nicht für ein Versäumnis halte. Oftmals ist für richtiges Tun der richtige Zeitpunkt entscheidend. Zudem halte ich die Zeit für gekommen, dass wir gewisse Dinge selbst in die Hand nehmen. Dann wird sich eines ins andere fügen."

„Und was wäre folglich zu tun?"

„Alles hängt an der Beendigung des Unionsstreites innerhalb von Staupitz' Augustiner-Konventen. Ihr habt ihn schon vor einiger Zeit ermächtigen lassen, diesen beizulegen; er hat es mit Rücksicht auf Luther bislang nicht gewagt, diesen Schritt zu tun. Jetzt aber ist die Zeit dafür reif. Er wird der Auslöser sein für das, was getan werden muss, vertraut mir. Sendet Staupitz eine nachdrückliche Order."

„Aber Staupitz hält das für einen Fehler. Was, wenn seine Sorge berechtigt ist?"

„Ich glaube, Staupitz irrt in einem entscheidenden Punkt. Er fürchtet, die Kontrolle und damit Luther selbst zu verlieren, stattdessen muss er sie abgeben, um jenen für die Aufgabe zu gewinnen, die ihm zugedacht ist. Solange Luther ihm oder sonstwem hörig ist, wird er diese niemals erfüllen können. Wir müssen jenem nahelegen, alle irdischen Autoritäten, einschließlich, sowenig es mir zusagt, auch die Eurer Heiligkeit, in Zweifel zu ziehen.

Wenn wir Erneuerung wollen, müssen wir dieser auch freie Hand einräumen."

„Und wie stellt Ihr Euch das vor?"

„Lasst Staupitz die Einheit seiner Konvente durchsetzen, wie schon vor Jahren angedacht. Das wird ihm zunächst Widerstand unter einigen von ihnen einbringen, zu denen, wie Staupitz richtigerweise vermutet, auch Luther und seine Erfurter Ordensbrüder zählen werden; ich weiß inzwischen sehr genau, wie die Dinge dort stehen. Sie werden eine solche Entscheidung nicht freiwillig hinnehmen. Sie werden sich in dieser Angelegenheit an Eure Heiligkeit wenden, wenden müssen, auch wenn Ihr selbst einen solchen Schritt untersagt habt. Sie werden einen Unterhändler nach Rom entsenden, bei dem es sich nur um Luther wird handeln können; er genießt das höchste Ansehen bei seinen Brüdern. Damit wird er gezwungen sein, die Eurige Weisung zur stillen Duldung dieses Vorgangs zu missachten, aber er wird es um des rechten Weges für sich und seine Brüder tun. Damit wird das erste Band zerrissen, das ihn an seine Unterwürfigkeit fesselt. Wenn er hier eingetroffen ist, wird es an uns sein, ihm die Missstände, die es zu tilgen gilt, so deutlich vor Augen zu führen, dass er selbst um seine Seele fürchten muss, wenn er nicht dagegen angeht."

„Aber werden wir ihn damit nicht gegen uns aufbringen?" In der Frage schwang eine unüberhörbare Besorgnis mit.

„Es bleibt zu hoffen, dass uns Derartiges gelingt. Vergesst nicht, dass wir alle ein Teil dessen sind, das zu überwinden ist."

„So recht gefällt mir das nicht. Die Folgen könnten jeder Beherrschbarkeit entbehren."

Cajetan musste überlegen. Wäre die Raumfahrttechnik zur damaligen Zeit bereits ein fester Bestandteil im Lehrumfang der Universitäten gewesen, hätte er wohl ausgeführt, dass man, um einen Satelliten in den Orbit zu schießen, diesem zunächst einen wohl dosierten, die Schwerkraft überwindenden Impuls geben muss, aber darauf vertrauen darf, dass sich schließlich doch eine stabile Umlaufbahn einstellt. Erschwerend wäre hinzugekommen, dass sich die Berechnung einer solchen bei der damals noch vorherrschenden Scheibengestalt der Erde weitaus komplizierter dargestellt hätte. Diesem historischen Manko geschuldet, war er gezwungen, seine Erklärung in weniger anschauliche Worte zu hüllen.

„Große Taten bedürfen eines gewissen Maßes an Freiheit. Derjenige, der dieser fähig ist, ist auch fähig, sie nicht ihres Kontextes zu entheben."

„Dann lasst es uns angehen."

Am 30. September 1510 veröffentlichte Staupitz auf das päpstliche Geheiß hin und zunächst gegen seine eigene Überzeugung die Bulle von López de Carvajal.

32

Der Erfurter Augustiner-Konvent war im Allgemeinen ein Ort der Stille, zumindest seit Luther seine Dämonen bezwungen hatte. Dieser Zustand war nun an seinem vorläufigen Ende angekommen. Den ganzen Tag über schon war eine Unruhe unter den Brüdern in Ausbreitung begriffen. Diese hatte, von Einzelnen ausgehend, zunächst kleinere Gruppen von ihnen in ungewohnte Vibration versetzt und im fortschreitenden Umsichgreifen letzten Endes zu einer im Einklang bebenden homogenen Masse vereint.

So hatte sich dann gegen Abend das gesamte Personal im Refektorium versammelt. Dort setzten zunächst diffuse Dispute ein, für den Außenstehenden nur als unverständliches Murmeln wahrnehmbar, aber immer wieder hoben sich einzelne Worte heraus, die nach und nach einen kognitiven Zusammenhang bildeten. Aus ihnen hätte der stumme Beobachter den korrekten Schluss ziehen können, dass man gegen einen von oben übergeholfenen Beschluss in Widerstand getreten war oder zumindest eine diesbezügliche Bereitschaft entwickelte.

Es dauerte eine Weile, bis sich die in ihrer Gleichzeitigkeit gegenseitige Behinderung auferlegenden Polyloge zu einer einzigen Wortführung verdichteten, die von einem der Ordensbrüder ergriffen wurde. Jener, der den Namen Henricus trug und dessen äußere Erscheinung auf eine gewisse Lebenserfahrung schließen ließ, richtete die Rede an seine Mitbrüder:

„Liebe Brüder. Ich bin seit vielen Jahren in diesem Konvent und diese gesamte Zeit über war ich davon überzeugt, dass wir auf dem richtigen Weg sind. Vor meinem Beitritt war ich oft im Zweifel mit Gott und mir selbst; hier habe ich den Frieden gefunden, den ich nicht mehr missen möchte und der von strengen Regeln und deren strenger Befolgung ausgeht. Darin dürfen wir nicht nachlassen. Es wäre sonst unser Schade."

Bruder Johannes, einer der jüngeren zwar, aber dennoch mit bereits gereifter Einsicht, pflichtete ihm bei:

„Ich kam her, um Vergebung zu finden. Ich kann mich nicht auf einen Weg begeben, der mich von dieser wegführt. Mein Hiersein wäre ohne jeden Nutzen."

Jetzt kam die Diskussion so recht in Gang, wobei schnell Einigkeit darüber bestand, dass man bezüglich der Auslegung der Ordensregeln keinerlei Kompromisse dulden dürfe.

„Ich weiß nicht, was sich das Generalvikariat dabei gedacht hat, eine solche Entscheidung zu treffen", entrüs-
tete sich Bruder Justus.

„Diese kommt von höherer Stelle", korrigierte Henricus.
„Sie soll von Papst Julius persönlich getroffen worden
sein."

„Dann müssen wir in Rom gegen diese Entscheidung
einsprechen", war es nun an Bruder Johannes, seinem
jugendlichen Ungestüm zu Ausdruck zu verhelfen.

„Ja, lasst uns zumindest eine Erklärung einfordern",
meinte Bruder Julius, der offensichtlich keine Scheu
zeigte, seinem hochrangigen Namensvetter die Stirn zu
bieten, zumindest solange, bis ihn die Rückfrage „Wärt
Ihr bereit, dieses zu tun?" in den Zustand nachdenklichen
Schweigens zurückführte. Dies bewirkte aber keinerlei
Einschnitt im Diskurs, Meinungen und deren Wunsch der
Äußerung gab es zuhauf.

„Wenn wir jemanden nach Rom entsenden, dann nur
Bruder Martinus. Er ist der Einzige von uns, der einer
solchen Aufgabe gewachsen ist."

Luther war dem Meinungsaustausch bislang gefolgt, ohne
sich aktiv daran zu beteiligen. Jetzt, da sich unzählige
Augenpaare erwartungsvoll seiner zuwendeten, sah er
sich genötigt, für Klarheit zu sorgen.

„Liebe Brüder. Ihr habt recht, was die Auslegung unserer
Ordensregeln betrifft. Aber es ist nicht an uns, die Entscheidungen der Obrigkeit zu hinterfragen. Papst Julius
selbst hat, diese Entscheidung betreffend, einen Einspruch in Rom ausgeschlossen. Somit können wir uns nur
fügen."

Die Augenpaare wendeten sich von Luther ab und einander zu, wobei die Erwartungsfreude einem fragenden
Ausdruck gewichen war.

Lediglich ein Augenpaar beteiligte sich nicht an der visuellen Interrogationsrunde. Dessen Besitzer, Bruder Aloisius, ein gebildeter Mann mit regem Blick und einer vom Nachdenken hohen Stirn, erkannte, dass es an ihm war, diesen Knoten zu lösen. Vor Kurzem hatte er eine seltsame Unterhaltung mit einem fremden Ordensbruder, der als Gast im Konvent weilte und der ihn auf eine solche Situation vorbereitet hatte. Damals, das musste er sich eingestehen, hatte er nicht so recht verstanden, was dessen Andeutungen bezüglich Luther und seiner Einstellung zu gewissen Dingen an Bedeutung zu beherbergen hatten. Jetzt tat er es.

„Bruder Martinus, ich kenne Euch, seit Ihr in unseren Konvent eingetreten seid. Ihr seid ein Muster an Frömmigkeit und Bußfertigkeit, was Euch und auch uns allen hier zum Wohle gereicht hat. Und das wollt Ihr jetzt aufgeben? Habt Ihr das ausreichend bedacht?"

„Das steht nicht zur Frage. Das Wort des Heiligen Vaters ist unumstößlich, er irrt nicht."

„Wenn Ihr Euch aber nicht berufen fühlt, sein Wort in Zweifel zu ziehen, dann steht es Euch auch nicht zu, dessen Richtigkeit zu propagieren."

Dieser Satz traf Luther mit solcher Intensität, dass er nicht einmal daran dachte, dessen Quelle zu hinterfragen. Anderenfalls hätte es ihm bewusst werden müssen, dass ein solcher niemals von einem Konvent-Bruder ohne einen Doktortitel auf dem Gebiet der Philosophie zu ersinnen gewesen wäre. Trotzdem war jener im Recht.

„Und was wollt Ihr damit sagen?"

„Der Heilige Vater ist um unser aller Wohlergehen besorgt, wenngleich er niemals Entscheidungen treffen kann, die allen gerecht werden. Ihr hingegen scheint Euch nur um Euer eigenes Wohlergehen zu sorgen."

„Das ist nicht wahr."

„Dann folgt diesem Anspruch! Wir alle hier sind davon überzeugt, dass unser Weg der richtige ist. Wir leben für unsere Werte und diese sollen nun infrage gestellt werden. Ihr seid ein studierter Mann, der einzige unter uns, der unserem Problem abhelfen kann. Dieser Verantwortung müsst Ihr Euch stellen! Geht nach Rom und übt Fürsprache für uns alle!"

Eine kurze Pause absoluter Stille trat ein. Jeder im Raum wusste, dass es nur einer einzigen Person hier zustand, diese zu brechen. Gespannte Erwartung überbrückte den Zeitraum bis zu deren Ende.

„Ihr habt recht, Bruder Aloisius. Ich werde nach Rom gehen."

Bereits wenige Tage später machte er sich auf den Weg. Der Satellit hatte die Erdanziehungskraft überwunden.

33

Der Weg war beschwerlich, in beiderlei Hinsicht. Dabei hätten die körperlichen Anstrengungen dem Pilgernden nicht einmal entscheidend zusetzen können, wäre da nicht eine andersgeartete Last zu tragen gewesen. Nur um Missverständnissen vorzubeugen: Die physische Leistung, einen Weg zurückzulegen, dessen Maßzahl lediglich durch Umrechnung von Kilometern in Meilen den vierstelligen Bereich verfehlt, und der zudem ein spätherbstliches Hochgebirge zu queren hatte, soll nicht in ihrer Anerkennung geschmälert, geschweige denn mit Geringschätzung betrachtet werden. Dennoch muss man zugestehen, dass Luther solcherlei Widrigkeiten mit bewundernswerter Gleichgültigkeit gegenübergetreten war; anderenfalls hätte er sich wohl jedes Einfallsreichtums befleißigt, dem Verzicht auf eine solche Reise Plausibilität zuzusprechen.

Was den Schritten eine bedrückende Schwere auferlegte, war der Zweifel, ob ein jeder von ihnen in die richtige Richtung verliefe. Sie folgten irgendeiner vagen Form von Notwendigkeit, der sich ihr Verüber aber nicht in vollständiger Überzeugung ergehen konnte. Jener hatte sich, als er sich für das Leben eines Mönchs entschieden hatte, den vollkommenen Frieden an Körper und Seele erhofft; jetzt wurde ihm die Erkenntnis aufgezwungen, dass diese Illusion irgendwo auf seinem Weg einen Abzweig genommen hatte. Ein Zurück gab es nicht mehr; eingebracht hätte es ihm überdies nichts, da er lediglich den einen Konflikt gegen einen anderen getauscht hätte. Seine Ordensbrüder zu enttäuschen, um sein Seelenheil zurückzuerlangen, hätte ihn selbiges ebenfalls gekostet. So blieb ihm nur, seine neue Aufgabe anzunehmen, die darin bestand, Verantwortung zu tragen, Verantwortung für andere. Mit dieser Rolle abgefunden hatte er sich inzwischen, nicht aber mit der Art und Weise, wie ihm diese nahegebracht worden war. Dass seine erste „Amtshandlung" darin bestehen würde, in Widerspruch mit der höchsten irdischen Macht – oder der niedrigsten himmlischen, je nach Betrachtungsweise – zu treten, beunruhigte ihn. Er fühlte sich wie ein Fisch, der unversehens aus dem kalten Wasser geworfen wurde.

Zu seinem Glückswesen war er zumindest mit einem Reisebegleiter ausgestattet worden. Sein Weg hatte ihn über den befreundeten Konvent in Nürnberg geführt, wo man die Ansichten der Erfurter bezüglich des Ordenslebens und demzufolge auch deren Befürchtungen ob der jüngsten Entwicklungen teilte. Auch dort hatte man beschlossen, einen Vertreter nach Rom zu entsenden, um den Erlass des Generalvikars kassieren zu lassen.

So hatte man sich gemeinsam auf den Weg gemacht; eine gute Entscheidung, nicht nur im Hinblick auf die Bewältigung der Route, welche in der damaligen Zeit dem Reisenden eine Reihe von Gefahren bereithielt, sondern vor allem auch auf das, was sie an deren Ende erwartete. Luther hatte sich inzwischen mit dem Gedanken arrangiert, der Ungewissheit ins leere Auge blicken zu müssen, und war bemüht, seinem Tritt Sicherheit und Stärke zu verleihen. Der andere war, seinem höheren Alter geschuldet, nicht mehr ganz so behände zu Fuß, verdankte ebendiesem Umstand aber auch eine gehörige Portion Weisheit. Diese ließ ihn von dem Vorhaben eines direkten Audienzgesuches bei Seiner Heiligkeit – ein Ungehorsam, der Luther nach wie vor Unbehagen bereitete – Abstand nehmen, um sich stattdessen zunächst an den Ordensgeneral Viterbo zu wenden. Auf diese Weise war das päpstliche Verbot wenigstens formell zu umgehen, was Luther zumindest vom Vorwurf der unmittelbaren Insubordination freisprach. Den Rest des Weges konnte er wesentlich befreiter zurücklegen.

Sich auf solche Art gegenseitig Halt gebend, der eine dem anderen körperlichen, der andere umgekehrt seelischen, erreichten sie nach einer beinahe zweimonatigen Wanderschaft ihr Ziel.

34

Die Via Flaminia lag noch fernab ihres künftigen Verlustes an Bedeutung und Prachtfülle. Dereinst angelegt, um das Versprechen des Reichtums auf direktem Wege in die Stadt zu leiten und sich dessen Gegenteils auf ebensolche Weise zu entledigen, war sie selbst nach dem teilweisen Versagen dieses Prinzips immer noch das Medium der Wahl, um Pilgernden und Warenverkehr aus nördlich gelegenen Quellen des Zuflusses den Strom in die Stadt zu öffnen. Der Weg weist, flankiert von einem grünen Saum, der irgendwann in der kleine Anhöhe des Pincio aufgeht, und dem Fluss, dessen Strömung dem Zuwanderer die Richtung vorgibt, in schnurgezogener Geradlinigkeit und sanftem Gefälle unmittelbar ins Herz der Metropole. So erkennt man schon von Weitem die zu durchquerende Porta del Popolo, welche ehemals die gleiche Nennung trug wie die Straße, der sie scheinbar einen Endpunkt, in Wirklichkeit nur eine Änderung des Namens verschafft. Tatsächlich führt diese unter Beibehaltung ihrer Pfeilgeradität bis zu jener antiken Stätte, deren bedeutungsmäßigem Niedergang der eigene in unlösbarer Verknüpfung nachfolgen würde.

Obwohl das gen Norden gerichtete Stadttor bei seiner – in historischen Dimensionen gemessen – kürzlich vorgenommenen Neuerrichtung seinen wohlklingenden Namen gegen jenen einzutauschen hatte, den man bei mangelndem Wohlwollen leger mit „Dienstboteneingang" übersetzen könnte, wird es einer solchen Geringschätzung zumindest architektonisch nicht gerecht. Verströmt es bei minderdistanter Inaugenscheinnahme den Eindruck einer gewissen Massivität und Wehrhaftigkeit, ist der Blick, welcher sich der nähernden initialen Neugier zuwendet, von suggestiver Wirkung. Wie eine schlafende Schönheit liegt einem die Stadt zu Füßen, bereit, erobert zu werden, bereit, sich in ebenjenem Augenblick in eine reißende Bestie zu verwandeln und den Explorator der eingangs erwähnten Kategorisierung zu unterwerfen, ihn verschlingen oder wieder ausspeien. Beiderlei Verwirklichung würde dem Wohlbefinden Einschränkungen von nicht unbedeutender Unannehmlichkeit auferlegen; dennoch kann man sich in dieser Situation der Beschleunigung nur schwer entziehen, welche die Verlockung in psychologischer Weise, ebenso wie der Hangabtrieb in physikalischer, dem Schritt des Wanderers auferlegt.

Luther aber hatte in dieser Hinsicht bereits eine gewisse Festigung erfahren. Anstatt in den obligaten Laufschritt zu verfallen, hielt er angesichts des sich darbietenden kontemplativen Meisterwerkes inne. Er ließ sich auf einem am Wegesrand liegenden Stein nieder, der dem Anschein nach eines jener Konstruktionselemente war, deren unbedachte Entnahme aus ihrer Zweckbestimmung durch Angehörige marginalkultivierter Völkerstämme die gründerzeitlichen Bauten in den Status von Ruinen überführt hatte. Weit waren die Trophäenjäger damit offenkundig nicht gekommen, doch wenn der Kopf einmal ab ist, spielt es auch keine Rolle mehr, ob man ihn unterm eigenen Arm nach Hause trägt.

Luther ließ den Blick über die Landschaft streifen, während sein Begleiter ein paar Steinchen aus den von der Wanderschaft verschont gebliebenen Resten seiner Sandalen schüttelte. Der kritische Blick, den jener dem von Verschleiß gezeichneten Material auferlegte, retournierte dem Sachkundler die Bestätigung, dass diese Besohlung dem Rückweg keine standsichere Grundlage mehr würde bieten können. Glücklicherweise verfügte die einschlägige lokale Handwerkssinnung über den besten Ruf, und das seit der Zeit, da sich Römische Legionäre zu Fuß den gesamten Kontinent – mit Ausnahme eines kleinen Dorfes – unterworfen hatten. Der spätere Niedergang dieses großen Reiches lag jedenfalls nicht in der Verantwortung qualitativ mangelhaften Schuhwerkes.

Doch zurück zu Luther. Er verspürte in diesem Moment eine Art von Leichtigkeit, so als hätte er selbst seine Füße von den aufgesammelten scharfkantigen Widrigkeiten des zurückgelegten Weges befreit. Als er zum ersten Mal das Kloster betreten hatte, war Rom in seiner Vorstellung eine irreale Stätte projizierter Träume, die irgendwo auf dem Weg gen Himmel gelegen sein musste; als er es zum letzten Mal verlassen hatte, wie ein unbezwingbarer Gegner, dessen Kontrahenz andere für ihn erwählt hatten. Jetzt, da es in greifbarer Nähe, jedoch noch verklärender Distanz vor ihm lag, hatte es alle Irrealität und Unbezwingbarkeit verloren, nicht nur dank dem Rudiment einstiger Monumentalität, auf dem er so vielsagend Platz genommen hatte. Er fühlte sich bereit, bereit das zu tun, was, ob richtig oder falsch, nicht mehr zu umgehen war.

35

„Er ist angekommen."

„So wie Ihr es vorausgesagt habt. Ich bewundere Eure Menschenkenntnis."

Auf eine derartige lobende Erwähnung, selbst wenn sie von noch so hochgestelltem Munde ausgesprochen wurde, mit einem Ausdruck schmeichlerischer Huldigung zu antworten, enthielt sich dessen Empfänger, hätte ein solcher doch bestenfalls die zumindest theoretische Erwägung des Gegenteils bescheinigt. In den wie in Stein gemeißelten Gesichtszügen war zumindest keine in dieser Richtung deutbare Regung zu erkennen. Stattdessen bemühte man sich, der Selbstverständlichkeit dieses Zustandes weitere Bestätigung zu verleihen.

„Wo ist eigentlich der Dritte in unserem Bunde? Habt Ihr ihn herbeordert? Wir müssen sorgfältige Pläne für die nächsten Tage erstellen."

„Eigentlich müsste er schon hier sein."

122

In diesem Augenblick wurde die Tür aufgetan und ein Mann kam schnellen Schrittes auf die beiden Wartenden zu.

„Verzeiht meine Verspätung, aber dringende dienstliche Aufgaben hielten mich noch zurück."

„Nun seid Ihr ja hier."

„Und wie lautet Eure Order?"

„Luther ist in Rom eingetroffen. Er erwägt, gegen die jüngsten Maßnahmen zur Beilegung des Unionsstreites der Augustiner-Konvente seinen Widerspruch verlauten zu lassen. Sollte er sich in dieser Angelegenheit an Euch wenden, tut nichts, außer ihn an uns zu verweisen."

„Ich habe verstanden."

„Und noch eines: Er reist nicht allein. Bitte kümmert Euch um seinen Begleiter. Bietet jenem alle verfügbaren Annehmlichkeiten, aber haltet ihn in Eurer Obhut. Er darf auf keinen Fall hier erscheinen. Wir brauchen Luther allein."

„Und was werden wir tun, wenn er hier ist?", meldete sich nun der Ranghöchste der Runde zu Wort.

„Erklärt ihm, dass die getroffenen Entscheidungen unumstößlich sind. Erinnert ihn daran, dass er gerade dabei ist, gegen Eure Weisungen zu verstoßen. Empfehlt ihm zur Wiedergutmachung den Kauf von Ablassbriefen; unser Bau muss schließlich vorankommen."

„Und das haltet Ihr für die rechte Vorgehensweise?"

„War es Euch jemals von Nachteil, meinem Rat zu vertrauen?"

Die Antwort blieb aus. Dennoch bewahrte der Blick Rudimente von Zweifel.

„Sorgt Euch nicht. Ich werde mich um alles Weitere kümmern. Gebt mir nur Bescheid, wenn Ihr ihm eine Audienz gewährt."

Damit erlangte der Beschluss Bestandskraft. Die Beteiligten verstreuten sich, um die notwendigen Vorbereitungen zu treffen.

36

In Rom fügten sich die Dinge für Luther leider nicht ganz so frei aller Probleme ineinander, ähnlich einem Puzzlespiel, bei dem ein Teil immer übrig bleibt, das aber nicht in die letzte verbleibende Lücke passt. Es begann damit, dass Viterbo sie zunächst nicht empfangen konnte, um bei späterer Gelegenheit unter Vermittlung bedingungsloser Fadenscheinigkeit sein Gefühl der Nichtzuständigkeit zu bekunden. Man solle sich direkt an den Papst wenden. Hinzu kam, dass Luther wieder auf sich allein gestellt handeln musste, da sein treuer Begleiter plötzlich verschwunden war. Ob sich jener lediglich auf die Suche nach einem Schuhmacher begeben hatte oder ihm anderes widerfahren war, mangelte es an Antwort. Von Hilfe wäre diese ohnehin nicht gewesen. So weit war Luther gekommen; jetzt galt es, auch den letzten Schritt zu gehen, so mühsam und wenig erfolgversprechend er auch sein mochte.

Umso erstaunlicher war es für ihn, trotz der scheinbaren Nichtigkeit und des offenkundigen Konfrontationspotenzials seines Anliegens innerhalb vergleichsweise kurzer Zeit in den Genuss einer päpstlichen Audienz zu gelangen.

„Heiliger Vater…"

Mehr als diese beiden Worte und einen unterwürfigen Kniefall brachte Luther in diesem andächtigen Augenblick nicht zustande. Auch sein Gegenüber war tief bewegt. Das also war nun der Mann, auf den alle Hoffnungen gelegt waren. Seine Heiligkeit ließ ihn sich erheben und musterte ihn. Dessen noch immer etwas labile Körperhaltung verbreitete nach wie vor den Eindruck tiefer Ehrfurcht, seine Miene hingegen zeugte von Entschlossenheit, noch keiner restlosen, denn der Blick hatte sich ein gewisses Maß an zweifelndem Ausdruck bewahrt. Dennoch gab diese erste Begegnung der Hoffnung neue Nahrung, dass die Wahl auf den richtigen Mann gefallen war. Am liebsten hätte Papst Julius über diesem, seinem Bruder im Geiste und Sohn im Range, in überschwänglicher Freude sein Willkommensgeheiß mit weit ausgebreiteten Armen ausgegossen, aber Cajetan hatte ihn zu hinreichend auf diesen Moment vorbereitet, als dass er hätte vergessen können, worauf es jetzt ankam. Also spielte er seinen Part auf professionelle Weise weiter.

„Was ist Euer Begehr, mein Sohn?“

„Ich bin gesandt worden von Euren ergebenen Dienern, den Erfurter Augustinern. Wir üben uns in strenger Einhaltung der Ordensregeln zum Wohlgefallen Gottes und Eurer Heiligkeit. Leider ereifern sich in solchem Tun nicht alle Konvente unseres Ordens. Nun soll auf das Bestreben des Generalvikariats, der Ordensgeneralität und auch Eurer Heiligkeit eine Einheit unter unseren Konventen erzwungen werden. Wir fürchten, dass unser Ordensleben dadurch Einflüssen von schlechter Wirkung ausgesetzt werden könnte. Deshalb stellen wir das gnadenvolle Gesuch, die angestrebten Maßnahmen zu überdenken.“

Seine Heiligkeit war von solchem Ausmaß an Frömmigkeit im Inneren bewegt, der Akteur, welcher deren Rolle momentan verkörperte, durfte sich dies aber nicht anmerken lassen.

„In dem bewussten Erlass wird, wie Ihr wissen solltet, auch ein Einspruch in dieser Sache bei uns ausdrücklich ausgeschlossen. Dennoch wagt Ihr es, hier zu erscheinen und Euch dem päpstlichen Wort zu widersetzen. Glaubt Ihr, dies sei gottgefällig?"

„Ich selbst war darüber auch in schwerem Zweifel, aber meine Brüder senden mich. Sie leiden unter dieser Auferlegung. So konnte ich nicht anders."

„Mein Sohn, ich habe eine Entscheidung getroffen und diese Entscheidung hat Bestand, daran ist nichts zu ändern. Euch lege ich, um Vergebung für Euer frevelhaftes Tun zu erlangen, den Kauf von Ablassbriefen nahe. Und überdenkt Eure Verfehlung!"

Luther wollte noch etwas erwidern, aber Seine Heiligkeit kam ihm zuvor:

„Geht jetzt!"

Luther verließ den Raum. Die Vorstellung war beendet.

37

Der Weg vom Vatikan zum Lateran-Palast verläuft auf einer Länge von etwa vier Kilometern in östlicher Richtung durch die gesamte Stadt. Er führt vorbei an allerlei Sehenswertem aus der Zeit eines längst untergegangenen Reiches, dessen Rudimente in eindrücklicher Weise daran erinnerten, wie schnell eine noch so große Macht dem Verfall geweiht sein kann. Diejenige, die auf dem Kapitolinischen Hügel ihren Anfang genommen hatte, war diesem bereits zum Opfer gereicht worden, derjenigen des Vatikanischen – auch wenn dieser nicht zu den sieben Hügeln Roms zählt – drohte in naher Zukunft ein ähnliches Schicksal. Dieses abzuwenden, war ein Mann auf die Reise geschickt worden, der im Moment den eingangs beschriebenen Weg abschritt. In Gedanken versunken, folgte er dem Pfad vorbei an Engelsburg, Pantheon, Forum und Kolosseum, ohne einen Blick für die im Verblassen begriffene, dennoch stets präsente Schönheit dieser mahnenden Zeugenfinger der Geschichte aufwenden zu können. Sein Sinn stand ihm momentan nach anderem.

Immer wieder überlegte er und versuchte zu verstehen, was ihm gerade widerfahren war. Er war unterwürfig und in bester Absicht hier erschienen, um Gutes zu bewirken, nicht einmal für sich, sondern vornehmlich für andere, und wurde abgewiesen. Schroff abgewiesen und des Frevels bezichtigt. Er, der sich täglich um ein Leben, gefällig vor Gott, bemühte, wurde von dessen unfehlbarem Stellvertreter auf Erden mit einer schallenden Ohrfeige bedacht. Irgendetwas lief hier nicht richtig. Sein Sinn für Gerechtigkeit begann, in seichtem Zorn zu rebellieren.

Hinzu kam, dass seine Aufmerksamkeit immer wieder von dem Geschehen um ihn herum angezogen wurde. Dieser Trubel in den Straßen war für den Bewohner eines Klosters ein unbekanntes Element, das zunächst der Gewöhnung bedarf, um seine Wirkung einzufalten. Der vergleichsweise kurze Weg zum Lateran war dazu nicht ausreichend. Folglich war Luther hin- und hergerissen zwischen seinen eigenen Überlegungen bezüglich des soeben Erlebten und den Eindrücken, die ihn immer wieder seiner Gedanken enthoben. So bemerkte er auch nicht, dass er einen Begleiter hatte, der ihm mal in sicherem Abstand folgte, mal vorausging, je nach Erfordernis.

Die Menschenmasse, durch die er sich seinen Weg zu bahnen hatte, umschwirrte ihn mit indifferentem Surren. Aus diesem hoben sich von Zeit zu Zeit unterscheidbare Sätze heraus, mit denen das gemeine Volk einander seine Meinung kundtat.

„…der Papst ist selbst ein Frevler…ich habe seinem Vorgänger nicht getraut und ihm auch nicht… soll verschwinden… und seine Kardinäle und Bischöfe gleich mit… er belügt uns doch nur…"

So dachte also das einfache Volk über diesen scheinbar angesehenen Mann und dessen Institution. Luther ertappte sich dabei, wie er in seiner nach wie vor anschwellenden inneren Anspannung jenen Leuten beinahe recht gegeben hätte. Gerade noch konnte er diesen Gedanken verdrängen, als er Zeuge einer weiteren Szene wurde.

Eine Kutsche, deren Insasse anhand seiner Kleidung als hoher kirchlicher Würdenträger zu identifizieren war, hielt an. Ein Schlag wurde geöffnet und eine leicht bekleidete Dame jüngeren Alters stieg zu. Im selben Augenblick wurden die Pferde erneut in Galopp versetzt und die Kutsche entfernte sich mit hoher Geschwindigkeit. Ein Händler, der diverse, dem aus nördlichen Regionen stammenden Touristen teilweise unbekannte Obst- und Gemüsesorten vermarktete, konnte gerade noch ausweichen, um nicht von dem in Eile entfliehenden Gefährt erfasst zu werden. Eine der von ihm zu handelnden Zitrusfrüchte hatte da weniger Glück. Sie wurde zu Boden gerissen und von der Karosse einer verworfenen Frischpressung unterzogen.

Man könnte geneigt sein, diesen Verlust als verschmerzbar abzutun, wäre jener wackere Mann nicht Angehöriger einer schützenwerten Minderheit gewesen. Zwar wimmelte die Straße nur so von allerlei Kaufleuten – ein Geschäft, das wohl schon damals einträglicher war als andere Arbeit –, aber diejenigen von ihnen, die einen wirksamen Beitrag zur Versorgung des Volkes mit Lebensnotwendigem leisteten, waren in deutlicher Unterzahl. Der überwiegende Teil hatte sich dem Vertrieb von Reliquien verschrieben, wobei sich dieser noch einmal in zwei Gruppen einteilen ließ. Auf der einen Seite waren jene, die solches mit voller Hingabe und der Gewissheit taten, damit ein gutes Werk an der Allgemeinheit zu vollbringen, und die vermutlich am Ende des Tages ihre Restbestände selbst aufkaufen würden, um sie in den heimischen Schrein zu stellen. Ihnen gegenüber standen die anderen, die das Gebaren Besagter in karikierender Weise nachahmten, um es der Lächerlichkeit preiszugeben. Nach statistisch nicht fundierter Zählung erfreuten sich Letztere sogar des regeren Zulaufes. Sei es drum, unser Pilger konnte sich weder für diese noch für jene erwärmen.

Nach einer guten Stunde Fußmarsch erreichte Luther die Piazza San Giovanni in Laterano, das Ziel seines Weges. Schon von Weitem war ein Händler zu vernehmen, der, um Kundschaft auf sich aufmerksam zu machen, lauthals seinen Warenbestand feilbot. Dieser bestand aus Ablassbriefen, die, so des Lesens kundig, darüber informierten, dass dem Erwerber je ein Vaterunser auf jeder Stufe der Heiligen Treppe seine Zeit im Fegefeuer verringern konnte. So wie sich das Geschäft darstellte, musste er wohl mehrmals täglich Nachschub herbeischaffen.

Luthers ursprünglicher Plan hatte darin bestanden, einen solchen Ablassbrief für seinen Großvater zu erwerben. Seine Päpstliche Heiligkeit hingegen hatte ihm nahegelegt, doch eher für sich selbst einen solchen Akt der Vergebung anzustrengen. Wie nun sein kostbares Geld mit größtmöglichem Gewinn anlegen? Während er darüber nachdachte, wurde ihm die Entscheidung von anderer Seite abgenommen.

Ein Knabe näherte sich ihm und sprach ihn an:

„Edler Herr, ein Almosen bitte."

Er war in Lumpen gekleidet, schmutzig und abgemagert. Luther betrachtete ihn. Dann warf er einen Blick auf den eifrigen Geldeintreiber und anschließend einen auf die

Münze in seiner Hand. Schließlich gab er sie demjenigen von beiden, dem er sich näher fühlte, legte die Hände auf dessen kleinen Kopf und sprach einige segnende Worte. Nachdem er ein Vaterunser gebetet hatte – nicht auf der Heiligen Treppe –, verließ er mit aufgewühltem Geist, aber zufriedener Seele diese Stätte.

38

Die Reise hatte insgesamt vier Monate gedauert, wenngleich davon auf den eigentlichen Aufenthalt am Zielort nur wenige Tage entfielen. Diese Relation auf heutige Verhältnisse zu übertragen würde bedeuten, aus dem Flugzeug zu steigen und fünf Minuten später wieder gen Heimat abzuheben. Moderne Logistik und deren Bürokratie unterbinden glücklicherweise eine derartige gnadenlose Ineffizienz.

Luther war noch nicht in die Lage versetzt, einen solchen Vergleich ziehen zu können, dennoch war er froh, als er wieder heimatlichen Boden unter den Füßen spürte. Seine Mission war zwar allem Anschein nach grandios gescheitert, seine Illusion vom „Heiligen" Römischen Reich in sich zusammengefallen und die Blasen an den Füßen schmerzten, aber trotzdem oder vielleicht sogar gerade deshalb war er nicht mehr derselbe. Der Wandel war vollzogen, vom in sich gekehrten Ordensbruder, dessen einziges Ziel darin bestand, sich der ewigen Verdammnis zu entziehen, zum Hort der Verantwortung, andere davor zu bewahren.

Dass sein erster Versuch in dieser Hinsicht seinem Glücksstern keine Gefolgschaft anzutragen wusste, bedrückte ihn sehr; mehr noch aber dessen begleitende Umstände. Das Erlebte zu verarbeiten und den mindesten

Versuch der Rechtfertigung seines Misserfolges vor seinen Brüdern anzustrengen, hatte er den Entschluss gefasst, dieses zum Gegenstand seiner nächsten Predigt zu machen. Doch diese Arbeit ging ihm alles andere als leicht von der Hand. Seit er zum Priester geweiht worden war, kannte man ihn als Mann des gewandten Wortes, der im Zweifelsfall nicht vor der unangenehmen Seite der Wahrheit zurückschreckte. Jetzt aber wurden mit jedem neuerlichen Zyklus aus Ent- und Verwurf einer solchen Kanzelrede, deren Ablage sich vor ihm aufzutürmen begann, die Bedenken größer, ob er im vorliegenden Fall dem gestellten Anspruch gerecht werden könne. Wie würden seine der Frömmigkeit verschriebenen Brüder, die von den jüngsten Maßnahmen der hierarchisch übergeordneten Instanzen ohnehin schon in aufrechte Position gebürstet worden waren, darauf reagieren? Ihnen gegenüber sein Versagen in nämlicher Angelegenheit einzugestehen und sie zu dessen Rechtfertigung noch mit den tatsächlichen Verhältnissen in Rom zu konfrontieren, konnte nur den offenen Aufruhr nach sich ziehen. In einem solchen aber, da war er sich sicher, wäre so mancher von ihnen dem Untergang geweiht. Was also tun? Die Alternative bestünde darin, sein Fehlen ohne Anführung jeglicher entlastender Argumente einzugestehen. Das jedoch konnte sein Ansehen unter den Brüdern in drastischer Weise einkürzen, mit momentan nicht abschätzbaren Folgen.

Wieder einmal stand er vor der Aufgabe, unter zwei falschen Wegen den richtigen zu wählen. Wieder folgte er seinem Gewissen und seiner Verantwortung und lud sich selbst mögliche Unannehmlichkeiten auf, um anderen derer sichere zu ersparen. Vorerst zumindest, aber er würde nach dem Weg fragen müssen, und zwar den Mann, der ihn auf diesen geschickt hatte.

39

Es war das zweite Mal, dass Staupitz in dringender Angelegenheit und mittels schriftlichen Gesuchs nach Erfurt
gerufen wurde. Beim ersten Mal noch hatte er den Weg
mit nicht gespielter Abneigung angetreten, jetzt wusste er
sich dieser von vornherein zu enthalten. Dies geschah
nicht nur aus der früheren Einsicht, den Dingen Gelegenheit zu ihrer Rechtfertigung zu gewähren, sondern vor
allem deshalb, weil das Schreiben von seinem Zögling
persönlich verfasst worden war. Jener war offensichtlich
heimgekehrt. Staupitz wusste zwar, dass sich Luther auf
den Weg nach Rom gemacht hatte, allerdings war zur
damaligen Zeit das Ende derartiger Unternehmungen
nicht im Voraus zeitlich zu fixieren. So hatte er es ver-
mieden, dessen residente Wirkungsstätte unter Versu-
chung seines eigenen guten Glückes aufzusuchen. Wie
bereits erwähnt, war er ohnehin ob des Umstandes in
Sorge, dem dortigen Konvent mehr Aufmerksamkeit zu
zollen als allen anderen, und deshalb umso mehr darauf
bedacht, diesem nur dann eine Reise zu widmen, wenn
deren Erfolg absehbar war. In Erkenntnis dessen, dass
diese Bedingung nun erfüllt wäre, und darüber hinaus das
einladende Schreiben eine gewisse Dringlichkeit zu vermitteln suchte, begab er sich umgehend zum Ort der Bestimmung.
Luther hatte ihn aus genanntem Grund zwar sehnlich,
wenngleich in zweigeteilter Gefühlswelt erwartet. Immerhin war Staupitz an seiner inneren Bedrängnis – wenn
schon nicht primär schuldig – zumindest nicht gänzlich
unbeteiligt. Dennoch sollte es kein Problem geben, das
entschlossene Männer nicht im konstruktiven Disput
beilegen könnten.

Staupitz war, wie es sein Amt verlangte, natürlich über den Zweck von Luthers Reise nach Rom und deren spezielle Umstände informiert. Trotzdem demonstrierte er zunächst Unwissenheit, um jenen im Zustand der Unvoreingenommenheit ausloten zu können. Immerhin hing von der Art und Weise, wie sich Luther bei diesem ersten Zusammentreffen nach dem möglicherweise schicksalsträchtigen Verspaltungsakt ihm gegenüber verhalten würde, ab, ob und wie sich im Zuge der Einigung aller Augustiner auch diejenige deren beider bedeutendsten Vertreter herstellen ließe. Staupitz war nach wie vor unsicher, ob die Durchsetzung einer auf Zwang basierenden Einigung im Augenblick von strategischer Weitsicht zeugte. Schließlich hatte er nur auf allerhöchstes Geheiß hin gehandelt. Ob ihn dieser Umstand aber aus der Verantwortung nehmen würde, war ebenso zu bezweifeln.

„Nun, mein Bruder, was bedrückt Euch?"

„Ihr wisst, dass ich nach Rom gereist bin."

„Ein guter, wenngleich kurzfristiger Entschluss. Dennoch empfehle ich allen unseren Brüdern, eine solche Pilgerreise anzutreten."

„Meine Brüder hatten mich entsandt."

Bei diesem Satz wandte sich sein Blick von Staupitz ab und richtete sich ins Nichts. Nachdem er dort einen imaginären Fixpunkt erfasst hatte, sprach Luther weiter.

„Sie baten mich, in Rom gegen Euren Beschluss der Einigung unserer Konvente Einspruch einzulegen."

„Wieso das?" Staupitz gab sich nach wie vor unbedarft.

„Wir fürchten um den Bestand unserer Ordensregeln."

„Ich verstehe Eure Bedenken. Aber ist nicht Einigkeit eine ebensolche Tugend wie Frömmigkeit?"

„Einigkeit auf welcher Grundlage?"

Warum hatte dieser Luther nicht Philosoph werden können? Vielleicht hätte das Staupitz einiges erspart, vielleicht würde dann aber hier auch nur ein anderer sitzen und ihm dieselben Fragen stellen.

„Ich stimme Euch ja zu, aber ich folgte nur der Order von höherer Stelle."

„Seiner Heiligkeit?"

„Man hat Euch eine Audienz gewährt?"

„Das schon…"

„Konntet Ihr den Heiligen Vater dazu bewegen, seine Meinung zu ändern?"

„Er hat mein Anliegen nicht ernst genommen, mich des Frevels bezichtigt. Ich handelte in bester Absicht…"

Staupitz wurde hellhörig. Julius wusste um die Bedeutung von Luther; er hatte ebenso wenig wie Staupitz das Bestreben, ihn gegen sich aufzubringen. Wenn so etwas geschehen war, dann konnte es nur von einem initiiert worden sein: Cajetan. Er zog alle Fäden, Julius vertraute ihm blind. Jüngst war jener, aus welchem Grund auch immer, im Erfurter Konvent aufgetaucht. Irgendetwas schien sich zu entwickeln.

„Und nun fühlt Ihr Euch ungerecht behandelt?"

„Ja, aber es ist nicht nur das. In Rom habe ich Dinge erlebt, die mich in tiefen Zweifel stürzen…"

Staupitz antwortete nicht. Wenn er Luther noch etwas beibringen könnte, dann vielleicht, Dinge, die gesagt werden müssen, zu sagen, auch ohne danach gefragt zu werden.

„Rom ist ein Sumpf, sündig und lasterhaft, ein Marktplatz, auf dem man sein Seelenheil für Geld kaufen und wieder verkaufen kann. Das gemeine Volk hat keinen Respekt vor der Obrigkeit unserer Kirche, die sich aber auch nicht im Geringsten darum müht. Mir sind die Augen geöffnet worden. Ich sorge mich um unsere Kirche. Es muss etwas geändert werden. Und wenn nicht bald gehandelt wird, wird diese Kirche nicht bestehen können."

Francescos Worte! Staupitz war gerührt. Die Feuchtigkeit trat ihm in die Augen, er wischte sie mit dem Ärmel seiner Kutte aus, bevor sie sich zu Tropfen zusammenziehen konnte. Cajetan – und es war Cajetan, dessen war er sich sicher – hatte das geschafft, irgendwie, worin Staupitz versagt hatte. Das Küken hatte seine Schwingen entfaltet und sich als Adler in die Lüfte erhoben. Jetzt galt es ihn zu bändigen.

„Bruder Martin, Ihr habt recht. Große Veränderungen stehen an. Ich wurde mit dieser Notwendigkeit vertraut gemacht, da war ich so alt, wie Ihr es heute seid. Seitdem habe ich mich dieser Aufgabe verschrieben."

„Ihr wollt diese Veränderungen herbeiführen?"

„Vor langer Zeit habe ich dies geglaubt, aber inzwischen musste ich erkennen, dass es mir nicht vergönnt sein wird. Solches zu erreichen, bedarf es eines neuen unverbrauchten Geistes wie des Euren."

„Ihr erwartet von mir… Gegen den Widerstand Seiner Heiligkeit und des gesamten Vatikans… ?"

„Wir erwarten es von Euch. Und das schließt jene ein, die Ihr auf der Gegenseite wähnt. Papst Julius ist unser Verbündeter. Wenn Ihr einen anderen Eindruck von Ihm gewonnen habt, dann nur, weil auch seine Unfehlbarkeit hin und wieder Zwängen unterliegt, denen es sich zu stellen gilt. Die wahren Gegner sind nicht in unseren Reihen zu suchen, sondern unter jenen, die uns unterwandern, um sich des göttlichen Wortes zur Durchsetzung ihrer Interessen zu bedienen."

„Also sind sie dennoch unter uns und wohl nicht immer leicht als solche auszumachen."

„Eben so ist es. Für unsereins mag es vielleicht schwer sein, aber was ist mit jenen, für die wir da sein sollen, den

Menschen, die uns vertrauen oder dies eigentlich tun sollten? Für sie ist es unmöglich zu erkennen, ob jemand die Kardinalskutte trägt, um seinen wahren Geist zu offenbaren oder ihn darunter zu verbergen. Das Ergebnis kann nur Misstrauen sein, und das ist es auch, wie wir sehen. Deshalb wird keiner von uns das bewirken können, was erforderlich ist, so sehr wir uns auch bemühten. Wir setzen unsere Hoffnung auf Euch."

Der Raum füllte sich mit gespanntem Schweigen.

40

Luther war tief in sich gekehrt. Alle Ereignisse der letzten Jahre umkreisten das Zentrum seiner Gedanken, um sich nach und nach zu einem stabilen Konstrukt aus Folgerichtigkeit zusammenzufügen. Plötzlich gewann alles an ungeahntem Sinn, das ihm bislang von schwer zu tragender Last gewesen war: Die bisweilen in Übertreibung ausufernde Fürsorge Staupitz', sein Verantwortung aufbürdendes Protegieren, seine Unnachgiebigkeit bei der Einigung der Konvente, gegen die Überzeugung Luthers, dessen nächster Mitstreiter und wohl auch seine eigene, der kalte Gegenwind aus dem Vatikan. Insbesondere Letzterer hatte Luther so schwer zugesetzt, dass ihm die Gewissheit seines Fehls auf der Rückreise aus Rom noch weit größere Kraftanstrengungen abverlangt hatte als dessen Ungewissheit auf dem Hinweg. Mit jedem Schritt hatte er versucht zu verstehen, mit jedem Schritt war dies misslungen. Verzweifelt war er an der Frage, warum Gott ihn in seinem Zweifel allein lässt und sein Tun nicht mit verdienter Antwort würdigt. Aber jeder dieser Schritte hatte ihn sukzessive reifen lassen und ihn in ihrer Gesamtheit zu der Erkenntnis geführt, bei der er jetzt angekommen war: Gott gibt immer die richtige Antwort, man stellt nur nicht immer die richtige Frage. Ohne diese Erkenntnis wäre augenblicklich der nächste Zweifel über ihn gekommen. Wie sollte er, dem es nicht einmal gelungen ist, die Interessen seiner wenigen Ordensbrüder zu vertreten, der gesamten Welt das Heil bringen? Aber er hatte nicht versagt, er war lediglich seiner Notwendigkeit gefolgt und die Dinge der ihren. Alles hatte sich an dem Plan ausgerichtet, der letztendlich zum Ziel führen würde. Diese Einsicht stärkte ihn und befähigte ihn – was bis vor Kurzem außerhalb jeglicher seiner Vorstellung gelegen hätte –, diese Aufgabe anzunehmen.

„Ich bin bereit, wenngleich sich mir der Weg im Moment noch nicht erschließt."

„Ich gehe diesen Weg seit achtzehn Jahren und selbst ich weiß nicht, wohin genau er führt. Jedoch ist meine Erfahrung aus dieser Zeit, dass er keine Alternativen bietet. Wir müssen ihm nur folgen."

„Nur folgen, klingt einfach, aber jeder Schritt sollte wohl bedacht sein. Gefahren begegnet man nicht, indem man blindlings einer Vorsehung nachjagt."

„Der Versuch, einen neuen Geist zu verbreiten, wird zunächst immer den Zwiespalt zwischen Begeisterung und Ablehnung schüren. Das birgt selbstredend Gefahren. Umso wichtiger ist es, diesen auf einem stabilen Fundament der Einigkeit zu errichten."

„Ihr sprecht dabei von unseren Ordensbrüdern?"

„Mir war nicht wohl bei dem Gedanken, deren Einheit mit Macht zu vollziehen, aber diese Entscheidung lag ohnehin nicht in meiner Hand. Inzwischen habe ich erkannt, dass dieser Schritt notwendig ist, wenngleich er noch viel Überzeugungsarbeit bei einigen von ihnen erfordern wird. Letztendlich, darauf vertraue ich, wird sich aber die Einsicht unter ihnen durchsetzen."

„Was ist aber mit unseren höchsten Würdenträgern? Kein noch so einiger Mönchsorden wird ihnen etwas aufzwingen können. Sie werden Teil dieser Einigkeit sein müssen, und zwar der bedeutsamste."

„Viele von ihnen stehen bereits hinter uns."

„Aber wohl nicht alle. Und in meinen Augen wiegt es nicht leichter, sich den halben Vatikan zum Gegner zu machen denn den ganzen. Wir sollten gewärtig sein, nicht zum Bauernopfer in einem nicht zu gewinnenden Spiel auserkoren zu werden."

„Und was schlagt Ihr demnach vor?"

„Die hohen Herren sollen bekunden, welcher Umbrüche sich zu verschreiben sie bereit sind. Dann werden sie in mir deren glühenden Verfechter in vorderster Front finden."

„Wärt Ihr dafür bereit, erneut nach Rom zu reisen?"

Luther musste überlegen. Er hatte diesen beschwerlichen Weg gerade hinter sich gebracht. Staupitz bemerkte sein Zögern und auch dessen Ursache.

„Der Heilige Vater hat Euch gegenüber wohl noch eine Schuld zu begleichen. Darüber hinaus, für eine annehmliche Reise wird selbstredend gesorgt werden."

Die Antwort kam nach kurzem Bedenken, dann aber umso bestimmter:

„Ich werden es tun."

41

So geschah es, dass Luther zu Mitte des Jahres 1511 den Erfurter Augustiner-Konvent verließ. Seine Mitbrüder bedauerten diesen Schritt, aber sie ließen ihn ziehen, in der Gewissheit, dass er höheren Ortes für sie und auch andere noch viel Gutes bewirken würde. Immerhin waren seine Augen schon so weit geöffnet, dass er ihnen den Standpunkt des Generalvikars bezüglich der Beilegung des Unionsstreits nahebringen konnte. Es gelang ihm, ihnen die Überzeugung zu vermitteln, die sich nach langem Ringen seiner bemächtigt hatte: Manchmal ist es notwendig, die großen Zusammenhänge zu erkennen und dieser Erkenntnis den eigenen begrenzten Horizont unterzuordnen. In diesem Sinne trennte man sich in vollkommener Harmonie, wobei diese Trennung auf rein physischer Ebene stattfand. Im Geiste würde man einander verbunden bleiben.

Luther würde im Folgenden nach Wittenberg übersiedeln, wo er mithilfe Staupitz' tatkräftiger Unterstützung seine theologischen Studien vertiefen und im Zuge dessen die Visionen entwickeln würde, die beider Kirche Ansehen und Handlungsfähigkeit wiederherstellen sollten. Bevor er damit beginnen konnte, galt es aber, die von ihm als elementar erkannten Voraussetzungen dafür zu schaffen. Also machte er sich, nicht einmal ein Jahr nach seinem ersten Aufbruch gen Rom, erneut auf den Weg in die ewige Stadt, als bestünde Gefahr, dass diese den genannten Status verlieren könnte. Er schenkte dem keine Beachtung, sein Anliegen war schließlich nicht touristischer Natur.

Der Heilige Vater empfing ihn in überschwänglicher Freude, war ihm das Spiel, das ihm sein Berater bei ihrem ersten Zusammentreffen verschrieben hatte, nicht von Annehmlichkeit gewesen. Er hatte sich dem gefügt, darauf hoffend, dass dieser ersten wenig kommoden Begegnung eine weitere von höherer bilateraler Resonanz folgen würde. Diese Hoffnung hatte sich nun bestätigt und damit auch bei demjenigen, den sie in Gänze erfüllte, in bedingungslose Bereitschaft gewandelt, eine Bereitschaft, die ihn in einen Konflikt zwischen der Unangreifbarkeit seines Amtes und dem Anspruch nach unfehlbarem Handeln bringen würde. Dessen würde er sich aber erst später bewusst werden; im Moment konnte er nur dem Anliegen seines Gegenübers stattgeben.

Luther war ebenfalls bereit, bereit die Lücke zu schließen, die sich schon seit Jahrzehnten aufzutun im Begriff war und inzwischen ein Ausmaß erreicht hatte, das von einem Einzelnen kaum noch zu füllen, geschweige denn zu überbrücken war. Umso mehr war es darum Erfordernis denn Geltungssucht, sich jeglicher verfügbaren Unterstützung zu versichern.

„Heiliger Vater, Ihr müsst ein Konzil einberufen, das grundlegende Reformen beschließt. Nur wenn der Vatikan darin Einigkeit bekundet, wird es möglich sein, dem notwendigen Prozess Wirkung zu verschaffen. Anderenfalls sehe ich die Gefahr, dass neue Gedanken wie ein Strohfeuer verglimmen, noch ehe der entscheidende Funke überspringt, der einem neuen Geist zum Durchbruch verhilft."

Wäre ein solcher Vorschlag oder, besser gesagt, eine solche Order von Cajetan an ihn herangetragen worden, so würde er dieser umgehend nachkommen. Im vorliegenden Fall geschah dies einen kurzen Zweifel später. Er würde Luther vollkommen zu vertrauen haben.

„Ich werde die notwendigen Vorbereitungen treffen."

Mit dieser Versicherung reiste Luther aus Rom ab. Seine Aufgabe hier war damit erfüllt, anderenorts warteten bereits neue.

42

Am 19. April des Jahres 1512 würde Papst Julius ein Kollegium von Kardinälen und Bischöfen einberufen, die sich drei Wochen später zur ersten Sitzung eines neuen Konzils im Lateran einzufinden hätten. Dieses wäre bereits das fünfte seiner Art und ließ aus den Erfahrungen der vorangegangenen befürchten oder hoffen, je nach gewählter Sichtweise, dass es kein schnelles Ergebnis liefern würde; befürchten, da die fortgeschrittene Zeit eigentlich keinen Aufschub mehr zu gewähren bereit war, hoffen, da im Moment noch kein rechter Plan bereitlag, dieses in der gewünschten Qualität herbeizuführen.

Es war ein grauer Morgen, dieser Morgen des 19. April. Dunkle Wolken lagen über der Stadt und entluden in dichten Strömen ihr nicht mehr zu haltendes Schüttgut in scheinbarer Geringschätzung auf diese heilige Stätte. Julius stand am Fenster seines Amtszimmers und blickte auf die davor gelegene Baustelle, seine Baustelle. Das Werk nahm langsam Konturen an, die dem Visionär schon einen sehr konkreten Eindruck von dessen künftiger Pracht vermittelten und ihn kurzzeitig verschmerzen ließen, dessen Anblickes im vollendeten Zustand nicht mehr teilhaftig zu werden. Trotz des widrigen Wetters liefen die Arbeiten planmäßig weiter und erinnerten den Bauherrn daran, dass auch andere Arbeiten in gleichem Tritt voranzutreiben waren.

Noch einen Tag zuvor war er von deren Leichtgängigkeit überzeugt gewesen; jener Luther hatte ihn in den Bannkreis dieser Vorstellung gezogen. Heute nun, da das besagte Ereignis seine Initiierung finden sollte, und er statt seinem Hoffnungsträger für einen neuen Geist nun wieder seinem potenziellen Bollwerk wider den alten gegenüberstand, meldeten sich die Zweifel zurück. Der Widerstand jener Verfechter des Letzteren war mitnichten gebrochen und würde sich wohl aller euphorischen Grundhaltung zum Trotz auch nicht ohne Weiteres überwinden lassen. Viel, vielleicht zu viel hing für jene Resistenten an den seit Jahrhunderten etablierten Verhältnissen, in denen sie sich in Zufriedenheit eingerichtet hatten und die ihnen das Gefühl unantastbarer Macht verliehen. Ein Reinigungsprozess war vonnöten, der aber mit äußerstem Bedacht anzugehen war und dementsprechend die angemessenen zeitlichen Ressourcen für sich beanspruchen würde. Insofern war es auch nicht zielführend – das wurde ihm jetzt klar –, die von Luther geforderten Reformbestrebungen in den Stand des ersten oder gar einzigen Punktes der Zusammenkunft zu erheben. Man müsste sich zunächst mit einfachen peripheren Themen befassen, um einen Grundkonsens bei den Teilnehmern zu erzielen. Dann könnte man sich Schritt für Schritt in tiefere Regionen der bestehenden Misere vorarbeiten, um dabei jene zu identifizieren, die sich den notwendigen Bestrebungen in den Weg zu stellen beabsichtigten. Diese wären entweder zu gewinnen oder zu isolieren. Einfach wäre weder das eine noch das andere. Glücklicherweise hatte er in Cajetan einen Mann, der einer solchen Aufgabe gewachsen war. In dessen Hände würde er es legen, die zu behandelnden Themen auszuarbeiten und zur rechten Zeit auf die Tagesordnung zu bringen. Aber was war mit Luther? Würde er sich der notwendigen Geduld befleißigen und die Reife der Situation abwarten, bis der nächste Schritt gegangen werden könnte? Würde er vorher aufgeben oder vielleicht Ausbrüche von Ungeduld mit übereilten Taten zu heilen suchen? Im Moment hatte jener wohl noch ein hinreichendes Arbeitspensum vor sich, das ihn vor derlei Gedanken bewahren würde. Das zumindest blieb zu hoffen.

Julius trat erneut ans Fenster und blickte hinaus. Wieder wurde ein großer Stein herbeigeschafft, in seine Position gehievt und mit aller Sorgfalt dort eingepasst, wo er für die nächsten Jahrhunderte seinen Dienst zu versehen hatte. Diese Prozedur zog sich hin, schließlich wollte man weder die Standfestigkeit des künftigen Bauwerkes noch die Gesundheit der daran Arbeitenden aufs Spiel setzen. Rom wurde zwar nicht an einem Tag erbaut, aber es stand nun schon seit über zweitausend Jahren. Dieser Gedanke ließ Hoffnung in ihm aufkeimen. Zufrieden machte er sich an die Aufgaben, welche der anbrechende Tag für ihn bereithielt.

43

Ein untrügliches Anzeichen dafür, dass Luthers zweite Periode in Wittenberg für ihn von größerer Annehmlichkeit war als die erste, bestand darin, dass sie nun schon länger als nämliche anhielt, ohne dass in ihm das Gefühl aufgekommen wäre, an diesem Platz fehl zu sein. Hatte er seinen damaligen Aufenthalt noch einzig als Mittel zum Zweck der akademischen Graduierung angesehen, erkannte er den jetzigen als Berufung. Das hiesige Umfeld, von Staupitz in jahrelanger Arbeit vorbereitet, würde ihm beste Voraussetzungen für die beiden Aufgaben schaffen, die jetzt vor ihm lagen.

Da war zunächst die Fortsetzung seiner theologischen Studien. Er war auf diesem Weg zwar schon weit vorangekommen, hatte ja bereits zwei – zählt man seine außerakademische Weihung zum Priester hinzu, sogar drei – Stufen auf dieser „Himmelsleiter" erklommen, aber für seine zweite Aufgabe war es, wenn nicht erforderlich, so zumindest hilfreich, alles Wissen aufzusaugen, welches ihm Staupitz' Fachkenntnis zugänglich machen konnte. Diese zweite Aufgabe bestand in der Erstellung eines Katalogs reformatorischer Maßnahmen, die... aber so weit kam es zunächst nicht.

Staupitz hatte zu Ende des Septembers 1512 ein Schreiben des Heiligen Vaters erhalten, das ihn in eine gewisse Aufregung versetzte. Eigentlich hätte diese von konstruktiver Wirkung sein müssen, da eine solche Benachrichtigung im Regelfall dafür Sorge trug, dass sich irgendetwas in irgendeine Richtung bewegte. Er als Akademiker langjähriger Schulung aber hatte es sich zueigen gemacht, nicht nur die Zeilen, sondern auch deren Zwischenräume zu lesen. Und Letztere ließen ihn zweifeln, ob die Bewegungsrichtung tatsächlich parallel und vor allem im gleichen Richtungssinn verlief wie die als notwendig erkannte. Dennoch fügte er sich der aktuell als notwendig definierten und rief seinen Primus zu sich. Nachdem Luther Platz genommen hatte und Staupitz, um die Bedeutung dieser Zusammenkunft zu unterstreichen, einige Male wortlos auf und ab geschritten war, konnte die Erörterung beginnen.

„Nun, Bruder Martin, fühlt Ihr Euch in Euren Studien hinreichend weit vorangekommen?"

„Ich lerne täglich, aber ob man jemals genug gelernt hat, ist zu bezweifeln."

„Haltet Ihr Euch für bereit, die höchste akademische Würde zu empfangen?"

Luther überlegte kurz, zumindest gab er sich diesen Anschein, um nicht in den Verruf zu geraten, seinem Lehrmeister schlagfertige Belehrungen zu erteilen.

„Ein Doktortitel ist nicht die höchste akademische Würde."

Damit wurde die Pausenglocke an Staupitz weitergereicht. Mit dieser Antwort hatte er nicht gerechnet.

„Lasst es mich anders formulieren. Fühlt Ihr Euch bereit, den Titel eines Doktors der Theologie zu erwerben?"

Diesmal kam die Antwort sofort.

„Das tue ich."

„Und wärt Ihr anschließend bereit, die höchste akademische Würde zu empfangen?"

Wieder verging einige Zeit.

„Ihr meint, dass ich…?"

„Bruder Martin, ich verfolge Eure Entwicklung seit vielen Jahren. Ich glaube, ich kann Euch nichts mehr beibringen. Ihr wisst, was ich weiß. Ihr könnt, was ich kann, vielleicht sogar besser. Der Heilige Vater hat mich in wichtiger Angelegenheit nach Rom bestellt. Möglicherweise werde ich dort einige Zeit zubringen müssen. Ohnehin brauche ich einen Nachfolger für meinen Lehrstuhl. Ihr seid der rechte Mann dafür. Ein solches Amt wird Euch bestens auf die Aufgaben vorbereiten, deren Bewältigung Euch künftig abverlangt wird."

Noch ein gutes Jahr zuvor hätte Luther ein derartiges Anliegen ohne zu zögern abgelehnt, zwei Jahre zuvor einem solchen sogar jede Ernsthaftigkeit abgesprochen, aber in diesen letzten beiden Jahren war sein Horizont auf ein Maß erweitert worden, das seinen ehemaligen Kleingeist zum Bersten gebracht hatte. Für ihn gab es nur noch einen Weg, und der führte geradeaus und bergauf.

„Dann soll es so sein."

Im Oktober 1512 wurde Luther zum Doktor der Theologie promoviert. Kurz darauf übernahm er Staupitz' universitären Lehrstuhl. Staupitz machte sich daraufhin auf den Weg nach Rom, in der Gewissheit, dass Luther in Wittenberg eine hervorragende Arbeit tun würde, und in der Ungewissheit, ob ihm selbst in Rom dasselbe vergönnt sein würde.

44

Die Enge war von Greifbarkeit. Ihre Bedrückung wurde nur von der Symbolträchtigkeit des Bildes übertroffen, dem sie entsprang. Häuser, die sich dicht an dicht aneinanderfügten, dem kostbaren Grund und Boden mit unnachsichtiger Effizienz die einzige an diesem Ort akzeptierte Bestimmung abtrotzend. Dazwischen der monumentale Bau der Kirche Santa Maria ad Martyres, zu der dieser bereits 900 Jahre zuvor geweiht worden war, dabei eine eindrucksvolle, weitere 500 Jahre ältere Bausubstanz nutzend, die bis in die heutige Zeit unter dem Namen „Pantheon" bekannt ist. Dieser leitet sich von der ursprünglichen Bestimmung ab, „allen Göttern" geweiht zu sein und im Grunde genommen hatte sich daran auch nichts geändert, außer dass sich deren Anzahl inzwischen auf einen reduziert hatte.

Dieses Bauwerk, einst auf dem Grunde der Ewigkeit zu deren Ehre errichtet, schien nach und nach unter dem Schutt der umliegenden Zivilisation begraben zu werden. Man darf mit hoher Sicherheit davon ausgehen, dass die antiken Bauherren für Objekte, die dem Höheren den gebührenden Respekt erweisen und dem Niederen ebendiesen abringen sollten, eine Lokalität gewählt hatten, welche diesem Ansinnen in jeder Hinsicht gerecht wurde. Leichte bis mittelgroße Anhöhen erfreuten sich im Allgemeinen eines derartigen Vorzuges. Und selbst wenn solche topologischen Formationen im ausgewiesenen Areal des Flächennutzungsplanes an Verfügbarkeit entbehrten, in einem Loch, wie dem sich jetzt auftuenden, hätte man definitiv nicht gebaut.

Der Anblick sprach für sich, sein duldsames Schweigen bedurfte keiner Worte. Das Fundament des Gotteshauses lag inzwischen einige Meter unter dem Niveau, auf dem das urbane Volk seine Bodenverhaftung angesiedelt sah. Niemand schien diese Entwicklung zu hinterfragen; man konnte also annehmen, dass diese Kluft in ihrem Ausmaß auch künftig weitere Zulage erfahren würde. „Säkularisierung" bedeutet ohnehin nichts weiter, als dass die dahingehenden Jahrhunderte ihre Wirkung entfalten.

Staupitz, der die Gelegenheit ergriffen hatte, die schon damals als historisch zu bezeichnenden Sehenswürdigkeiten der Stadt ihrer Bestimmung zuzuführen, war von diesem Eindruck zutiefst bewegt, wenngleich die Richtung dieser Bewegung von Nachdenklichkeit bestimmt wurde. Dem architektonischen Missstand an sich Abhilfe zu leisten, war es nicht an ihm; das Problem allerdings, dem diese profaner Umwidmung geschuldete baugrundlegende Verhaldungsweise des geheiligten Terrains eine eindrückliche Veranschaulichung lieferte, würde er mit aller Kraft angehen. Dazu war er hergekommen, dazu war er jetzt umso mehr bereit.

Das päpstliche Schreiben, mit dem er geordert worden war, enthielt die ausdrückliche Anweisung, allein, also ohne Luther, in Rom zu erscheinen. Dieser Umstand legte ein gewichtiges Anzeichen darauf, dass Gespräche und Entscheidungen über jenen und dessen künftige Rolle anstünden. Staupitz, in seiner Eigenschaft als Analytiker, hatte sich demzufolge bereits im Voraus darüber Gedanken gemacht und glaubte sich hinreichend gut auf die bevorstehenden Verhandlungen vorbereitet. Glaubte er.

„Eure Heiligkeit hat mich gerufen. Was ist Euer Anliegen?"

„Ja, Bruder Johann, dies tat ich, da wichtige Entscheidungen getroffen werden müssen."

„Aber wie kann ich dabei Eurer grenzenlosen Weisheit von Hilfe sein?"

„Ich habe inzwischen ein Alter erreicht, das viele dazu verleitet, meine Weisheit zu überschätzen. In Kürze werde ich mein siebentes Lebensjahrzehnt vollendet haben und wenn ich zurückblicke, war dies bisher nur wenigen meiner Vorgänger vergönnt. Ich spüre, dass meine Kräfte nachlassen und dass mich der himmlische Vater bald von meinem Amt abberufen wird. Wenn dies geschieht, möchte ich zur Gewissheit gekommen sein, alles für unsere Sache getan zu haben, was mir möglich gewesen ist. Deshalb stehen Entscheidungen an, dem künftigen Weg seine Bahn vorzuzeichnen."

„Ich verstehe. Welchen Rat benötigt Eure Heiligkeit von seinem bescheidenen Diener?"

„Ihr kennt unseren hoffnungsvollen jungen Bruder Martinus am besten. Ich bin ihm bislang nur zweimal begegnet. Der grundlegende Eindruck, den ich gewonnen habe, ist, dass er unsere Erwartungen wohl erfüllen kann. Ihr aber habt ein komplexeres Bild von ihm. Wie schätzt Ihr seine Entwicklung in jüngster Zeit ein?"

„Sie verläuft zum Besten. Kürzlich habe ich ihn zum Doktor der Theologie promoviert und ihm meinen Lehrstuhl übertragen."

„Das klingt vielversprechend."

„Ja, ich bin sehr zufrieden mit ihm."

Eine kurze Pause trat ein. Seine Unfehlbarkeit musste sich erst einmal sammeln und sich des Satzes bewusst werden, der als nächster auszusprechen war.

„Haltet Ihr ihn für befähigt, meine Nachfolge anzutreten?"

Staupitz war wie vom Donner gerührt. Mit vielem hatte er gerechnet, mit allem jedoch nicht. Jetzt war es an ihm, den Augenblick, seine Fassung wiederzuerlangen, nicht ins Unendliche auszudehnen. Er atmete tief durch, dann gab er die Antwort in der ruhigen und präzisen Weise, wie es für einen Universitätsprofessor angemessen ist.

„An seiner Befähigung hege ich keinerlei Zweifel, aber bedenkt, er ist bislang weder in den Stand eines Bischofs, noch den eines Kardinals berufen worden."

„Dies sind lediglich Formalitäten, deren Eile in der Herbeiführung jedem Zweck übergeordnet werden kann. Es wäre nicht der erste Fall dieser Art."

Wieder versank Staupitz in Gedanken. Die Vorstellung war verlockend, aber das war der güldene Weg zur Hölle auch. Gedanken an seinen Freund Francesco und dessen Schicksal stiegen aus den Tiefen seines Bewusstseins auf. Einen weiteren treu ergebenen Mitstreiter wirkungslos an die Sache verlieren, das durfte er nicht riskieren.

„Bedenkt seine Jugend und die lange Zeit, die er sein Amt führen würde. Hat einer Eurer Vorgänger, mit Ausnahme des Heiligen Petrus selbst, eine Amtszeit von dreißig Jahren vorzuweisen? Und das unter momentan noch ungeklärter Interessenlage. Er wäre in einer solchen Position großer Gefahr ausgesetzt. Das müssen wir bedenken."

„Das Konzil wird hoffentlich eine Klärung bringen."

„Aber diese wird, so ist zumindest zu vermuten, noch eine gewisse Zeit auf sich warten lassen."

„Dennoch müssen wir uns überlegen, auf welche Weise unser Bruder Martinus seine Aufgabe erfüllen kann. Wie sollte dies möglich sein, wenn nicht im höchsten verfügbaren Amt?"

Irgendwie hatte Julius ja recht. Bislang hatte sich Staupitz lediglich mit inhaltlichen Fragen, die Erneuerung der Kirche betreffend, befasst, nicht aber mit dieser einen, die momentan als entscheidend erkannt wurde: In welcher Form sollte dies geschehen? Sicherlich bot das Papstamt dafür beste Voraussetzungen, forderte aber auch derer. Und diese waren im Moment noch nicht erfüllt.

Julius beobachtete Staupitz' Sinnieren mit gespannter Aufmerksamkeit, so als wolle er dessen sich entwickelnder Gedankenkette zur stummen Fortsetzung des Dialogs verhelfen. Als er sich darin sicher war, dass beider Hirnströme Parallelität erlangt hatten, war es an ihm, deren Resultat zu artikulieren:

„Ich teile Eure Bedenken, aber wäre es nicht ebenso bedenklich, die günstige Stunde verstreichen zu lassen?"

„Noch ist sie nicht angebrochen", entgegnete Staupitz, „vielleicht sollte uns die Zeit bis zu deren Eintreffen weiser Ratgeber sein."

Ein Satz, dem – das erkannten beide – im Moment nichts hinzuzufügen war.

45

Staupitz erwachte. Der Traum, der ihn noch eine Sekunde lang gefangen hielt, ließ ihn für diese in Zweifel, ob sich sein Geist den Weg zurück in die Realität gebahnt hatte. Normalerweise ist die Existenz einer solchen Scheinwelt auch nur auf die nach ihr benannte Phase des Schlafes beschränkt. Bei Eintreten des Wachzustandes hat sie ihre Präsenz verwirkt, weshalb man ihren Inhalt dann auch im Regelfall nicht mehr ins Bewusstsein zurückrufen kann. Anders hingegen ist es, wenn das Erwachen inmitten ihrer erfolgt. Dann wird der Imagination ein beständiger Platz in längerzeitigen Gedächtnisregionen zuteil und sie erlangt Einfluss auf die rationalen Prozesse des Intellektes, anstatt nur ein vages Gefühl nicht zu deutenden Unwohlseins zu hinterlassen.

Im vorliegenden Fall war das Unwohlsein allerdings nicht weniger stark ausgeprägt, nur weil es sich des Bewusstseins bemächtigt hatte, im Gegenteil. Staupitz war mit dem nächtlichen Erlebnis so beschäftigt, dass an Schlaf nicht mehr zu denken war. Dabei war es nicht einmal ein Albtraum im eigentlichen Sinne; zu einem solchen wurde es erst, nachdem sich der Forschergeist an dessen Auslegung erprobt und bewiesen hatte:

Zwei Sämänner hatten sich angeschickt, ihre Äcker zu bestellen. Nachdem der erste seine Saat ausgebracht hatte, machten sich die Krähen darüber her und seine Mühe zunichte. Der andere versuchte, es schlauer anzustellen. Er wartete, bis die Plagegeister den Rückzug angetreten hatten. Der Erfolg blieb aber auch diesem verwehrt, da die Saat nicht mehr rechtzeitig aufging und den ersten Nachtfrösten zum Opfer fiel.

Eine einfache Geschichte, für die schon wenige Jahrhunderte später dem Erzähler bestenfalls noch Höflichkeitsbeifall beschieden wäre, aber Staupitz, als studierter Mann der Heiligen Schrift, wusste Gleichnisse dieser Art bestens zu deuten. Und diese Deutung beunruhigte ihn, da sie nun auch ihm, wie schon seinem Schüler einige Male zuvor, das Problem aufbürdete, aus zwei falschen Wegen den richtigen zu wählen. Doch damit nicht genug. Im vorliegenden Fall bestand die Wahl zwischen sofortigem Handeln und Abwarten. Das eine wie das andere konnte mit fatalen Folgen besetzt sein. Aber zunächst abzuwarten, um sich dann eventuell doch für die andere der beiden Möglichkeiten zu entscheiden, war wohl auch nicht so ohne Weiteres zu realisieren.

Der einzige Weg, diesen Missstand zu handhaben, bestand augenscheinlich darin, sich dieser Entscheidung tagtäglich unter Berücksichtigung der jeweils aktuellen Situation neu zu stellen, darauf hoffend, dass die Saatdiebe nicht erst durch den ohnehin alles vernichtenden Eissturm würden vertrieben werden. Aus dieser Erkenntnis heraus hatte Staupitz beschlossen, zunächst in Rom zu bleiben und die Lage zu beobachten. Er war zwar nicht berechtigt, am Konzil teilzunehmen, aber er ließ sich regelmäßig aus erster Hand über dessen Beschlüsse und, was viel bedeutsamer war, über die Stimmung unter deren Verfassern informieren. Der Prozess selbst hatte zwar eine Zähigkeit wie Honig bei Sonnenaufgang, aber nach und nach schien sich die berechtigte Hoffnung Bahn zu brechen, dass, sich einem neuen Geist zu verschreiben, zumindest ein gewisser Kreis der Teilnehmer bereit war. Dieser wäre vielleicht von noch größerem Umfang gewesen, wenn nicht dieses allgegenwärtige Misstrauen untereinander so manches Anzeichen von Erneuerungswillen unter Glas gehalten hätte. Solange nicht der Letzte der Verweigerer unzweifelhaft bekehrt wäre, würde der Vorletzte seine Bekehrung nicht offenbaren. Analog ließe sich diese Reihe über den Vorvorletzten bis zum Ersten fortsetzen, worin sich das gesamte Ausmaß des Problems verdeutlicht: Ein Tropfen genügt, um einen Brunnen zu vergiften, wobei schon dessen hypothetische Annahme dazu führt, dass niemand mehr daraus trinkt. Dann muss einer gefunden werden, der diese wertlos gewordene Quelle zu neuerlicher Reinheit filtert oder zumindest mit einem mutigen Schluck daraus deren Qualität unter Beweis stellt.

Nachdem sich diese Erkenntnis in seinem Hirn bis zur Unverrückbarkeit zementiert hatte, konnte er Julius nur noch seiner vollsten Unterstützung bei dessen waghalsigem Vorhaben versichern. Nach dem besiegelnden Handschlag unter entschlossenen Männern war ihm klar, dass sein Aufenthalt in Rom sein Ende gefunden hatte. So spannend es auch war, die Entwicklungen vor Ort und demzufolge in einzigartiger Zeitnähe zu beobachten, er musste dieser Gunst zugunsten einer anderen nun anstehenden Aufgabe entsagen. Er hatte Luther auf diesen möglicherweise letzten Schritt, bei dem er ihm noch von Begleitung sein konnte, vorzubereiten.

46

Als Staupitz gegen Ende des Januars 1513 wieder in Wittenberg eintraf, hatte sich Luther mit seinem neuen Amt bereits bestens angefreundet, bot es seinem Geist doch ein plötzliches und unerwartetes Maß an Freiraum. Seinem Naturell folgend, wollte er auch gleich in einer „Beichtsitzung" von seinen für den verfügbaren Zeitraum vergleichsweise großen Taten berichten, aber der ernste Ausdruck in Staupitz' Gesicht ließ ihn erahnen, dass die Weltmetropole Rom wohl bedeutsamere Diskussionsthemen bereithielt als jede sächsische Provinzstadt. Insofern war es nur an der Übernahme der ernsten Miene, um dem ursprünglichen Ansinnen eine Absage zu erteilen. Umso überraschender war es dann doch, dass Staupitz selbst zunächst das Thema in diese Richtung lenkte.

„Nun, Bruder Martin, wie seid Ihr im Umgang mit Eurem neuen Amt?"

„Es bietet neue Herausforderungen, aber das ist gut so. Nichts langweilt den regen Geist mehr als Monotonie der Aufgaben."

„Und Eure anfänglichen Befürchtungen, der Sache nicht gewachsen zu sein?"

„Es waren keine Befürchtungen, nur eine verständliche, der Demut geschuldete Überraschung. Da die Berufung aus Eurem Mund kam, hatte ich keinerlei Zweifel, den Anforderungen zu entsprechen."

Staupitz hielt kurz inne und rekapitulierte diese Entgegnung. Während der gesamten Rückreise aus Rom hatte er sich darüber den Kopf zerbrochen, wie er Luther sein neuerliches Anliegen würde nahebringen können. Jetzt bettelte jener förmlich darum.

„Wärt Ihr demnach ebenfalls bereit, die höchste kirchliche Würde zu empfangen?"

Luther musste nachdenken, aber nicht über die zu gebende Antwort, sondern zunächst einmal über den Inhalt der Frage. Eigentlich hätte er wiederum darauf hinweisen müssen, dass das Priesteramt nicht der höchsten kirchlichen Würde entspräche, aber die Priesterweihe war ihm ja bereits verliehen worden. Wollte ihn Staupitz zum Bischof machen? Ein derartiges Amt stand aber, soweit ihm bekannt, im Moment nicht zur Disposition. Demzufolge bestand die Antwort nur in einer stummen Gegenfrage.

„Bruder Martin, der Heilige Vater sähe es gern, wenn Ihr zum gegebenen Zeitpunkt seine Nachfolge antreten würdet."

Der fragende Ausdruck im Blick des Angesprochenen verlor nicht an Intensität. Ohne weitere Erläuterungen würde dem auch nicht abzuhelfen sein. Also rang Staupitz um Einfachheit in seinen Erläuterungen, die jeden noch so kleinen Akademiker zu erleuchten vermochte.

„Ich habe mich mit Papst Julius eingehend darüber beraten und wir sind uns darin einig: Wenn wir Veränderungen bewirken wollen, dann ist der Heilige Stuhl der einzige Ort, von dem aus diese durchzusetzen wären."

„Ihr habt wohl recht."

„Natürlich haben wir das."

Mit dieser Entgegnung versuchte Staupitz, seiner Meinung dahingehend Nachdruck zu verleihen, dass er deren Konformität mit der des Heiligen Vaters unterstrich. Der eben noch fragende Blick Luthers nahm jetzt Anzeichen von Entschlossenheit an.

„Ich habe meine volle Unterstützung zugesagt und stehe zu meinem Wort. Ich bin bereit, jeden dazu notwendigen Schritt zu gehen. Dennoch ist dieser der wohl am sorgfältigsten zu überdenkende. Das Papstamt ist schließlich die exponierteste Position, die man sich vorstellen kann. Ein solcher Akt würde die gesamte Kirche erschüttern, was vielleicht nicht das Schlechteste wäre. Aber es stellen sich Fragen. Welchen Angriffen wäre man ausgesetzt? Wie steht es um die Einheit und die Unterstützung der Kardinäle? Und vor allem, wie sollte man eine derartige Wahl herbeiführen können?"

„Ihr beantwortet Eure Frage mit einer anderen. Zunächst einmal: Es ist in der Tat so. Ein solcher Schritt birgt Gefahren, insbesondere dann, wenn man nicht weiß, wem man trauen kann. Aber ebendieses Misstrauen ist es, das überwunden werden muss. Dazu bedarf es eines Leitbildes. Wahrscheinlich ist unsere Front stärker, als wir es erahnen können, da es zu wenige wagen, sich offen dazu zu bekennen. Für den Heiligen Vater hängt im Moment alles an Eurer Entscheidung. Er hat ein Alter erreicht, das ihn keinerlei irdische Repressalien mehr fürchten lässt. Er sorgt sich nur darum, alles ihm Mögliche zu tun, um seiner Seele ewigen Frieden zu verschaffen. Wenn Ihr bereit seid, auf seinen Vorschlag einzugehen, wird er alles Nötige in die Wege leiten. Er wird Euch alle Weihen zuerkennen, derer dieses Amt bedarf. Er wird dafür Sorge tragen, dass Ihr Euch der Wahl stellen könnt."

„Und wird er auch deren Ausgang beeinflussen können?"

„Das wird nicht erforderlich sein. Da die Wahl geheim ist, wird jeder dabei nur seinem Gewissen verpflichtet sein. Auf diese Weise würden wir auch erkennen, auf welches Maß an Unterstützung wir zählen können, soll heißen, im Falle einer Wahl hättet Ihr, hätten wir auch die Mehrzahl der Kardinäle hinter uns. Im gegenteiligen Fall wäre unsere Mission, zumindest zum jetzigen Zeitpunkt, wohl ohnehin ohne Aussicht auf Erfolg."

Damit hatte Staupitz sein Pulver verschossen. Ihm blieb nur die Hoffnung, dass Luther die virtuell gehisste weiße Fahne akzeptieren und den Kampf ebenfalls einstellen würde.

„Mein Vater, ich bin bislang allen Euren Ratschlägen gefolgt, und es war nicht mein Schade. Also will ich es auch in diesem Fall tun."

47

Die Kutsche jagte dahin. Die Steine auf dem Weg versetzten ihr heftige Schläge, die ihrer Konstruktion zwar zusetzten, sie letztendlich aber nicht von ihrer Bestimmung würden abbringen können. Die Pferde wurden in beständigem Galopp gehalten; der Rausch der Geschwindigkeit hatte sie aber in einen tranceähnlichen Zustand verfallen lassen, der sie die aufzubringende Anstrengung nicht spüren ließ. Lediglich die ihren Nüstern entströmende Atemluft, die im eisigen Wind instantan zu langgezogenen Schwaden kondensierte, legte ein deutliches Indiz auf das Niveau der zu verrichtenden Arbeit. Wäre die gewählte Gangart nicht ohnehin die bei dieser Außentemperatur angemessene gewesen, um die Muskeln mittels der entstehenden Abwärme geschmeidig zu halten, so hätte die Mission, der es zu dienen galt, eine solche letztendlich doch eingefordert.

Der Insasse des Gefährtes warf immer wieder von Ungeduld gepeinigte Blicke aus dem Fenster. Er hatte diesen Weg schon oft genug zurückgelegt, um einerseits der exakten Positionsbestimmung befähigt zu sein, andererseits, um zu wissen, welche Zeit diese Reise in Anspruch nehmen würde. Dennoch hatte er sie in der unerschütterlichen Hoffnung angetreten, dass sich deren Dauer verkürzen ließe, zumindest dieses eine Mal. Dieser von Irrationalität angestachelte Wunsch wurde aber alsbald von der Einsicht abgelöst, dass es für ein rechtzeitiges Ankommen wohl ohnehin zu spät war. So übte er sich in ebenjener Geduld, der unter den gegebenen Umständen wirkliche Alternativlosigkeit bescheinigt werden kann.

Als er sein Ziel erreicht hatte, befand sich die Nacht schon im Anbruch. Dennoch hoffte er, die Person, der seine Aufwartung galt, am üblichen Ort anzutreffen. Obwohl er kurz davorstand, von der Müdigkeit übermannt zu werden, sah er es als seine unausweichliche Pflicht an, diesen Besuch noch anzustrengen, bevor er sein Nachtlager aufsuchen würde. Seinem Seelenfrieden zum Wohl, seinem physischen Zustand zum Leid, traf er jene auch an.

Staupitz war zunächst überrascht, Cajetan nach so kurzer Zeit schon wieder gegenüberzustehen, waren sie einander während seines jüngsten Aufenthaltes in Rom unvermeidlicherweise das eine oder andere Mal begegnet. Zwangsläufig kam in Staupitz die Erinnerung an das letzte ähnlich geartete Zusammentreffen wieder hoch, das zwar inzwischen zehn Jahre zurücklag, dessen unangenehme Begleitumstände ihm aber nie mehr aus dem Sinn kommen würden.

„Bruder Thomas", begrüßte er ihn, sich um ein freudiges Timbre in seiner Stimme bemühend, um dem noch im Dunkel liegenden Hintergrund dieser Begegnung ein gleichartiges vorauszubestimmen. Die Bedrückung im Gesicht des anderen war aber nicht nur dessen Erschöpfung von der Reise geschuldet.

„Bruder Johann, ich bin gekommen, um Euch darüber in Kenntnis zu setzen, dass der Heilige Vater plötzlich verstorben ist. Wir müssen beraten, wie wir fortfahren können."

Staupitz fuhr der Schock durch alle Glieder. Er sank auf den Stuhl zurück, von dem er sich zur Begrüßung seines Gastes soeben erhoben hatte. Bilder zogen an seinem geistigen Auge vorbei, so schnell, dass er am Versuch deren bewusster Erfassung scheiterte; nur sein Unterbewusstsein verdichtete die darin verborgenen Informationen zu einem Gefühl der Ohnmacht, das sich in seinem Körper ausbreitete. Nachdem er dann irgendwann im Zuge der halbwegigen Rückerlangung seines seelischen Gleichgewichtes auch wieder der Steuerung seiner Gedanken und deren verbaler Äußerung befähigt war, machte er den im Moment wohl einzig zielführenden Vorschlag:

„Ich sehe, dass Eure Erschöpfung wohl mindestens zu gleichem Anteil der Reise wie der von Euch überbrachten Botschaft geschuldet ist. Lasst uns alle weiteren Überlegungen in die Klarheit des morgigen Tages verlegen."

48

Der Wunsch war hehrer Natur, aber die erhoffte Klarheit war zunächst mit einer deutlichen Eintrübung versehen. Staupitz, Cajetan und der am Morgen kurzfristig zu der anstehenden Beratung geladene Luther saßen nun beieinander und füllten den Raum mit Stille an. Alle waren in tiefes Nachdenken darüber verfallen, wie der jüngsten schicksalhaften Wendung des Geschehens beizukommen sei. Besondere Betroffenheit bezüglich der Lage zeigte Staupitz, wenngleich er sich den vergeblichen Mühen hingab, diese hinter einem visionären Gesichtsausdruck zu verbergen; vergeblich, da ihm das nur unzureichend gelang, vergeblich, da die anderen beiden darum wussten, dass er nun schon den zweiten treuen Mitstreiter in einem schwer zu gewinnenden Kampf verloren hatte.

Als die Unerträglichkeit des Schweigens diejenige der Situation zu übertreffen drohte, fühlte sich der höchstrangige von dessen Verursachern dazu berufen, dieses zu brechen. Seine Erfahrung aus einer früheren Lage vergleichbarer Misslichkeit war ihm dabei von willkommener Unterstützung.

„Es hilft nicht, darüber zu sinnieren, was hätte sein können. Wir müssen uns von den momentanen Gegebenheiten leiten lassen, so unangenehm sie sich auch darstellen mögen."

„Und die wären?" Cajetan hätte diese Frage zwar selbst beantworten können, aber wollte Staupitz nicht den rhetorischen Fluss entreißen.

„In Kürze wird die Wahl eines neuen Papstes erfolgen und wir werden weder Einfluss auf die Auswahl der Kandidaten, noch auf ihren Ausgang haben."

„Der Heilige Vater hatte Pläne, ich bin darüber informiert. Leider hatte er keine Zeit mehr, entsprechende Vorkehrungen zu treffen."

„Lassen sich zum jetzigen Zeitpunkt schon verlässliche Vermutungen darüber anstellen, wer seine Nachfolge antreten könnte?"

„Seine Heiligkeit hatte unter den Kardinälen einige Verbündete und es bleibt zu hoffen, dass die Wahl auf einen von ihnen fallen wird, aber bei der instabilen Stimmungslage ist das schwer vorauszusehen."

„Wir stehen also wieder da, wo wir vor zehn Jahren schon einmal gestanden haben?"

„Dem äußeren Anschein nach vielleicht. Der entscheidende Unterschied besteht darin, dass viele Würdenträger der anstehenden Veränderungen gewärtig sind. Unklar hingegen ist, wer von ihnen tatsächlich bereit ist, diese mitzutragen. Papst Julius, wäre ihm die Zeit dafür gegeben gewesen, hätte wohl die Mehrheit von ihnen hinter sich versammeln können. So steht zu befürchten, dass diese Konspiration der Zerstreuung hingegeben wird. Es wird darauf ankommen, einen gleichwertigen Ersatz zu finden, der einen solchen destruktiven Prozess zu unterbinden weiß."

Luther hatte dem sich entwickelnden Dialog zwischen Staupitz und Cajetan bisher aufmerksam, aber wortlos beigewohnt. Jetzt war es an ihm, den Fokus der Unterredung auf den entscheidenden Aspekt zu richten.

„Nur, würde das von wirklicher Hilfe sein? Wäre der Heilige Vater davon überzeugt gewesen, die notwendigen Veränderungen selbst oder mit Hilfe seinesgleichen herbeiführen zu können, hätte er sich dann so um seinen geringsten Bruder bemüht?"

Nach so vielen Jahren die erste Frage, auf die Cajetan nicht sofort eine Antwort gewusst hätte oder, besser gesagt, auf deren abschlägige Beantwortung hin er nicht umgehend mit einem neuen Plan aufwarten konnte.

„Vielleicht sollten wir uns gemeinsam nach Rom begeben und die Dinge verfolgen, die sich dort entwickeln. Wenn der Heilige Stuhl wieder besetzt sein wird, werden wir uns, so Seine Heiligkeit denn dazu bereit ist, um eine Lösung bemühen", schlug Staupitz vor.

„Ich bin bereit", verkündete Luther, dessen Tatendrang erneut angestachelt worden war.

„Bruder Martin, Ihr könnt natürlich nicht mitkommen", sah sich Cajetan nun genötigt, jenem die Kette anzulegen, und fügte, bevor die fragenden Blicke seiner Gesprächspartner akustischen Ausdruck finden konnten, hinzu:

„Ihr seid für uns von unschätzbarem Wert, aber das nur, solange Ihr nicht in Rom auftretet. Anderenfalls würdet Ihr Euch umgehend in die Reihe jener stellen, die mangels öffentlichen Vertrauens der Sache nicht mehr dienlich sein können. Ihr versteht?"

Luther verstand, unmittelbar nach Staupitz.

„Bruder Johann und ich werden uns in Rom um die Angelegenheit kümmern, Ihr bleibt hier und setzt Eure Studien fort. Wenn die Zeit ihre Reife erlangt haben wird, müssen die entsprechenden Maßnahmen ausgearbeitet sein, die dann zu ergreifen sein werden. Dies wird Eure Aufgabe sein."

49

Giovanni de' Medici entstammte der gleichnamigen Florentiner Dynastie und war der Urenkel von Cosimo de' Medici, der den wohl wesentlichen Beitrag zu deren Reichtum und Einfluss erbracht hatte. Letzterer erstreckte sich inzwischen auf nahezu alle Bereiche des gesellschaftlichen Lebens. Für Giovanni war von seinen Eltern eine kirchliche Laufbahn bestimmt worden, die schon frühzeitig mit aller Anstrengung gefördert wurde. Er wurde als Domherr von Florenz eingesetzt, da hatte er sein achtes Lebensjahr noch nicht einmal vollendet, zwei Jahre später hatte er bereits das Amt eines Klostervorstehers inne, mit dreizehn Jahren ernannte man ihn zum Kardinal. Und nun war er an dem Ziel angekommen, dem viele seiner Gesinnungsgenossen zustreben, dieses zu erreichen aber nur wenigen vergönnt ist. Am 11. März

1513 wurde er zum Nachfolger von Papst Julius II. gewählt, im Alter von 37 Jahren.

Staupitz und Cajetan, die diesem Tag entgegengefiebert hatten, waren von verhaltenem, unter Berücksichtigung der Gesamtsituation aber zufriedenstellendem Optimismus. Immerhin war der neue Papst ein enger Vertrauter seines Vorgängers gewesen, was die Hoffnung belebte, dass er dessen Werk fortsetzen würde. Darüber hinaus hatte er noch nicht einmal die Priesterweihe erhalten, eine Voraussetzung, die zur Übernahme des Amtes unabdingbar ist. Man durfte also davon ausgehen, dass die Mehrzahl der Kardinäle bei diesem Kandidaten Befähigungen erkannte, die zum Wohle des Amtes gereichten. Oder zu ihrem eigenen, das würde sich zeigen müssen. Es stand zwar zu befürchten, dass dieser an Jahren noch junge Heilige Vater lediglich das willfährige Werkzeug seines Stabes nicht ganz so heiliger Großväter – zumindest was das Alter anbelangt – darstellen würde, aber diese Befürchtungen fielen rascher Zerstreuung anheim. Papst Leo X. würde seinem für die Amtsführung gewählten Namen in der Weise gerecht werden, nicht leicht zu bändigen zu sein. Er hatte sehr genaue Vorstellungen von dem, was er von sich selbst erwartete, oder würde diese zumindest in kurzer Zeit entwickelt haben.

Cajetan und Staupitz waren nach ihrer ersten Audienz von jenem sehr angetan. Er, der seit frühester Kindheit in und mit der Katholischen Kirche nicht nur aufgewachsen, sondern eng verbunden war, verfügte über ein komplexes Wissen hinsichtlich deren problematischen Zustandes und den Willen, diesem Besserung zu verschaffen. Insofern war er den beiden Streitern um das noch in der Ferne verborgen liegende Ziel für deren offene Bekundung ihrer Unterstützung von Dankbarkeit beseelt. Dennoch konnte kein kurzfristiger Plan für das weitere Vorgehen gefasst werden. Zwar hatte Staupitz den neuen Inhaber des Heiligen Stuhls in die Vorhaben dessen Vorgängers – soweit jenem noch nicht bekannt – eingeweiht, aber ihm war aus leidvoller Erfahrung auch klar, dass jeder Wechsel auf genannter Sitzfläche dem Pilgernden in Richtung des Heils nach zwei Schritten vorwärts den notwendigen rückwärts gerichteten bescheren würde. Staupitz hatte zunächst noch in den Tiefen seiner Seele die vage Hoffnung auf eine schnelle Klärung der Situation gehegt, aber diese hätte bei nüchterner Betrachtung nur darin bestehen können, dass der soeben berufene Papst seinen Platz kurzfristig zugunsten des mit der eigentlichen Berufung Versehenen zur Verfügung stellte. Es bedurfte keiner langwierigen Diskussion, um zur einigen Einsicht in die Unmöglichkeit eines solchen Manövers zu gelangen. Insofern beschränkte sich die Liste der aktuell ergreifbaren Maßnahmen auf diese eine Option: Abwarten, dass die Zeit ihren Dienst verrichten würde. In der Gewissheit dieser Unsicherheit trat Staupitz den Heimweg an. Immerhin hatte er in Cajetan einen Mann vor Ort, der das Geschehen unter seiner Beobachtung halten und ihn im gegebenen Fall auch auf kürzestem Weg über etwaige bedeutsame Entwicklungen unterrichten würde.

50

Luthers Auge ruhte auf dem Rosenstock, der in voller Blüte stand. Diese edelste aller Pflanzen, die von seinen Vorfahren mit Bedacht zur Zierde des Familienwappens erwählt worden war, hatte es ihm seit jeher angetan. Während seiner Zeit im Erfurter Konvent musste er sich mit deren bildhafter Darstellung als Fensterornament in der Augustinerkirche begnügen; hier in Wittenberg konnte er seinen Blick an deren realer Verkörperung sättigen. Dazu musste er sich lediglich von seinen großen Gedanken, diese für einen Moment im Refugium seiner Schreibstube sich selbst überlassend, davonstehlen, um draußen im Garten seinen Geist denjenigen zu öffnen, die zwar von kleinerer Art, für die Bahnen kanalisierten Denkens aber von spülender Wirkung waren. Der Genuss, den ein solcherart zelebriertes Pausieren vom Schöpfertum mit sich brachte, war mehr als ein schwacher Trost dafür, eine Metropole, wie sie seine thüringische Heimat zur damaligen Zeit aufzubieten hatte, in Richtung eines Städtchens verlassen zu haben, an dessen historischer Bedeutung noch hart zu arbeiten sein würde.

Der Garten war nach Süden gelegen. An einem Sommertag wurde er, so nicht von Wolkenverhüllung beeinträchtigt, dessen gesamten Verlaufes während von Licht durchflutet. Je nach Tageszeit lagen mal die kräftigen Farben des vor sich hin reifenden Gemüses, mal die zarten Pastelltöne des diesem geschmackliche Aufwertung versprechenden Küchenkrautes im Blickfeld der Sonne und verliehen dem Ensemble der handaufgezogenen Vegetation einen beständigen Wandel in ihrer visuellen Erscheinung. Da sich Luthers kulinarische Erbaulichkeit zu diesem Zeitpunkt noch im Aufbau befand, konnte er sich an diesem vorfreudigen Eindruck zu erwartender Köstlichkeit dato weniger ergötzen als an jenem, der diesen in noch sanftem Schlummer einhüllte. So ging er manchmal, noch ehe das morgendliche Zwielicht gewichen war, hinaus zu seinen Rosen, um sich an dem großen Schauspiel zu ergehen. Tau, von der Kühle der Nacht aus Luftfeuchte gekeimt und durch Oberflächenspannung zu ebenmäßigen Tropfen geformt, rann an den Blüten hinab wie an Lotosblättern, dabei den niedergeschlagenen Staub vom Vortage mit sich reißend. Die so eintretende reinigende Wirkung würde den zarten Kelchen süßlicher Verlockung von Neuem dieses strahlende Aussehen verleihen, deren Herkunft sich dem Spätaufsteher bis ans Ende der Zeit verschließen müsste.

Reinigende Wirkung. Derartiges wurde auch von seiner Person erwartet. Im Gegensatz zu den Rosenblättern, die wie selbstverständlich in der Gunst dieser Gabe standen, würde eine solche, sein Tun betreffend, allerdings nicht im Selbstlauf zu erzielen sein. Seit er mit der ihm zugedachten Aufgabe konfrontiert worden war, hatte er sich so manches Mal ein Bild von deren Inhalt zu zeichnen bemüht und war ebenso oft daran gescheitert. Bei oberflächlicher Betrachtung war alles klar und einleuchtend; in dem Moment aber, da man versuchte, die helltönenden Schlagworte in Inhaltsfülle ausufern zu lassen, rollte sich jedweder klarsichtige Film des Verständnisses auf dem Antlitz der Problemstellung in Kugelform zusammen und perlte einfach ab. Zurück blieb ein Schleier der Undeutlichkeit, welcher der Basis des Sachverhaltes einen alles andere als „rosigen" Zustand bescheinigte. Nun, dem sollte mit einer strukturierten Analyse desselben beizukommen sein; beunruhigend war da schon eher der Umstand, dass seine Vordenker, die mit diesem schon wesentlich länger in Auseinandersetzung standen, offensichtlich selbst noch nach dem Ausweg aus ihrer Planlosigkeit suchten. Zumindest hatte Luther verstanden, dass es zur Durchsetzung neuer Ideen einer Person bedurfte, die frei von jeder Vorbelastung war, allerdings entbehrten diese Ideen augenscheinlich noch ihrer konkret ausgeprägten Existenz. Ein zwar neuer Schlauch für nicht ausgegorenen Wein würde dennoch von unzureichender Hinlänglichkeit sein, um einen Rausch auszulösen. Zwar hatten ihm Staupitz und Cajetan angedeutet, dass die Ausarbeitung der notwendigen Maßnahmen in seiner

Verantwortung liegen würde, aber wenn man in ein neues Arbeitsgebiet eingeführt wird, hofft man zumindest im Stillen auf die tatkräftige Unterstützung der Alteingesessenen. Ebenso war er, als er Papst Julius um die Einberufung des Laterankonzils gebeten hatte, von der Hoffnung getrieben, dass den Dingen auf diese Weise automatisch die Richtung gewiesen würde.

Sich von beiderlei Hoffnung zu verabschieden, war es nun an der Zeit. Immerhin stand Luther inzwischen im Anspruch, zwei einschlägige akademische Grade zu führen. Ebenfalls an der Zeit war es für die Nachweisführung, dass Ideen, diese an den Mann zu bringen es eines neuen Gesichtes bedurfte, durchaus auch dem Kopf entspringen konnten, an dem dieses Gesicht befestigt war. Wo also nun ansetzen?

Will man ein Problem wissenschaftlich lösen, so besteht der erste Schritt darin, es zu beschreiben. Dies war im vorliegenden Fall ein Leichtes: Die Kirche erreichte die Menschen, zumindest viele von ihnen, nicht mehr. Um die Fragen zu beantworten, die sich daraus ergaben, nämlich die nach der Ursache und diejenige, wie dem abzuhelfen sei, war im nächsten Schritt die Brauchbarkeit des eigenen Werkzeugkastens zu überprüfen. Luther war Theologe und würde die Antwort in dem Bereich zu suchen haben, welcher sich dem Zugriff dieser Berufung erschloss.

Theologie ist eine aus zwei Gründen problematische Wissenschaft. Zum einen ist sie der regulären Logik des Alltags nicht vollumfänglich zugänglich, zum anderen musste sie lange Zeit als Notnagel für den mangelhaften Erkenntnisstand anderer Wissensgebiete herhalten. Deren fortschreitende Entwicklung gab ihnen nun nach und nach den selbstbewussten Anspruch ein, ihrem behelfsmäßigen Fixpunkt in jeder erdenklichen Hinsicht einen

Ersatz stellen zu können; ein drittes Bein am Schemel, welches den eigenen Beitrag zu dessen Standsicherheit so hoch einschätzt, dass es die anderen beiden gern wieder abschrauben würde.

So naheliegend dieser Ansatz war, traf er doch noch nicht das Wesen des Problems. Dass wissenschaftlichen Erkenntnissen die Beachtung verweigert wird, ist kein Alleinstellungsmerkmal der Theologie. Insbesondere in der heutigen Zeit ist dieser allgemeine Missstand präsent, und das, obwohl die Wissenschaften im Verlauf der letzten Jahrhunderte ein bedeutendes Niveau erreicht haben. Dieses ist zwar hoch genug, um so manchen Anhänger sich dem abgesteckten Wissensgebiet mit religiöser Hingabe verschreiben zu lassen, aber dennoch außerstande, konträre Standpunkte in Gänze zu unterbinden. Wer heutzutage ein überladenes Lastwagenprojektil mit defekten Bremsen und abgefahrenen Reifen über die Straßen schießen lässt, muss sich ebenso die Ignoranz physikalischer Gesetze vorwerfen lassen, wie so mancher dies beim Ausfüllen seiner Steuererklärung in Bezug auf diejenigen der Mathematik hinzunehmen hätte. Nein, um Wissenschaft zu akzeptieren, gibt es zwei elementare Gründe, Verständnis und Nützlichkeit. Da der erstgenannte nur für jene infrage kommt, die sich dessen als Fachleute auszuweisen wissen, reduziert sich die Massenwirksamkeit auf den zweiten.

Als Luther zu diesem Schluss gekommen war, was länger gedauert hatte, als es diese einfache Darstellung vermuten lässt, war ihm wenigstens die Ausrichtung seiner Arbeit klar. Dennoch, Maßnahmen zu entwickeln, die ein komplexes Thema in eine geeignete Form bringen würden, jedermann dessen Nutzen nahelegen zu können, sollte ihn auf eine gewisse Zeit vollkommen in Anspruch nehmen. Darüber hinaus bedurfte die sich mühsamen

Weg bahnende Erkenntnis noch des einen oder anderen Denkanstoßes.

51

Die Straßen der Stadt boten aktuell kein Ziel, dem zu folgen ein beachtenswerter Lohn innegewohnt hätte. Dennoch bewegte sich Luther entlang der von ihnen gespannten Pfade; er musste der Umklammerung seiner Stube entrinnen, in der er sich noch eine händisch abzählbare Anzahl von Minuten zuvor gefühlt hatte wie an den ersten Abenden in seiner Erfurter Klosterzelle. Beinahe wäre er sogar in das wenig bewährte Verhaltensmuster zurück verfallen, seiner Verzweiflung mittels Schlagen des Kopfes gegen die Wand Ausdruck zu verleihen. Inzwischen aber war diesem nicht versicherten Körperteil durch dessen Träger eine Wichtigkeit zuerkannt worden, für die von solcherart Missbrauch gezeichnete Verwendung eine nicht hinnehmbare Abträglichkeit bedeutet hätte. So war es dem letzten Rest an Rationalität, kurz vor Auslöschung durch unkontrollierte Emotion, gelungen, dem Individuum in seiner Gesamtheit den Tritt ins Freie zu verabreichen. Dort waren zwar auch noch reichlich Wände verfügbar, welche dem zu vermeidenden Akt der Selbstzerstörung einen hinlänglich stabilen Widerpart geliefert hätten, aber die Frische der jenseits aller Beklemmung in sich ruhenden Freiluft füllte das Denken Atemzug für Atemzug mit neuer Vernunft an. Die rechte Grundlage, dem Problem in angemessener Weise gegenüberzutreten. Nur, was war eigentlich geschehen?

Luther war ein begnadeter Prediger. Seit seinem ersten Versuch in dieser Richtung, dem noch der Makel der

Illegitimität anhaftete, erfüllte ihn diese Aufgabe mit höchster Glückseligkeit, ermöglichte sie ihm doch, seine eigene Erkenntnis, seine eigene Hingabe an das göttliche Wort weiterzugeben. Seine Mitbrüder waren ihm in dieser Hinsicht ein so dankbares Publikum gewesen, dass er, solchem Anlass entströmendem Gefühl taumelnder Freude zu entsagen, keine Bereitschaft entwickelt hatte. So stand es für ihn bei seinem Wechsel nach Wittenberg außer Frage, seinen diesbezüglichen Bestrebungen auch an diesem Ort Geltung zu verschaffen. Anfangs konnte sein der Sache verschriebener Eifer denjenigen Missstand noch mit strahlend-blumiger Zufriedenheit übertünchen, der sich spätestens bei seiner heutigen Widmung an das Gelingen ebendieser Sache auftat.

Prediger sind auch nur Ausübende ihres Berufes, die mal gute, mal weniger gute Tage haben. So wie es einem Bäcker zustoßen kann, dass sein Teig in sich zusammenfällt, oder dem Kutscher, dass die Torpfosten beim Rückwärtseinparken auf wundersame Weise und vor allem unbemerkt ihren Abstand reduzieren, ist auch der Mann des Wortes nicht dauerhaft vor professionellem Versagen gefeit. Beruhte dieses auf Selbstverschulden, so stellte sich Luther dem, im Zustand einer gewissen Bedrückung zwar, aber offenen Herzens, um einem solchen Ereignis keine zweite Gelegenheit zur Verwirklichung einzuräumen. Im vorliegenden Fall hingegen war es anders. Um den Vergleich fortzuführen, Luther kam sich vor wie der Bäcker, der mit seinem eigenen Brot beworfen wurde, ohne dass dessen qualitative Ausformung dazu auch nur den geringsten Anlass gegeben hätte. Wenn die Geringschätzung eines Arbeitsergebnisses zum Selbstzweck wird, sei es aus Arroganz oder Ignoranz, ist jede noch so wohle Bemühung des Ausführenden der Vergeblichkeit geweiht. Zwar könnte es beispielsweise einem kommerziell strebsamen Glasbläser gleichgültig und mehr als recht sein, wenn jemand seine kostbaren Produkte nur zum Zwecke der Befriedigung eines immanenten Zerstörungstriebes ordert; wer dieser Arbeit aber mit Herzblut nachgeht, um Werte zu schaffen, wird eine derartige Geschäftsbeziehung zu terminieren suchen, auch wenn es dem wirtschaftlichen Vorankommen nicht zuträgt. Doch genug der hinführenden Beispiele und zurück zu Luther.

Dieser hatte eine Predigt zu einem bedeutsamen Thema ausgearbeitet. Leider ist dieses nicht überliefert, aber bedeutsam muss es gewesen sein, da auf dessen Vorbereitung zwei volle Wochen verwendet worden waren, eine Ewigkeit für jemanden, der bei gegebener Notwendigkeit eine solche Rede auch aus dem Stegreif zu halten verstand. Als er sie fertig zu Papier gebracht hatte, verspürte er eine tiefe Befreiung, würde er doch damit einen wertvollen Beitrag zur spirituellen Bildung und nicht zuletzt zum sozialen Zusammenleben seiner Gemeinde leisten. Dieses glaubte er, hatte es zumindest bislang geglaubt. Als er an diesem Tag auf der Kanzel stand und seine Predigt hielt, überkam ihn zum ersten Mal die beflissentlich verdrängte Klarheit, dass seine Mühe ins Leere laufen würde, würde laufen müssen. Er hielt die Predigt, wie es der Vorschrift Genüge tat, in lateinischer Sprache. Was bei seinen mit entsprechender Kenntnis versehenen Ordensbrüdern der Vermittlung von Wissen keinerlei Beschränkung auferlegte, würde sich gegenüber dem Stadtvolk als unüberwindliches Hindernis erweisen. Ebenso gut hätte er ein Kochrezept verlesen können; der jeweils zu Dritteln zu verzeichnende fröhlich-zustimmende, fragende oder gelangweilte Ausdruck in den Gesichtern seiner Zuhörerschar wäre der gleiche gewesen. Zwar hatte er einen Tropfen des Heiligen Geistes über jenen Bedürftigen ausgegossen; ob dieser aber seine ab- bzw. aufschließende Wirkung erzielen würde, verursachte dem Referenten Zweifel. Diejenigen, die da vor ihm saßen, waren wie kleine Kinder, jene der himmlischen Fürsorge anzuvertrauen zwar jeglicher Verpflichtung entsprach, diese Fürsorge aber in bilateraler und bewusster Weise zu gestalten, wären sie ihrerseits jedoch nicht in der Lage und würden dies unter den gegebenen Bedingungen wohl auch niemals sein.

Diese niederschmetternde Erkenntnis hätte ihn um Haaresbreite ein weiteres Detail übersehen lassen, das seinen Eindruck von der nicht zufriedenstellenden Situation zur Vollkommenheit führte.

Unter seinen Zuhörern befand sich immer eine Frau von betagter äußerer Erscheinung. Sie saß gewohntermaßen in der ersten Bank und folgte dem Kanzelwort, obgleich sie dessen, jüngster Erkenntnis zufolge, nicht verständig war, mit voller Aufmerksamkeit. Dass sie heute nicht erschienen war, hatte Luther mit Sorge erfüllt; immerhin konnte ihr Fernbleiben ja gesundheitlichen Ursachen geschuldet sein. So hatte er es erwogen, sie im Anschluss an die Messe aufzusuchen und sich nach ihrem Befinden zu erkundigen.

Dass er sie in augenscheinlich unversehrtem Zustand antraf, beruhigte ihn zunächst. In nachfolgender Kenntnis um die Umstände ihrer heutigen Abwesenheit, hätte er jedoch als deren Ursache zumindest einer leichten Erkrankung den Vorzug gegeben. Mit kleinlauter Stimme und unter Voraussendung jedweden Gesuches um Milde gestand sie ein, dass sie tatsächlich in den letzten Tagen von medizinischen Problemen gepeinigt worden war. Diese waren zwar von sachkundiger Hand kuriert worden, die Behandlung aber hatte ihre momentan verfügbaren finanziellen Mittel aufgebraucht, sodass sie nichts

mehr übrig hatte, das sie dem verpflichtenden Klingel-
beutel hätte beisteuern können. So habe sie es nicht gewagt, der Messe beizuwohnen.

Es hatte bis zur Vollendung des Heimweges gedauert,
dass Luther von der Summe aller Offenbarungen des
Tages dahingestreckt wurde. Wer war er eigentlich? Er
kam sich in diesem Moment vor wie ein exotisches Tier,
das auf Jahrmärkten zur Belustigung des Volkes vorge-
führt wurde, sich an dessen Anblick zu weiden und dessen Laute zu belächeln, ohne sie deuten zu können, man
Eintrittsgeld bezahlte und draußen bleiben musste, wenn
man dieses nicht aufzubringen vermochte. Wer waren die
Leute, an die er das Wort richtete, wenn er auf der Kanzel
stand? Offensichtlich handelte es sich um Menschen,
deren Tun, gleich, ob sie kamen oder fernblieben, von
Furcht bestimmt war, Furcht vor der ungewissen Macht
Gottes oder vor der gewissen des menschlichen Geredes.
Die Kirche erreichte die Menschen nicht, nicht einmal
jene, die dazu bereit waren. Es bestand Handlungsbedarf,
dringender Handlungsbedarf.

52

Papst Leo bemühte sich redlich, den in ihn gesetzten
Erwartungen zu entsprechen. Leider waren die Begleitumstände seines Amtsantrittes diesem Ziel alles andere
als zuträglich. Zwar war er nicht – wie zunächst zu befürchten war – eine bloße Marionette von im Hintergrund
operierenden Machthabern, im Gegenteil, aber diesem
Gegenteil war auch keine größere Heilkraft beschieden.
Diejenigen, die ihn mit ihrem Mandat versehen hatten,
glaubten, damit ihre Schuldigkeit getan zu haben und im
Anschluss an diesen Akt scheinbarer Aufopferung wieder

ihren sicheren Platz im nicht einsehbaren Untergrund in abwartender Haltung einnehmen zu können. Das offene Bekenntnis einer etwaig reformwilligen Mehrheit unter ihnen, dessen er so dringend bedurft hätte, blieb jedenfalls aus. Papst Julius hatte große Anstrengungen darauf verwendet, seine Anhängerschar in seinem Sinne auszurichten. Seine Lebenserfahrung und das damit verbundene Maß an Weisheit – auch wenn er deren Bestehen zu bestreiten jederzeit bereit war – hatten ihm in dieser Hinsicht erste Erfolge beschert. Deren Wirkung war mit seinem Tode aber der Nichtigkeit preisgegeben. Die sich unter diesen Umständen ausbreitende Unentschlossenheit befruchtete das Verhältnis zwischen nun neuem Anführer und etablierten Nachfolgern mit frischem gegenseitigen Zweifel. Die kostbare, mit geweihtem Wasser beinahe angefüllte Vase war zu Boden gegangen und hatte beim Zerbersten den in mühsamer Arbeit Tropfen für Tropfen angesammelten Inhalt der Vernichtung überantwortet. Für das Behältnis war inzwischen Ersatz gestellt worden, für dessen Füllung jedoch gestaltete sich Selbiges schwieriger. Einige der Wasserträger hatte der Gedanke an die damit verbundenen Anstrengungen noch vereinnahmt und vor einem neuerlichen Versuch möglicher Vergeblichkeit zurückschrecken lassen; andere waren bereit, würden sich aber zunächst einmal die Dichtheit des neuen Gefäßes bescheinigen lassen. Sei es drum, solange niemand den ersten Schluck spendierte, würde es eine formschöne, aber leere Hülle bleiben.

Hinzu kam ein weiteres Problem, dessen Aussaat noch von seinem Vorgänger vorgenommen worden war, dessen faule Ernte aber er jetzt würde einfahren müssen. Julius hatte die kostenintensive Änderung der Baupläne für den Petersdom in bester Absicht und der Bereitschaft vorgenommen, sich deren Verantwortung zu stellen. Die

Zeche zu zahlen würde nun aber seinem Nachfolger auferlegt. Rechnung um Rechnung flatterte jenem nun in sein noch nicht einmal halbfertiges Gotteshaus und war in irgendeiner Weise zu begleichen. Nicht nur, dass schon damals der Anstieg der Kosten dem Baufortschritt in mindestens proportionaler Weise vorauseilte, ein Wechsel des Bauherrn war zudem eine willkommene Gelegenheit, ihnen einen weiteren Aufschlag zuzuerkennen. Zunächst versuchte deren Schuldner, dieser sich dramatischer Zuspitzung verschriebenen Verbindlichkeit durch eine Intensivierung des bereits von seinem Vorgänger zu diesem Zweck temporär geheiligten Mittels des Ablasshandels zu begegnen. Ein fataler Weg, wie sich zeigen würde, seiner Unerfahrenheit geschuldet, aber wer nimmt darauf schon Rücksicht? Einerseits schürte dieser Akt unter seinen tatsächlichen wie potenziellen Anhängern die Glut des Zweifels an seinem Streben nach Veränderung zu neuer Lohe, andererseits blieb ihm der finale fiskalische Erfolg durch diese Maßnahme ohnehin verwehrt. Er musste erkennen, dass das Projekt auf diese Weise nicht zu finanzieren war. Wie also weiter? Den Bau stoppen? Eine naheliegende, jedoch aus zweierlei Gründen unmögliche Lösung: Zum einen würde ein solcher Schritt nicht nur seinem Ansehen, sondern auch dem der ihm unterstellten Organisation den Todesstoß versetzen, zum anderen hätten sowohl der Baumeister als auch alle ausführenden Gewerke im Falle des Bruches der bestehenden Verträge zunächst ihren Einspruch, später vielleicht auch die mit diversem Werkzeug bewaffneten Hände erhoben. In jedem Fall wäre die Summe der materiellen und ideellen Schäden größer, als wenn alles entsprechend dem Plan weiterliefe. Wie aber sollte dieser Fortgang ermöglicht werden? Es schien nur einen Weg zu geben: Man musste sich nach potenten Geldgebern umsehen.

Aufgrund seiner Herkunft verfügte Leo über Verbindungen in entsprechende Kreise, wirklich bedurft hätte es dieser aber nicht. Zu seinem Erstaunen fanden sich viele wohlhabende Männer, ihn zu unterstützen. Im Austausch gegen etwas Seelenheil oder die Gewissheit, einen Beitrag zur architektonischen Aufwertung des Stadtbildes zu leisten, und natürlich mit dem Anspruch entsprechender Würdigung solchgearteter Taten waren sie bereit, Geldbeträge, teilweise sogar größeren Ausmaßes, beizusteuern. Auf diese Weise konnte zumindest einem Problem, und zwar dem materiell dringlichsten, abgeholfen werden. Im gleichen Zuge aber verdeutlichte es Leo, dass er mit denen anderer Art nicht in so einfacher Weise würde aufräumen können. Ganz abgesehen davon, dass sich die gesamte Situation irgendwie seinem Zugriff zu entziehen suchte.

Um dieser die Richtung zu weisen, wäre ein entschlossener Führer vonnöten gewesen, aber jener Führer war im Spalt seiner eigenen Zerrissenheit gefangen. Umstände, deren Verursacher er nicht war, hatten ihn denjenigen Kräften unterworfen, deren Einfluss auf sein Handeln er zur Durchsetzung notwendiger Erneuerung eigentlich zu unterbinden hätte. Geld und Macht sind nicht nur untrennbar miteinander verbunden, sondern auch elementare Bestandteile der Zivilisation. Weder kann man das Erste bereitwillig in Anspruch nehmen und sich gleichzeitig dem Zweiten verweigern, noch sich beidem in Gänze entziehen. Selbst wenn es möglich gewesen wäre, hätte man dies überhaupt gedurft? Das eine wie das andere ist bei abstrakter Betrachtung zunächst einmal wertfrei. Die negativen Erscheinungen, die damit verbunden sind, beruhen lediglich auf dem Handeln von Menschen, denen aber das Recht auf Fehlbarkeit einzuräumen ist. Zudem muss dieses Recht nur in der Minderzahl der Fälle überhaupt in Anspruch genommen werden, da Handeln weitaus häufiger von Verantwortung getragen ist, als es die bevorzugte Wahrnehmung gegenteiliger Exempel vermuten lässt. Einflüsse äußerer Macht aus einem Prinzip heraus zu meiden würde demnach bedeuten, Menschen aus dem Prinzip heraus zu meiden, dass sie über Macht verfügen. Hinzu kam, dass Kirche wie auch jede andere Form sozialer Struktur davon lebt, dass sich Menschen einbringen, Verantwortung übernehmen. Die einen mehr, die anderen weniger, in Summe aber doch, um dem Werk Wirkung zu verleihen. Die Gesellschaft in Fraktionen aufzuteilen und deren Mitgliedern entsprechend der Zuordnung zu den gesetzten Kategorien Verantwortung zuzuerkennen oder zu verweigern hätte bedeutet, den Spieß zu wenden und die Macht der Kirche gegen die Ausübenden derer der weltlichen Art zu richten. Das alles konnte keine Lösung sein, jedenfalls nicht unter dem Anspruch, in dem die von ihm geführte Institution stand. Gedanken, die ihn in einen tiefen Konflikt stürzten und die er erst nach und nach aufzudröseln hätte.

Diesem Konflikt geschuldet, war es ihm selbstredend versagt, seine Kardinäle auf Linie zu bringen. Viele von ihnen – denn die wenigsten verstanden die Misere in ihrem gesamten Umfang – waren enttäuscht von dem Mann, der als Nachfolger des großen Julius II. offenkundig so kläglich versagt hatte. Der Stab der Einsichtigen, die ihr tieferer Einblick mit Verständnis geschlagen hatte, fügte sich zunächst in die akute Notwendigkeit. Damit war das mit so großen Hoffnungen einberufene fünfte Laterankonzil praktisch gescheitert. Am 16. März 1517 wurde es, ohne entscheidende Ergebnisse hervorgebracht zu haben, beendet.

53

Die Nachricht verbreitete sich schnell, insbesondere in nördlicher Richtung. Dort hatte man sie sehnlichst erwartet, jedoch in inverser Qualität. In der bestehenden war sie lediglich in der Lage, enttäuschte Blicke in Kreuzung zu bringen.

Vier Jahre waren vergangen, vier Jahre, deren auferlegtes Schicksal nun bestenfalls in Stagnation bestanden hatte. Auch wenn Staupitz und insbesondere Luther während dieser Zeit nicht tatenlos gewesen waren; diesem Tun Wirkung zu verschaffen lag momentan nicht in ihrer Macht. Staupitz würde nichts weiter übrig bleiben, als erneut den Weg nach Rom anzutreten, um sich aus erster Hand ein Bild von der Situation überreichen zu lassen. So beschwerlich eine solche Reise auch war, die Strapazen waren zu vernachlässigen gegenüber jenen, die Jahre des Wartens und eventuell derer weitere der Ungewissheit über ihn gebracht hätten.

Immerhin war der Heilige Vater auch sofort bereit, ihn zu empfangen und vor allem sich ihm gegenüber zu erklären.

„Bruder Johann", begann er, es vorsätzlich vermeidend, den Mann, der zehn Jahre älter war als er, mit „Mein Sohn" anzureden, „ich bin mir wohl bewusst, ein Gefühl tiefer Enttäuschung in Euch hervorgebracht zu haben."

„Niemand fordert eine Erklärung von Eurer Heiligkeit ein."

„Mit ebendiesem Satz tut Ihr es dennoch und es steht Euch auch jedes Recht zu, Derartiges zu tun. Ich sage dies, weil es mir fernliegt, Euch eine solche vorzuenthalten. Ich bin der Tatsache gewärtig, dass Ihr große Hoffnungen in das von meinem Vorgänger einberufene Konzil gesetzt habt, und glaubt mir, ich selbst habe dies auch getan. Leider liegen die Dinge nicht so einfach wie zunächst angenommen."

Staupitz gab sich damit allerdings nicht zufrieden.

„Es war die möglicherweise letzte Gelegenheit, dem notwendigen Erneuerungsprozess Initiierung zu verschaffen", entgegnete er, wobei seiner Stimme die Verzweiflung innewohnte.

„Möglicherweise habt Ihr damit recht, aber Ihr dürft nicht denken, dass ich auch nur eine Entscheidung in meinem Amt leichtfertig getroffen hätte. Darüber hinaus stellt sich hinsichtlich einer Erneuerung nicht nur die Frage, ob, sondern vor allem wie diese stattzufinden hat."

Mit diesem Satz hatte er sich die Aufmerksamkeit des Professors gesichert.

„Wie meint Ihr das?"

„Nun, es ist richtig, unsere Kirche hat aus verschiedenen, teilweise sogar unentschuldbaren Gründen einen Teil der Menschen vergessen. Wir haben uns zu sehr mit jenen befasst, die uns scheinbar von Nutzen sein konnten, die uns aber regelmäßig selbst zu ihrem Werkzeug gemacht haben. Uns von diesen abzuwenden kann aber auch keine Lösung sein. Das Haus Gottes muss allen offenstehen, selbst den Sündern, unabhängig davon, ob ihre Sünde der Macht oder der Ohnmacht, dem Reichtum oder der Armut entspringt."

Ein Ausspruch von theologischer Tiefe. Staupitz sah auf, um sich davon zu überzeugen, dass ihm nicht Luther gegenübersaß. Der Heilige Vater hatte wieder einmal recht, wie schon seine beiden Vorgänger.

„Aber geschehen muss etwas." Staupitz' Besorgnis war nicht kleiner geworden, insbesondere vor dem Hintergrund, dass die Problemstellung mit jedem neuen Papst an Komplexität zu gewinnen schien.

„Ich stimme Euch vollkommen zu, aber die Aufgabe ist nicht einfach. Ich war Papst Julius eng verbunden und mit seinen Reformbestrebungen vertraut. Ja, es geht um jeden Einzelnen, um jede einzelne Seele, die wir zu erretten haben. Ja, wir haben uns viel zu lange von weltlichen Machthabern vereinnahmen lassen. Der Gedanke, es genüge, sich davon zu befreien, liegt zwar nahe, reicht aber nicht weit genug. Nicht, solange weltliche Macht von fehlbaren Menschen ausgeübt wird, die unser ebenso bedürfen wie jene, denen uns ausschließlich zuzuwenden das Problem nur auf die andere Seite verlagern, jedoch keiner Lösung zuführen würde. Vergesst nicht, dass es unter jenen Mächtigen immer auch diejenigen gibt, welche diese Macht einsetzen, um Gutes zu bewirken. Ich bin zu der Überzeugung gelangt, dass unsere Misere von anderer Stelle ausgeht."

Leo machte eine Pause. Staupitz war gespannter Erwartung.

„Die wo zu suchen wäre?"

„Unser eigentliches Problem besteht darin, dass auf unserem Rücken die Zwistigkeiten der menschlichen Gemeinschaft ausgetragen werden. Wir haben den Anspruch, alle Seelen zu retten, Seelen, die sich dessen aber gegenseitig für unwürdig erachten. Wir selbst nur dürfen uns dieser Sichtweise nicht anschließen, dürfen uns nicht auf die eine oder andere Seite schlagen. Wir begingen diesen Fehler, in der Hoffnung, unseren Frieden zu finden, aber es ist nicht unsere Aufgabe, Frieden zu finden, sondern zu schaffen."

„Und wie sollen wir diesem Anspruch gerecht werden?"

„Sagt Ihr es mir, Ihr seid ein weiserer und gebildeterer Mann als ich."

Staupitz' Antwort bestand zunächst aus Schweigen. Er als Akademiker beherrschte die Kunst, sich vorschneller

Äußerungen zu enthalten. Solange das Problem nicht abschließend bedacht worden war, mussten Meinungsbekundungen gelegentlich auch mal ihren Aufschub erdulden.

„Wir werden eine Lösung finden", sagte er schließlich, in der festen Überzeugung, über die erforderlichen geistigen und personellen Ressourcen zu verfügen, um dieser Ankündigung entsprechen zu können.

Auf der Rückreise nach Wittenberg begleitete ihn die Gewissheit, dass der Heilige Stuhl nach wie vor mit einem Verbündeten besetzt war, der darüber hinaus Staupitz – das konnte jener zumindest sich selbst gegenüber eingestehen – von intellektueller Ebenbürtigkeit war.

54

Staupitz und Luther waren zusammengekommen, um die jüngste Dienstreise des Ersteren einer Auswertung zu unterziehen. Zwar hatte die päpstliche Audienz als deren zentrales Element und die daraus folgenden neuen Aspekte die Eckpfeiler des zu schlagenden geistigen Gewölbes gehörig versetzt, dennoch war diese Notwendigkeit auch bei Luther umgehend in Erkenntnis übergegangen. Das Fundament eines so bedeutenden Baus musste gegen jede Art tektonischer Verwerfungen gefeit sein.

„Wie gehen wir es nun an?"

Staupitz war begierig, Luthers Meinung einzuholen. Luther, mit präzise arbeitendem Verstand und von Leidenschaft erfülltem Herz ausgestattet, hatte sich seit mehreren Jahren mit dem Problem befasst. Er musste mit Sicherheit nur die richtige Seite aus seinem Dossier herausziehen, um jede diesbezügliche Frage unter allen denkbaren Randbedingungen einer Antwort zuführen zu können.

„Analytisch."

Eine Antwort nicht inhaltlicher Natur, dafür aber methodischer. Die rechte Grundlage für einen wissenschaftlich fundierten Disput. Staupitz rieb sich zum Zeichen der Bereitschaft die Hände. Dann lehnte er sich auf seinem Stuhl zurück, um Luther zu signalisieren, dass jenem das Wort zustand.

„Fakt ist, dass es Missstände gibt, denen abzuhelfen ist, soweit sind wir uns einig. Bis vor Kurzem glaubten wir, diese exakt umreißen zu können, aber darin haben wir uns möglicherweise geirrt. Es war naheliegend, den Einfluss weltlicher Macht auf die Geschicke der Kirche als das zentrale Problem anzusehen, hat dieses Phänomen doch unserem Ansehen großen Schaden zugefügt. Jedoch gebe ich Papst Leo recht, dass dieses bestenfalls Teil eines größeren Problems ist."

Luther machte eine kurze Pause.

„Und worin würdet Ihr dieses größere Problem sehen?" Staupitz war begierig, der weiteren Argumentation seines Schülers teilhaftig zu werden.

„Solange es Mächtige gibt auf dieser Welt, werden sie über denen stehen, die nicht mit Macht versehen sind. Und solange beide Mengen existieren, werden sie im unablässigen Konflikt miteinander stehen, ob nun innerhalb oder außerhalb unserer Kirche. Bestünde unsere einzige Aufgabe darin, uns aus dessen Verantwortung zu nehmen, wäre der einfachste Weg, die Kirche als Institution abzuschaffen. Dies aber wäre bestenfalls eine Lösung für uns, nicht aber für die Betroffenen. Doch wir tragen nun einmal Verantwortung und dieser müssen wir uns stellen."

„Was wäre demnach zu tun?"

„Wenn wir beklagen, dass wir einen Großteil der Menschen nicht mehr erreichen, dann müssen wir die beklagten Umstände auch nicht aus unserer, sondern aus deren Sicht betrachten. Und jene verstehen weder etwas von Machtstrukturen, noch interessieren sie sich dafür. Sie lehnen Macht, ob weltliche oder kirchliche, auch nicht ab, sie akzeptieren, dass jemand über ihnen steht, und es liegt ihnen fern, diese Ordnung anzugreifen. Was sie aber interessiert, ist, dass ihnen im täglichen Leben Gerechtigkeit widerfährt."

„Und diese wollt Ihr ihnen bringen?"

„Dies wäre zumindest der erste Schritt."

„Aber wie könnte sich dieser im Konkreten darstellen?"

„Nehmen wir ein einfaches Beispiel, vielleicht das im Moment bedeutendste Thema, den Handel von Ablassbriefen. Es ist unbestritten, dass er uns auch Gutes bringt, können damit Aufgaben finanziert werden, die vielen zugutekommen und die anderswie nicht realisierbar wären. Wenn dabei aber vermittelt wird, dass man seine Seele nur gegen Geld erretten kann, ist das ein grundsätzlicher Fehler. Wir dürfen bei niemandem den Eindruck erwecken, er würde dafür verdammt, seinem Kind ein Stück Brot zu kaufen, statt seiner Seele ein Stück Papier."

„Nun, dieser Gedanke ist nicht neu. Schon seit einiger Zeit debattieren wir ja gerade um dieses kritische Thema."

„Dem ist wohl so. Zudem klingt er einfach und einleuchtend. Ich habe mich lange damit beschäftigt und bin zu dem Ergebnis gekommen, dass er die einfache Antwort auf eine sehr komplexe Frage ist. Nur hat es bislang niemand gewagt, dieses öffentlich anzusprechen. Täte man Derartiges, würde man erkennen, welche Wirkung es in der praktischen Anwendung hätte. Ich hatte kürzlich einen Disput unter den Dozenten und dort ist man der gleichen Ansicht."

„Aber Ihr wäret bereit, solches publik zu machen?"

„Dieses und Weiteres. Wie erwähnt, es kann nur der Anfang sein. Wir werden sehen, auf welche Resonanz wir treffen. Dann können wir die nächsten Schritte bedenken."

55

Die letzte Oktobersonne durchschlug soeben den östlichen Horizont, ein gelbroter feuriger Ball, dessen noch schwaches Licht den anbrechenden Tag in ein Ambiente von Irrealität hüllte. Nur wenige waren um diese Zeit schon auf den Straßen anzutreffen. Wer zu solch früher Stunde bereits dem Schlafgemach entstiegen war, hatte dafür einen triftigen Grund, der im Regelfall mit dem Broterwerb im Zusammenhang stand und ihn der noch mangelnden Einstrahlung des Zentralgestirns in Notwendigkeit trotzen ließ. Sie alle geduldeten sich des Einsetzens deren distinguierender Wirkung, die alsbald dem noch im Halbgrau der Morgendämmerung dahinschlummernden Stadtbild Strukturen aus Licht und Schatten zeichnen würde.

Noch ahnte niemand, dass der himmlische Schein diesem Tag auch in einer anderen Hinsicht einen Schatten werfen würde, einen langen Schatten, aus dem uneinsehbaren Dunkel vergangener Zeiten in eine der damaligen Gegenwart noch verborgene Zukunft. Dem zur Hand zu gehen, hatte sich ein Mann am heutigen Tag den Frühaufstehern angeschlossen, und das dem Umstand zum Trotz, am Vortag bis spät in die Nacht hinein das vorbereitet zu haben, was jetzt seine Ausführung finden würde.

Leichten Schrittes bewegte er sich in westlicher Richtung durch die Stadt, von seiner Dienststube, wo er das benötigte Utensil der Nachtruhe entrissen hatte, zu dem Ort in einigen hundert Metern Entfernung hin, wo dieses der Ruhe jedweder Art auf ewig zu entbehren hätte. Von dieser Gewissheit zumindest wurde der Schritt beflügelt, zur Verwunderung all jener, welche solchem Aktionismus wider die Lethargie der frühen Stunde aus Gewohnheit nicht mit Begeisterung zu begegnen wussten.

Dennoch wurden deren neugierige Blicke nach und nach vom Tun dieses scheinbaren Fremdkörpers im gewohnten allmorgendlichen Trott und insbesondere von dessen Ergebnis angezogen. Zunächst noch aus sicherer Entfernung beobachtend, bis jener sein Werk vollendet und den Rückzug angetreten hatte, begannen sie, sich unwillkürlich zum Zentrum des davon aufgespannten Wirkkreises zu bewegen. Dieser momentane Mittelpunkt allen lokalen Seins bestand aus einem Stück Papier, ein zur damaligen Zeit zugegebenermaßen kostbarer Rohstoff; dennoch war es nicht der Materialwert, der das geschäftige Volk in diesem Augenblick von seiner Geschäftigkeit Abstand nehmen ließ. Die Tatsachen, dass es an das Portal einer der beiden bedeutendsten Kirchen der Stadt angeschlagen und mit Text versehen war, dessen Sauberkeit in der handschriftlichen Ausführung im krassen Widerspruch zum akademischen Grad dessen Verfassers stand, war dafür von weitaus ausschlaggebenderer Wirkung. Obgleich nur ein Bruchteil der Schaulustigen des Lesens kundig war, umschwirrten sie diese noch unbestätigte Quelle süßen Nektars wie ein Bienenschwarm, jedenfalls was den davon ausgehenden visuellen und akustischen Eindruck betrifft.

Denjenigen, die mit Grundkenntnissen der Buchstabenlehre ausgestattet waren, wurde dabei wie selbstverständlich der Vortritt gewährt, auf dass sie dem anderen Teil der Gruppe die notwendige Übersetzung des Inhaltes von der Schrift- in die Lautsprache lieferten. Wer die Botschaft aufgenommen hatte, eilte davon, um sie weiterzuverbreiten und der nachdrängenden Masse die Gelegenheit zu geben, ebenfalls zu deren Primärfassung vorzudringen.

Schnell wurde die gesamte Stadt von der Neuigkeit eingenommen und in ein Maß an Erstaunen versetzt, das ihresgleichen gesucht hätte, wäre für solches Ansinnen denn überhaupt Raum geblieben. Dass sich einer der Oberen plötzlich für die Belange der „Du-und-ich-Menschen" interessierte oder sich gar deren Unterstützung verschrieb, war ein Akt solcher Einzigartigkeit, vor dem jegliche anderen Probleme des Alltags von augenblicklicher Vergessenheit bedeckt wurden. Lediglich eines, dem aber das Attribut „alltäglich" zu verwehren war, erlangte so weit ausgeprägte Gleichrangigkeit, um zumindest von einem weitsichtigen Teil des Stadtvolkes als beachtenswert eingestuft zu werden: Wie konnte man der Nachricht ihre verdiente windeseilige Verbreitung auch über die Stadtgrenzen hinaus verschaffen?

Dem von Hilfe waren einige findige Handwerker, welche des xerografischen Verfahrens, von einem Herrn Gutenberg ein gutes halbes Jahrhundert zuvor eingeführt, bereits in Kunde, des ein knappes halbes Jahrtausend später eingeführten Urheberrechts aber noch in Ignoranz standen. Diese segensreiche Kombination ermöglichte es, vom Masterdokument eine große Anzahl handformatiger Kopien herzustellen, die von wechselnden Winden in alle Himmelsrichtungen verstreut werden konnten. Die diesen unscheinbaren Papieren innewohnende Brandlast war dabei aktuell noch nicht absehbar.

Weitaus eher absehbar waren die Folgen, die ein anderes Papier nach sich ziehen würde. Dieses hatte Luther am selben Tag verfasst wie jenes, das beschriebenes öffentliches Aufsehen erregte. Das zweite war gleichen thematischen Inhaltes, jedoch von höherer Vertraulichkeit. Es richtete sich an den Erzbischof von Mainz, dessen Einstellung zu gewissen Dingen einen gewaltigen Dorn im Auge der Lutherischen Betrachtungsweise darstellte. Jener Erzbischof des Namens Albrecht war ein Verfechter des Ablasshandels, wohl weniger aus Sicht der theologischen Theorie, sondern eher aus praxisorientierten Gründen: Er bediente auf diese Weise seine Schuldenlast bei einer bedeutenden Kaufmannsfamilie, die ihm mit großzügig eingeräumten Krediten die Erlangung des einen oder anderen Amtes ermöglicht hatte. War der Ablasshandel an sich für Luther schon eine zumindest zwiespältige Angelegenheit; ein so offensichtlicher Missbrauch desselben verlieh ihr Eindeutigkeit. So war es für Luther neben einer Herzensangelegenheit auch eine Frage der eigenen Glaubwürdigkeit, jenem ehrenwerten Herrn im Zuge der öffentlichen Meinungsbildung auch gleich noch seinen persönlichen Pranger zu überstellen, falls jenem gerade keiner zur Hand war.

Luther beobachtete das sich entwickelnde Geschehen im Gefühl einer gewissen Genugtuung. Zwar konzentrierten sich die von ihm niedergeschriebenen 95 Thesen einzig auf das Thema des Ablasshandels, aus seiner Sicht zwar ein wesentliches, aber eben nur eines unter vielen, deren Bearbeitung man sich künftig zuzuwenden hätte; seine wissenschaftliche Demonstration jedoch, und mehr sollte es im Moment auch noch nicht sein, war gelungen. Wenn man sich den Menschen und ihren Problemen zuwendet, wird man deren Zuspruch erlangen. Jedem Betonkopf wurde auf diese Weise die einfache „Schnick-Schnack-

Schnuck-Wahrheit" vor Augen geführt: Papier schlägt Stein.

56

Für den Moment erging sich Luther in Zufriedenheit, glaubte er doch, einen Schritt getan zu haben, dessen Richtigkeit sich erwiesen hatte und ihm nun die Gelegenheit geben würde, den nächsten zu bedenken. Ob er die Folgen dieses Schrittes nicht erkannt, sie billigend in Kauf genommen oder gar beabsichtigt hatte, ist schwer einzuschätzen. Luther war Mönch und Mönche waren angeblich die ersten Bierbrauer. Dennoch schien dieser Vertreter jener Zunft mit diesbezüglichen Defiziten versehen zu sein. Im übertragenden Sinn gesprochen, hatte er nur versucht, aus einem Fass des kostbaren Nasses eine Probe zu entnehmen. Allerdings war es ihm anschließend nicht gelungen, den Daumen auf die Zapföffnung zu bekommen, sodass sich der gesamte Inhalt in unkontrolliertem Schwall den Weg ins Freie bahnte. Man muss sicherlich zugutehalten, dass es auch in der damaligen Zeit schon findige Trinkerseelen gab, die einen solchen Unglücksfall provozierten, um die anstehende Verkostung in ein willkommenes Gelage zu überführen. Sei es drum, in jedem Fall sind die Folgen einer solchen Aktion nicht immer abschätzbar. Insbesondere der Umstand, dass auf diese Weise ein statisches Problem in ein dynamisches überführt wird, erfordert absolute Präzision in Vorbereitung und Durchführung. Bei letzterem ist es nämlich nicht mehr hinreichend, die Schritte zu dessen Lösung in der richtigen Reihenfolge zu tun, sondern auch zum richtigen Zeitpunkt. Deren nächsten in Ruhe zu bedenken ist unter diesen Umständen somit der Hinfälligkeit verschrieben. Anderenfalls könnte sich jeglicher weiterer Schritt erübrigen, da das Fass inzwischen leer ist. Staupitz, der dem Geschehen kritischer Begleiter war, wusste seine Skepsis nicht zu verbergen, aber er selbst, das musste er sich eingestehen, hatte Luther ja geradezu genötigt, dieses in Gang zu setzen. Dennoch vertraute er darauf, dass Luther auf alle Eventualitäten vorbereitet sein würde.

Von diesem Ereignis unvorbereitet und mit elementarer Wucht getroffen wurde hingegen ein „Abstinenzler", der in den sich Bahn brechenden Fluten seinen Halt zu verlieren drohte. Sein Name war Johann Tetzel, seines Zeichens hauptamtlicher Ablasseintreiber auf deutschem Boden, der gegen diesen nicht hinnehmbaren Affront gegen seinen Berufs- in Widerstand zu treten beschlossen hatte. Einen willfährigen Mitstreiter in diesem Kampf fand er in einem gewissen Johannes Eck. Dieser hegte zwar zunächst keinerlei Aversionen gegen die Lutherische Theorie wider die Ablasspraxis, fügte sich dann aber doch in die Gefolgschaft jenes haltlosen Individuums, sei es in der Aussicht, seinen Geist mit einem anderen von Größe messen zu können, oder auch nur in schuldhafter Verpflichtung der Vornamensvetternwirtschaft gegenüber. Angetrieben von wildem Ehrgeiz auf der einen und bloßer Existenzangst auf der anderen Seite, steigerten sich die beiden in das hinein, was sie als ihre Bestimmung ansahen: Das System, dem sie angehörten, vor dessen eigener zerstörerischer Inkompetenz zu bewahren und sich so dessen verpflichtende, ihr persönliches Vorankommen befördernde Anerkennung zu sichern. Leider gereicht ein solches Auftreten seiner eigenen besten Absicht nicht immer zum Vorteil. Wenn ein Zahnrad dem Uhrmacher erklärt, wie man eine Uhr repariert, kann man das vornehm als Altklugheit abtun. Fängt dieses unscheinbare Element aber damit an, die aus seiner Sicht defekten Bauteile selbst zu wechseln, dann verliert das Gesamtwerk jegliche Berechenbarkeit und wird gar allzu schnell als totalitär eingestuft.

Tetzel verweigerte sich derlei Betrachtungsweise. Er stellte die Rechtfertigung seiner Person und der Ansichten, welche diese vertrat, über die Gefahr etwaiger Verwerfungen höherer Ordnung. Er fühlte sich zur sofortigen Formulierung von Gegenthesen angehalten, die er auch in öffentlicher Disputation vertrat. Der Kessel begann langsam zu kochen.

57

In Rom betrachtete man das sich entwickelnde Geschehen mit ambivalenten Gefühlen. Auf der einen Seite war die dort ansässige intellektuelle Elite, insbesondere Papst Leo und natürlich Cajetan, froh darüber, dass sich überhaupt etwas tat, auf der anderen aber würde das dem Ganzen innewohnende Konfliktpotenzial aufmerksam beobachtet werden müssen. Zwar waren sie sich sicher, dass Luther wusste was er tat; bei ihren kleingeistigen germanischen Vasallen waren sie alles andere als dessen. Die geringere Sorge bereitete ihnen dabei noch das Gespann Tetzel-Eck, das ja nur seinen Job tat und im Grunde genommen nicht mehr Unannehmlichkeit verursachte als einem Hund der Floh im Pelz, zumindest für den Moment. Von weitaus höherer Inkommodität war da schon das Gebaren jenes Albrecht von Mainz, der sich von dem geheimen Brieflein in mindestens gleichem Maße angegriffen fühlte wie Tetzel von Luthers öffentlichem Thesenanschlag. Nur im Gegensatz zu jenem kleinen Ablassverwalter, der sich der Herausforderung zumindest im Geiste des Sports stellte, war der Erzbischof, möglicherweise aus einer dem Amt geschuldeten Überlastung heraus, eher pragmatischen Mitteln verschrieben. Er bezichtigte Luther der Ketzerei und brachte dies in Rom zur offiziellen Anzeige.

Die dortige Begeisterung über ein solches Vorgehen erlebte keinerlei Ausbruch, dennoch musste man die Angelegenheit in der vorgeschriebenen bürokratischen Manier bearbeiten. Das diesbezügliche Vorgehen in einen Plan umzuschmieden, hatte sich der Heilige Vater den Rat Cajetans erbeten.

„Bruder Thomas, was sollen wir nun tun?"

„Die jüngsten Ereignisse verleihen der Situation ein gewisses Maß an Unübersichtlichkeit. Wir müssen zunächst einmal festlegen, wem wir in welcher Weise verpflichtet sind und wie wir dieser Verpflichtung gerecht werden können."

„Dieses wird uns aber den Konflikt, den wir bislang gescheut haben, in unser Haus tragen."

„Darüber zu sinnieren ist müßig. Jetzt gilt es nur, den Notwendigkeiten Rechnung zu tragen, und das gemäß ihrer Priorität."

„Und wie würdet Ihr deren Abfolge festlegen?"

„Unsere Loyalität muss zunächst unserem Bruder Martin gelten. Auch wenn wir seine Intention im Moment nicht recht zu deuten wissen, deren Richtigkeit vielleicht sogar in Zweifel ziehen, dürfen wir zwei entscheidende Dinge nicht außer Acht lassen: Er weiß, was er tut, und wir haben ihn damit beauftragt, das zu tun, wozu wir nicht in der Lage sind."

„Aber besteht nicht die Gefahr, dass er uns in Widersprüche verwickelt, die sich unserer Beherrschung entziehen?"

190

„Wären wir nicht schon seit vielen Jahren in derartige Widersprüche verwickelt, hätten wir seiner nicht bedurft."

„Gut, aber er hat einige unserer treuen Diener gegen sich aufgebracht und ist möglicherweise dabei, diesen Kreis beständig zu erweitern. Sollen wir jenen unsere Unterstützung verweigern?"

„Umbrüche werden immer Reibungspunkte bieten. Für den Moment werden wir das ertragen müssen."

„Aber die Bezichtigung der Häresie durch Erzbischof Albrecht?"

Das war natürlich ein neuralgischer Punkt. Cajetan überlegte.

„Wir sind verpflichtet, dem nachzugehen. Aber ich denke, wir sollten dieses Verfahren nicht schneller vorantreiben als unbedingt notwendig. Jetzt kommt es erst einmal darauf an, Zeit zu gewinnen. Dann wird sich so manches Problem vielleicht von selbst lösen."

Wieder musste er nachdenken. Dann kam er mit dem Vorschlag:

„Wir sollten von Luther zunächst einmal fordern, sich öffentlich zu erklären, seine Gedanken darzulegen. Dann, so bin ich überzeugt, werden wir, und alle anderen auch, derer verständig."

Papst Leo folgte dem Rat und traf die entsprechenden Festlegungen.

Im Nachgang des geplanten Generalkapitels der Augustiner-Eremiten in Heidelberg wurde eine Disputation an der dortigen Universität anberaumt, deren Leitung Luther übertragen wurde. Hier sollte er eine Erläuterung zu den von ihm verfassten Thesen geben.

58

Der Hörsaal der Heidelberger Universität war bis auf den letzten Platz gefüllt. Dies kam selten vor, da die Studenten auch schon zur damaligen Zeit von breit gefächertem Spektrum an Lerneifer waren. Sicherlich gab es unter ihnen immer einige, die aus autogener Einsicht in die notwendige Beflissenheit oder deren externe Vermittlung durch diejenigen, welche die finanzielle Gewalt über ihre Studien ausübten, auch nur eine Vorlesung zu versäumen niemals gewagt hätten. Aber ihnen gegenüber stand mit ebensolcher Gewissheit eine mindestens gleich große Anzahl an diametral Ausgerichteten, welche die Freizügigkeiten des Studentendaseins in all ihren Ausprägungen zu studieren beabsichtigten. Schwund ist naturgesetzlich verordnet.

An jenem 26. April des Jahres 1518 schien allerdings ein Mann die Naturgesetze bezwingen zu können. Nicht genug damit, dass jene Studenten der regelmäßig absenten Gruppe heute als erste im Hörsaal zugegen waren; auch hatten es Mitglieder der hochverehrten Professorenschar nicht gescheut, sich in selbstdegradierender Weise unter das studentische Volk zu mischen, um dem anstehenden Ereignis beiwohnen zu können. Ja einige von ihnen, die unter gewohnheitsmäßigem Auskosten des akademischen Viertels bei ihrem Eintreffen bereits einen gut gefüllten Raum vorfanden, hatten die Erniedrigung über sich ergehen zu lassen, von den üblichen Vorlesungsverweigerern, die noch nie zuvor einen Professor in Echt gesehen hatten, die Befreiung der letzten Sitzplätze von Füßen und anderen unberechtigten Körperteilen einfordern zu müssen. Der böse Blick jener respektablen Herren in Richtung der unhöflichen Volksgruppe verriet den festen Vorsatz, in der nächsten Vorlesung Genugtuung verschaffende Repressalien zur Anwendung zu bringen; der gleichgültige auf der anderen Seite vermittelte indes die unerschütterliche Gewissheit, dass man sich in diesem Leben ohnehin nicht wieder begegnen würde.

Dann betrat der Mann das Podium, dessen Erscheinens alle im Saal begierig geharrt hatten. Augenblicklich trat Ruhe ein, die jedoch ihre sofortige Ablösung durch das dem Auditorium zugewandte Wort erwartete. Doch zunächst geschah nichts. Luther musste sich sammeln. Während der letzten Tage hatte er jede Minute bar anderer Gedanken darauf verwendet, einen Plan zum Umgang mit dieser Situation zu entwerfen. Alle bisherigen Lösungsansätze waren nicht so recht zufriedenstellend gewesen, sodass auch der in den allerletzten Moment der Besinnung gesetzten Hoffnung auf Abänderung dieses Zustandes keine Erfüllung versprochen sein sollte.

Luther stand vor einem schwierigen Problem. Die Veröffentlichung seiner Thesen war aus seiner Sicht unumgänglich gewesen, ebenso wie das davon verursachte Aufsehen. Er war im Moment der Einzige, dem sein Vorgehen einging. Alle anderen aber forderten Erklärung ein, die Kirche, seine theologischen Widersacher, wissende Professoren wie unwissende Studenten; selbst sein Mentor Staupitz hatte ihm diesen Schritt nahegelegt. Aber was hätte ein solcher bewirkt? Ein jeder fühlte sich von Luthers mutiger Tat an jenem 31. Oktober bewegt, begeistert oder bedroht. Diese aber war eben nicht der Weisheit letzter Schluss, sondern bestenfalls deren erster. Es lag noch viel Arbeit vor ihm, vor den anderen, vor allen; eine Arbeit, die vom öffentlichen Widerspruch würde befeuert werden. Derartigen jetzt in einer Erläuterung auszulöschen, hätte nur zu zwei möglichen Resultaten führen können: Entweder hätte er seine Ansichten nicht plausibel machen können, dann hätte man ihn von der Bühne gefegt, im wörtlichen wie im übertragenen Sinn, oder aber im Erfolgsfall hätten sich alle über eine vermeintliche Lösung eines drängenden Problems und vielleicht aller Probleme dieser Welt gefreut und wären ohne eine wirkliche Lösung zur Tagesordnung übergegangen. In beiden Fällen wäre er, Luther, gescheitert. Nein, Konfrontation zum jetzigen Zeitpunkt war etwas Gutes, er musste sie unbedingt am Leben erhalten, um jeden Preis, vielleicht sogar selbst mit neuer Nahrung versorgen.

Selbiges gelang ihm auf bravouröse Weise. Alle lauschten gespannt seinen Worten, um sich zum Thema Ablasshandel auf den neuesten Stand der wissenschaftlichen Erkenntnis bringen zu lassen. Er aber erwähnte es in seinem Vortrag nicht einmal, sondern stellte weiter ausschweifende theologische Theorien zur Diskussion. Anstelle einfacher Antworten lieferte er neue komplexere Fragen. Dennoch gelang es ihm, unter der Zuhörerschaft neue Anhänger zu finden, und, was ihm ebenso wichtig war, neue Widersacher. Die Dinge beschleunigten ihren Lauf.

59

Cajetan war ein Mann, den so schnell nichts aus der Ruhe bringen konnte. Er verfügte über eine außergewöhnliche Geisteskraft, eine Entschlossenheit, die ihresgleichen suchte, und nicht zuletzt eine langjährige Dienst- wie Lebenserfahrung. Inzwischen diente er dem dritten Papst als Berater und ein jeder unter ihnen hatte seinen weisen Rat nicht missen wollen. Der augenblicklich letzte in dieser Reihe hatte ihn, nachdem Luther heftige Turbulenzen über Welt und Kirche gebracht hatte und bevor Cajetans notwendige Befugnisse in dieser Situation ihre jähen Grenzen erreicht hätten, kurzerhand in den Stand eines Kardinals berufen. Manch anderem hätte die Aufbürdung einer solchen Last das Wanken in die weichen Knie graviert, aber Cajetans Schwerpunkt lag in den Fußsohlen. Umwerfen war nicht.

Dennoch kam es gelegentlich vor, dass er eine Frage, ein Problem, eine Aufgabe einer deutlich längeren Analyse unterziehen musste, als er im arithmetischen Mittel dafür bekannt war. Dies war im Regelfall dann erforderlich, wenn deren oder dessen Ausformulierung die Worte „Bruder Martin" oder einfach nur „Luther" enthielt. Zwar hatte er ein uneingeschränktes Vertrauen in Luthers Intelligenz, Urteilskraft und Weitsicht, dennoch waren diese nicht einmal in ihrer synergetischen Interferenz ein Garant dafür, allen Schwierigkeiten aus dem Weg gehen zu können. Im Gegenteil, Luther würde jeden erforderlichen Schritt tun, selbst wenn er sich dabei die Beine oder gar wichtigere Körperteile brechen würde. Dieses jedoch war unter allen Umständen zu verhindern, schließlich brauchte man ihn noch.

„Es wird Zeit zu handeln." Cajetan ließ eine gewisse Besorgnis erkennen. Papst Leo war jederzeit bereit, dieser Besorgnis Rechnung überall hin zu tragen, wenn ihm denn der Weg aufgezeigt würde.

„Nur, auf welche Weise? Wir dürfen nicht zulassen, dass uns die Dinge entgleiten."

Dies war allerdings nicht Cajetans primäre Sorge. Vielleicht muss man an dieser Stelle sogar die zuvor gestellte These relativieren, Luther wäre als Einziger in der Lage, seine eigene Handlungsweise zu verstehen. Cajetan hatte zumindest ein gewisses Gespür für die Situation, was ihm die Überzeugung eingab, mit einem Höchstmaß an Diplomatie vorgehen zu müssen.

„Es besteht nach wie vor die Klage von Erzbischof Albrecht auf Ketzerei?"

„Nicht nur diese. Inzwischen sind weitere gleicher Art eingegangen." Leo hatte die Frage Cajetans offensichtlich in genau entgegengesetzter Richtung interpretiert.

„Gut. Kommen wir der Forderung nach. Strengt einen Prozess gegen Luther an!"

Seine Heiligkeit war verwundert.

„Ihr haltet es demnach für an der Zeit, ihm das Handwerk zu legen?"

Über Cajetans Gesicht huschte so etwas wie ein schwaches Lächeln, ungewöhnlich, da sich dessen Ausdruck im Allgemeinen keiner Regung hingab.

„Ein Weg, der Erfordernissen zu folgen hat, führt nicht immer geradeaus. Bruder Martin hat sich Widerstand geschaffen, war gezwungen, dies zu tun. Er ist in Gefahr, der er allein wohl nicht entkommen kann. Er steht im Lichte der Öffentlichkeit, dem er sich jetzt nicht mehr ohne Weiteres zu entziehen vermag, ohne unsere Sache aufzugeben. Darin ist er aber auch stetig der möglichen Willkür eines übereifrigen Machthabers oder eines gedungenen Meuchlers ausgesetzt. Wir müssen eingreifen, aber ohne seine Mission zu gefährden. Deshalb dürfen wir uns nicht offen auf seine Seite stellen. Fordert seine Auslieferung nach Rom. Unter den gegebenen Umständen kann ein solches Gesuch nur gewährt werden. Hier ist er in vorläufiger Sicherheit."

Unkonventionelle Gedankengänge erschließen sich nicht immer sofort.

„Was aber werden wir dann tun, wenn dem stattgegeben wird?"

„Fragen sollten wir eher, was zu tun wäre, falls dem nicht stattgegeben wird. Sollte es gelingen, stellt sich die Frage nicht."

Cajetan bemerkte, dass er damit noch kein hinreichendes Verständnis generieren konnte, weshalb er die Antwort auf die sich nicht stellende Frage anfügte:
„Das Notwendige."

60

Kurfürst Friedrich von Sachsen verlangte es von jeher nach Ansehen. Aus diesem Grund heraus hatte er die Wittenberger Universität ins Leben gerufen, die ihn hinsichtlich dessen, jedem Fachkräftemangel zum Trotz, einen großen Schritt vorangebracht hatte. Der wesentliche Beitrag dazu war wohl deren Theologischer Fakultät anzurechnen, die unter der Führung eines qualifizierten Kaders innerhalb von fünfzehn Jahren einen Stand erreicht hatte, für den andere ihrer Art durchaus fünf Jahre länger gebraucht hätten. Sicherlich wäre für Friedrich auch ein zeitlicher Aufschlag in dieser Dimension von verkraftbarer Auswirkung gewesen, aber schließlich ging es ja um Ansehen.
Leider wurde dieses im Moment in seiner Wahrnehmung etwas verdrängt, und zwar durch Aufsehen. Nicht nur, dass er solches eigentlich gar nicht gebrauchen konnte, wurde es zudem auch noch von jenen verursacht, denen er zu tiefstem Dank verpflichtet war. Zwar schätzte er die unermüdliche Arbeit des ihm unterstellten Personals, deren inhaltliche Bewertung sich seiner Kompetenz entzog; die Tatsache aber, dass sich nun die Augen der gesamten Welt auf sein kleines Reich ausrichteten, bereitete ihm Unbehagen. Zumal noch nicht abzusehen war, wie lange er diesen Blicken noch standzuhalten hätte und, vor allem, welche visuellen Eindrücke sich denen noch eröffnen würden. Sicherlich hätte er diesem Umstand mit Ig-

noranz begegnen können, schließlich war er ein Herrscher, in dieser Funktion er sein Tun nicht beständig danach ausrichten konnte, was ihn an Meinungen oder Erwartungen umgab. Dem hatte er zunächst auch einen Versuch gewidmet, den abzubrechen er gezwungen war, als ihn die verhängnisvolle Depesche aus Rom erreichte.

Der Heilige Vater forderte darin die Überstellung des hochgeschätzten Doktors, inzwischen sogar Professors Martin Luther nach Rom, auf dass man dort dessen Fehlverhaltens wegen zu Gericht sitzen könne. In seiner Eigenschaft als „Friedrich", welcher ein treuer Anhänger der katholischen Lehre war, hätte der Kurfürst keinen Augenblick gezögert, dem Gesuch jener hohen Instanz nachzukommen, in derjenigen als „Weiser" hingegen sah er sich gezwungen, dem Problem doch einen erweiterten Gedanken zu widmen. Allein schon der Umstand, dass ihm aus leidvoller Vergangenheit die vergangenen Leiden anderer in ähnlichen Situationen bekannt waren, hätte dafür hinreichende Begründung geliefert; zudem war er nicht von widerstandsloser Bereitschaft, auf einen so wichtigen Pfeiler in seinem Volksbildungsprogramm zu verzichten. Des Weiteren war auch noch nicht abzusehen, wie sich eine Entscheidung in der jetzigen Situation, ob in der einen oder anderen Richtung, auf seine künftige Reputation auswirken würde. Offensichtlich war es wieder einmal an der Zeit, seinen Beinamen einer Auffrischung unterziehen zu lassen. Dazu bediente er sich seines treuen Sekretärs.

In diesem Amt diente ihm ein gewisser Pfäffinger, der, um es kurz zu beschreiben, für Kurfürst Friedrich dasselbe darstellte wie ein Cajetan für den Heiligen Vater. Der Fürst schätzte ihn sehr; einzig die wirtschaftlichen Überlegungen, die mit der Inanspruchnahme dessen Dienstes einhergingen, bereiteten dem gelegentlich von der Knauser heimgesuchten Monarchen Zerbruchserscheinungen am Oberhaupt. Mit wechselndem Gefühl aus Wider- und Bereitwilligkeit nahm er dessen Besoldung als Geheimrat in der angemessenen Höhe in Kauf, wohl wissend, dass sich jener in seiner Eigenschaft als Schatzmeister eine solche im Zweifelsfall ohnehin selbst hätte zuerkennen können.

„Nun, Pfäffinger", pflegte der Kurfürst die Unterredung zu diesen Gelegenheiten zu beginnen, was sein Gegenüber in der Rolle der Untertänigkeit zu verhaften suchte, aus der er nur von Friedrichs Gnaden selbst wieder befreit werden konnte. Vorausgesetzt, man war mit seiner Arbeit zufrieden.

„Nun, Pfäffinger, was sollen wir in der jetzigen Lage tun? Sollen wir unseren geschätzten Untertanen ans Messer Seiner Heiligkeit liefern oder ihm Schutz gewähren? Unserer Verpflichtung gegenüber unserem Klerus nachkommen, oder derjenigen gegenüber unserem Gewissen, einen so begabten Mann in unserem Dienst zu halten?"

Friedrich suchte nach Klarheit, doch das Gegenteil wurde ihm präsentiert.

„Möglicherweise stellt sich die Frage in anderer Form. Luther ist ein enger Vertrauter von Staupitz und Staupitz hat beste Verbindungen zum Vatikan. Man kann zumindest vermuten, dass Luther in Rom weit weniger zu befürchten hätte, als uns die Befürchtung glauben macht. Zudem ist nicht abzusehen, wohin uns die jüngsten Ereignisse noch führen werden."

„Ihr meint also, wir sollten uns jeder Intervention enthalten?"

„Mir steht eine Meinung nicht zu, insbesondere nicht bei einem derartigen Thema. Ich kann nur Hinweise geben, eine Entscheidung liegt nur in Eurer Kompetenz."

Jetzt war wirkliche Weisheit vonnöten, und diese zeigt sich so manches Mal darin, seine Grenzen zu kennen.

„Die mit dieser Entscheidung verbundene Verantwortung ist wohl ebenso groß wie die darin bestehende Unsicherheit. Also sollten wir sie nicht treffen, ehe wir jenen befragt haben, den sie betrifft."

„Ihr könntet weiser nicht handeln."

So wurde Pfäffinger damit betraut, Luther in dieser Sache anzuhören. Luther kam das alles andere als gelegen. Er spürte, dass seine Lage im Moment ein gewisses Maß an Unwägbarkeit beinhaltete, und nur zu gern hätte er sich zumindest temporär der Protektion seiner Römischen Verbündeten anvertraut. Jetzt tat sich sein von Fürsorge getriebener Landesvater schwer damit, ihm diesen im Verborgenen gehegten Wunsch aus freien Stücken zu erfüllen. Jenen darum zu bitten hätte strengen Verdacht erregt; nach wie vor galt, dass eine Offenbarung in dieser Richtung Luthers Mission beendet hätte. Dieser aber war er mehr verschrieben als allem anderen. So rang er Pfäffinger in demonstrativer Erleichterung aber tränenden inneren Auges den von allen Seiten als annehmbar anzusehenden Kompromiss ab, auf eine Vernehmung auf deutschem Boden zu bestehen. Er hoffte, dass auf diese Weise jede beteiligte Partei ihr Gesicht und er darüber hinaus seinen Kopf vor Verlust bewahren würde.

61

Augsburg ist eine Stadt von nicht nur hübschem, sondern auch großem Ansehen, wobei das eine mit dem anderen in gewisser Wechselwirkung steht. Gelegen am Flüsschen Lech – die Augsburger und alle anderen Anrainer dieses Gewässers mögen diesen der Poesie geschuldeten Diminutiv verzeihen –, das sie über seine Einmündung in die Donau 30 Kilometer weiter nördlich irgendwie mit der großen weiten Welt zu verbinden scheint, hat sie darüber hinaus Maßnahmen nichttopografischer Art ergriffen, um weiterreichende Bedeutung zu erlangen. Sie war Stammsitz einer der mächtigsten Kaufmannsfamilien der damaligen Zeit, was seinen Ausdruck nicht nur in Weltruhm, sondern auch in einer eindrucksvollen städtebaulichen Erscheinung fand. Der damit einhergehende Aufschwung erfuhr Verdcutlichung auch darin, dass dieser Stadt, die von Historie an unter wechselnden deutschen Kaisern immer wieder zum Austragungsort der Reichstage erwählt worden war, eingangs des 16. Jahrhunderts diese Ehre in höherfrequentem Maße zuteil wurde. Der hier für den Herbst des Jahres 1518 anberaumte war im angebrochenen Säkulum bereits der vierte, in der weit verbreiteten falschen Zählweise, die das Jahr 1500 bereits dem nächsten Jahrhundert zuschlägt, sogar der fünfte.

Zu einem derartigen Anlass weilte viel Prominenz in der Stadt und die Augen deren Bewohner und eigentlich aller Untertanen des Kaisers richteten sich auf die im prunkvollen Rathaussaal und anderen glamourösen Tagungsorten ausgetragenen Sitzungen, deren Beschlüsse dem gesamten Reich für die nächsten Jahre die Richtung weisen würden. In diesem Jahr konnte dieses Schauspiel sogar noch einer Verlängerung entgegenblicken, von der man sich eine über die Grenzen des Reiches hinausgehende Bedeutung versprach. Diese fand ihre Stätte im imposanten städtischen Palast der Fugger und ihren Anfang, sobald das weltliche Oberhaupt diese Lokalität zugunsten eines nicht ganz oberen, dennoch bedeutenden kirchlichen Hauptes geräumt hatte.

Die herausragende Stellung des anstehenden Duells lässt sich trefflich damit charakterisieren, dass es eines derartiger Außenwirkung seit den antiken Philosophenwettstreits nicht mehr gegeben hatte und bis zur kommerziellen Verwertung von professionellen Faustkampfereignissen im späten 20. Jahrhundert nicht mehr geben würde. Für das anwesende Publikum, zumindest für jene ohne VIP-Status, war der Vergleich mit Letzterem eher zutreffend. Man konnte zwar nichts sehen, aber Hauptsache, man war dabei.

Auch für die beiden Kontrahenten war die Sache nicht einfach. Cajetan hatte Luther, nachdem dessen „formellem" Gesuch um Verlegung des Gerichtsstandes stattgegeben worden war, nach Augsburg zitiert. Allerdings war es ihm aus Gründen der Vertraulichkeit nicht gegeben, Vorabsprachen irgendwelcher Art mit jenem treffen zu können. Erleichternd muss man natürlich entgegenhalten, dass beide Männer vom gleichen Schlag waren und sich vollständig aufeinander verlassen konnten. Insofern war beiden unabhängig voneinander klar, worauf es ankäme. Und beide erwiesen sich dieses gegenseitigen Vertrauens als würdig.

Cajetan war wild entschlossen, diese Farce bis zum Ende bitterer Humorlosigkeit durchzuziehen, Luther, in der Gewissheit dessen nahen Beistandes und nach kurzem Studium der eingeschlagenen Strategie, erwies sich als reifer Antagonist. Beide Koryphäen auf philosophischem und theologischem Gebiet lieferten sich einen Zweikampf, der den Richtern im Ring die Köpfe rauchen ließ, der aber, entgegen dem zuvor getroffenen Vergleich mit einem Boxkampf, eher modernem Wrestling entsprach; ein Schaukampf mit teils groben, jedoch nur angedeuteten Schlägen. Dies aber taten sie mit Gründlichkeit, oder mit Freude an der Sache, denn die Vorstellung nahm drei

Tage in Anspruch. Nach deren Ablauf musste die Schlacht durch k.o. des anwesenden Publikums beendet werden.

Solange das Verhör in Gang war, konnte man sicher sein, dass sich jede Aufmerksamkeit darauf richtete. Alle Stimmen, wohlwollende wie ablehnende, würden in stummes Lauschen verfallen, bis es sein Ende erreicht hätte, sich anschließend aber mit äquivalenter Sicherheit wieder lauthals vernehmlich machen und ihrem Begehren zu neuerlicher Präsenz verhelfen.

Cajetan hatte dem Heiligen Vater zugesichert, ihn über das Geschehen zu unterrichten und weitere Anweisungen abzuwarten. Er folgte dem, indem er noch am 14. Oktober, dem letzten Tag des Verhörs, einen eilenden Boten entsandte, Rom eine Nachricht bezüglich der Lage der Dinge zu überbringen. Dann begann eine Zeit ungeduligen Wartens. Luther war während seines Aufenthaltes in Augsburg im ortsansässigen Konvent der Karmeliter untergekommen, wo er sich, so blieb zu hoffen, vorübergehender Sicherheit erfreute. Auf Dauer war diese aber nicht ausgelegt.

Glücklicherweise hatte Cajetan bei der Auswahl seines Boten einen sicheren Griff getan. Bereits sechs Tage später war jener mit der Response des Heiligen Vaters zurück. Die Zeit des Wartens war vorüber.

62

21. Oktober 1518, lange vor Sonnenaufgang. Eine eigentlich auffällige Karosse bewegte sich durch die Straßen, eigentlich deshalb, da um diese Zeit niemand unterwegs war, der ihrer Auffälligkeit Augenmerk zu zollen bereit gewesen wäre. Die Fahrtroute war mit solchem

Bedacht gewählt worden, jedem Aufsehen zu entgehen; drüber hinaus waren die Hufe der Pferde mit Lappen umwickelt, um dem entstehenden Trittschall auf etwaig verlegten Pflastersteinen weitestgehend entgegenzuwirken. Die Radnaben waren auf Geheiß des Insassen zuvor noch einmal mit reichlich Schmierstoff versehen worden, um auch an diesem aus mechanischer Sicht kritischen Punkt jede akustische Emission zu unterbinden. Einzig dem Abrollgeräusch der in Eisen gefassten Felgen war mit den damaligen zur Verfügung stehenden Mitteln nicht beizukommen und bis zur Erfindung des Pneus zu warten, fehlte es an Zeit. Also begnügte man sich damit, das Gefährt langsam und mit äußerster Vorsicht zu bewegen. Der Kutscher, ein Mann mit langer beruflicher Erfahrung, reüssierte darin hervorragend.

Die erste Etappe der Fahrt, ein Teilstück von weniger als einem Kilometer, das ohne den erforderlichen Umweg noch weitaus kürzer gewesen wäre, war inzwischen bewältigt. An dessen Endpunkt galt es zu warten, um einen weiteren Fahrgast aufzunehmen. Der Zustieg gestaltete sich unkompliziert, da am vereinbarten Treffpunkt nur dieses eine Verkehrsmittel vorgefahren war. Dies klingt zwar simpel, aber im Grunde genommen war es ein ausgesprochener Glücksumstand, dass nicht mehrere Personen in der gleichen Nacht denselben Plan gefasst hatten. Dann hätte sich die Verteilung der Entkömmlinge auf die verfügbaren Fluchtfahrzeuge zu einem Vabanque-Spiel entwickelt, zumal dieses in nahezu völliger Dunkelheit zu bestreiten gewesen wäre. Müßige Gedanken zwar, denn es ging ja alles gut, dennoch muss man sich an dieser Stelle in Erinnerung rufen, dass schon manche geringfügige Zufälligkeit den Lauf der Geschichte umgeleitet hat.

Die zweite Etappe der Tour war von ähnlicher Länge wie die erste und endete in sicherer Entfernung vor – von innerhalb betrachtet, hinter – dem Stadttor. Hier wurden die Pferde von ihrem hinderlichen „Schuhwerk" befreit; es hatte ausgedient. Das Nabenfett hingegen beließ man an seinem Platz; es würde auf der noch bevorstehenden Reise von unschätzbarem Nutzen sein.

Anschließend ging die Fahrt in südlicher Richtung weiter, endlich in von Mensch und Pferd lang ersehntem Galopp und – allerdings nur von Mensch ersehntem – Inkognito. Der Tag brach langsam an, was die Gefahr einer Entdeckung vergrößerte, die aber zusehends an Schrecken verlor, je weiter man sich vom Ausgangspunkt der Fahrt entfernte. Man vertraute darauf, dass das Verschwinden des Flüchtigen erst bemerkt werden würde, wenn man bereits eine sichere Distanz zwischen sich und jene Entdecker gebracht hatte.

Cajetan und Luther konnten mit dem bisherigen Verlauf der Aktion „Augsburg", zumindest unter den bestehenden Umständen, zufrieden sein. Einem jeden war es gelungen, die Schar seiner Anhänger und auch diejenigen der jeweiligen Gegenseite in Begeisterung zu versetzen. Selbst der Abgang war unter Wahrung höchster Vertraulichkeit abgelaufen. So machte sich in der gen Mittag rasenden Kutsche auch alsbald so etwas wie eine gelöste Atmosphäre breit, die unter zwei derart speziellen Charakteren aber bestenfalls in einem Lächeln von angedeuteter Zufriedenheit und einigen von Wohlwollen entworfenen Blicken ihren Ausdruck fand.

Lediglich eine kritische Situation war an jenem Tag noch zu überstehen. Bei einer Rast in der Nähe des Hopfensees wurde die Reisegruppe, der im hellen Tageslicht nun jegliche Unauffälligkeit abhanden gekommen war, von einem ortsansässigen Landarbeiter gesichtet. Jener ging Personen, die nicht seinem Stand angehörten, instinktiv aus dem Weg, weshalb er sich diesen weder zu nähern wagte, noch weiterreichende Notiz von deren Gebaren nahm. Erst als ihm die Ereignisse von Augsburg zu Ohren gekommen waren, ließ ihn die Schläue, die seiner Berufsgruppe gern zugesprochen wird, den richtigen Schluss ziehen, dass es sich bei einem der Männer um besagten Luther gehandelt haben könnte, und den falschen, dass sich jener auf dem Weg ins benachbarte Schloss Hohenschwangau befand. Dieser Gedanke war immerhin naheliegend, da ein solch nobles Gefährt mit Sicherheit keinen Bauernhof angesteuert hätte, aber nicht weitreichend genug, um der Größe der realen Welt gerecht zu werden. Zwar brachte er mit Hilfe der Dorfschenke das seiner Vermutung entspringende Gerücht in Umlauf, da es aber, seinem Irrtum geschuldet, der Überprüfung nicht standhalten konnte, wurde es dem Bestand der Volksmärchen zugeschlagen. Der brave Mann wurde fortan belächelt und musste obendrein seine Zeche im Wirtshaus immer sofort begleichen.

Zu diesem Zeitpunkt hatte die Kutsche ohnehin bereits ihren wahren Bestimmungsort erreicht. Cajetan hatte, entsprechend der ihm zugegangenen Anweisung, Luther eine sichere Behausung zugewiesen, wo er unerkannt eine vorläufige Bleibe finden konnte. Des Weiteren hatte er ihn mit den notwendigen Instruktionen ausgestattet, welche den nächsten Tagen ihre Signifikanz verleihen würden.

63

Als die Grille ihr Zirpen eingestellt hatte, herrschte für einen Moment absolute Stille; umso mehr mussten Cajetan und Luther darauf bedacht sein, kein Geräusch zu verursachen, das Aufmerksamkeit auf sie hätte lenken können. Der Moment war von kurzer Dauer. Der Wind frischte auf und versetzte das Zweigwerk der Ziergehölze in sanftes Rauschen. Erste Regentropfen fielen hernieder und spülten nach und nach die Sorge hinfort, dass die beiden von einem verspäteten Lustwandler in diesem Gartenreich überrascht werden könnten.

Nach wenigen Minuten hatten sie eine weitere Pforte erreicht, die den Eingang zu einem Bau von massiver Weise bildete und die Hindurchtretenden den draußen langsam einsetzenden Wetterunbilden entfliehen ließ. Cajetan führte Luther durch verwinkelte Gänge und Stiegen, auf denen niemand anzutreffen den Schluss zuließ, dass sich deren Verlauf nur der Kenntnis weniger des hier sein Tag- oder Nachtwerk verrichtenden Personals erschloss. Die zweckoptimierte Architektur, in der diese infrastrukturellen Verbindungselemente gehalten waren, und die hier vorherrschende gedämpfte Beleuchtung hätten deren repräsentativen Ansprüchen ohnehin nicht zur Genüge gereicht. Nach mehreren zielsicheren Richtungswechseln, welche den Gast dieser Führung jeglicher Orientierung beraubt hatten, wurde schließlich eine Tür geöffnet, deren dahinter gelegener Raum das Auge der zwischenzeitlich eingetretenen Gewöhnung an die schummrige Beleuchtung jäh entriss. Dieser Vorgang war Auslöser für den naheliegenden wie richtigen Gedanken, dass man den Zielpunkt erreicht hatte.

Nachdem sich das Auge an die nunmehr beständigen Lichtverhältnisse gewöhnt hatte, lieferte es dieser Intuition die fällige Bestätigung nach; gerade noch rechtzeitig, um den bereits wartenden Gastgeber seinem Rang nach zu identifizieren und ihm die gebührende Ehre erbieten zu können. Jener ließ dieses Zeremoniell klaglos über sich ergehen, auch wenn er bei solchen Gelegenheiten inoffizieller Natur die früherzeitige Bereitschaft zu dessen Verzicht entwickelte. Das Maß an Inoffizialität dieser

Zusammenkunft jedoch würde sich trotz des handverlesenen Teilnehmerkreises noch zu erweisen haben; allen der sich hier Eingefundenen war deren Bedeutung auch und insbesondere für die ausgeschlossene Öffentlichkeit bewusst.

Eigentlich wäre es am Höchstgestellten gewesen, das erste Wort an die versammelte Runde zu richten, aber ein anderer verspürte eine weitaus drängendere Notwendigkeit, ihm diese Rolle zu entreißen.

„Heiliger Vater, Euch gebührt mein zutiefst empfundener Dank, dass Ihr mich herbringen ließet", eröffnete Luther seinen Seelenzustand und damit die Unterredung.

„Wir müssen offen eingestehen, dass wir nicht all dessen verständig sind, was innerhalb des letzten Jahres Entwicklung genommen hat, aber wir haben erkannt, in welch prekäre Lage Ihr Euch, möglicherweise etwas zu leichtfertig, gebracht habt. Wir mussten eingreifen."

„Man mag mir vieles anlasten können, Leichtfertigkeit aber sollte nicht dazu zählen. Glaubt mir, ich beschäftige mich seit nunmehr sechs Jahren mit dem Problem, das, mir zunächst angetragen, ich als meine Sinnerfüllung erkannt habe. Auf diesem Weg bin ich stets der Notwendigkeit gefolgt und diese hat mich schließlich dorthin geführt, wo ich angekommen bin."

„Aber dennoch wären da zwei Dinge, die als Vorwurf Ihr zu akzeptieren hättet. Zum einen habt Ihr einige unserer treuen Diener gegen Euch aufgebracht."

„Dies war unumgänglich."

„Darüber hinaus habt Ihr Euch bislang jeder Erklärung Eures Handelns enthalten."

„Auch das war unumgänglich."

„War es dies oder ist es dies immer noch?"

„Es ist lediglich eine Frage der Sichtweise. Die Erklärung steht jenem zu, der ihrer verständig ist. Und Eure Heiligkeit steht zweifelsohne in diesem Anspruch."

Luther machte eine kurze Pause, so als müsse er die Tragweite des Folgenden einer neuerlichen Abschätzung unterziehen. Dann begann er, nach außen alle Ruhe ausstrahlend, wobei sich jeder im Raum ein klares Bild von seiner Gemütsverfassung zu zeichnen verstand:

„Unsere Kirche steht schon seit langer Zeit vor einer drängenden Herausforderung. Den entscheidenden Schritt auf diese zuzugehen, um sie zu einer Klärung zu führen, hat bislang niemand getan; möglicherwiese aus Scheu vor der notwendigen Anstrengung, aus Furcht vor den Konsequenzen oder vielleicht auch deshalb, weil weder das eigentliche Problem, geschweige denn dessen Lösung auf der Hand gelegen hätte. Noch vor kurzer Zeit war ich ein einfacher Mönch, der sich um derlei Dinge keine Gedanken gemacht hat, der sich in blinder Demut bemühte, ohne Fehl einen jeden neuen Tag zu bestreiten, aber mir wurden die Augen aufgetan. Seitdem ist kein Tag vergangen, an dem ich nicht darüber sinniert hätte, wie ich mich der Erwartung stellen kann, welche in meine Person gesetzt ist."

„Und Ihr glaubt, dieser gerecht zu werden, indem Ihr offen unseren Ablasshandel in Zweifel zieht? Zugegeben, auch mir ist dabei nicht immer wohl zu Gemüt, aber ist dieses wirklich unser vordringliches Problem? Außerdem, wo stünden wir ohne dieses Mittel? Wir haben ein gewaltiges Bauprojekt zu finanzieren, das auf keinen Fall scheitern darf; die Folgen könnten verheerend sein."

„Bitte versteht mich nicht falsch. Ich lehne den Ablasshandel nicht grundsätzlich ab, lediglich die Weise, in der er geführt wird. Wer bereitwillig gibt, um Gutes zu bewirken, der wird ebenso seiner Seele Gutes tun. Wird dieses Mittel aber missbräuchlich eingesetzt, ganz gleich, ob vom Gebenden oder Empfangenden, wird das Gegenteil eintreten."

Cajetan beobachtete den sich entwickelnden angeregten Dialog, ohne sich aktiv daran zu beteiligen. Er würde sich dessen enthalten, solange er den nächsten Satz der einen oder anderen Seite im näherungsweisen Wortlaut voraussagen konnte. So fiel dessen Fortsetzung wieder Papst Leo zu.

„Aber in den von Euch publik gemachten Thesen habt Ihr Eure Meinung dahingehend sehr scharf formuliert. Legt man sie dem Wortlaut nach aus, dann wendet Ihr Euch vom Ablasshandel vollständig ab."

„Es ging bei deren Verfassung niemals um eine Meinung, lediglich um einen Zweck. Ich habe mir jede einzelne von ihnen eingehend durchdacht, auf dass sie in ihrer Gesamtheit diesem dienlich sind. Ich weiß, sie sind in missverständlicher Weise aufgenommen worden – anderes wäre wohl auch nicht denkbar gewesen –, aber seid dessen versichert, ich wende mich nicht von etwas ab. Ich wende mich zu, und zwar jenen, von denen wir uns zu lange abgewendet haben, indem wir ihnen den Eintritt ins Himmelreich gegen Geld versprachen, Geld, das jene nicht besitzen. Jetzt spüre ich neue Begeisterung unter ihnen. Die Kirchen sind wieder voll, die Menschen fühlen sich angenommen, verspüren Wertschätzung, die ihnen bislang versagt worden ist. Und dies ist auch erst der Anfang. Die Thesen wider den Ablass betreffen nicht das einzige, vielleicht nicht einmal das wichtigste der Themen, bei denen Bedarf an Reformierung besteht. Aber es zeigt, welche Wirkung man erzielen kann, wenn man sich zu den Menschen bekennt."

„Steht dabei aber nicht zu bezweifeln, dass dieser Weg ein richtiger ist?"

„Mir wurde die Aufgabe angetragen, den Fortbestand unserer Kirche zu sichern. Seit Jahren befasse ich mich eingehend damit. Es gibt nicht einen richtigen Weg, es gibt nur den richtigen, den einzig möglichen und das ist jener, den ich beschreite. Um mich von diesem abzubringen, müsstet Ihr mich von meiner Aufgabe entbinden, wobei ich fürchte, es könnte dafür bereits zu spät sein. Vielleicht hättet Ihr dies tun sollen, als ich ihn noch aus Gehorsam, nicht aus Überzeugung gegangen bin.“

„Derartiges liegt uns fern, wir sind Euch für Eure Anstrengungen zu tiefstem Dank verpflichtet. Doch verstehe ich nicht, wie der Eurige Weg eine Lösung darstellen kann, da er doch nur das Problem verlagert. Ich bin einzugestehen gezwungen, dass Ihr Menschen zurückgewonnen habt, die wir verloren glaubten. Aber was ist mit jenen, die immer treu zu uns gestanden haben, nicht nur im scheinheiligen Bestreben, uns für ihre Zwecke nutzbar zu machen, sondern in der ehrlichen Überzeugung, darin recht zu tun? Würden wir sie nicht verlieren, und sie sich selbst ebenfalls, wenn wir jetzt alles revidieren, was wir in tausendfünfhundert Jahren als unumstößlich proklamiert haben?“

„Verzeiht, Eure Heiligkeit, dass ich mich nicht präzise genug erklärt habe. Zunächst einmal erbiete ich jedem meinen Respekt, der aus ehrlicher Überzeugung handelt. Ich würde mir nicht die Anmaßung aufbürden, sein Tun an den Pranger zu stellen. Und dann wollte ich auch nicht zum Ausdruck bringen, dass Ihr mich auf demjenigen Weg, den ich richtigerweise zu wählen habe, mit gleicher Richtigkeit zu begleiten hättet. Ihr müsst auf dem Bestehenden beharren, solange es Menschen gibt, die dessen bedürfen. Anderenfalls, da stimme ich Euch uneingeschränkt zu, würdet Ihr jenen ihre Wurzel entreißen.“

Der Heilige Vater wurde nachdenklich. Nachdem sich seine Gedanken zu der greifbaren Befürchtung kumuliert hatten, stellte er die Frage, obwohl ihm deren Antwort nur Unbehagen bereiten konnte:

„Ihr strebt eine Spaltung an?"

„Ich strebe Einheit an."

„Ich verstehe nicht. Es wäre eine Spaltung."

„Was ist das eine, was ist das andere? Ist Einheit eine wirkliche, wenn hinter ihrem Horizont die Ausgrenzung beginnt? Diese versuche ich zu überwinden, auch wenn ich mir dessen bewusst bin, dass dieses Ziel weder auf leichtem Weg noch in kurzer Zeit zu erreichen ist."

„Aber Euer Ansinnen würde erfordern, verschiedenen Lehrmeinungen ihren Anspruch auf Wahrhaftigkeit zuzuerkennen, obwohl sie sich gegenseitig ausschließen."

„Bei oberflächlicher Betrachtung vielleicht, aber Wahrheit ist nicht immer das, was sie auf den ersten Blick zu sein scheint. Nehmt ein einfaches Beispiel: Gott gab uns zwei Augen, die zwar in dieselbe Richtung sehen, dennoch die Dinge aus leicht unterschiedlichen Blickwinkeln wahrnehmen. Dieser Umstand ist kein Gebrechen, im Gegenteil, er erweitert das Sehen um eine Dimension. Wir sollten ihn dankbar annehmen, anstatt darüber zu streiten, welches Auge das richtige Bild von der Welt hat."

„Bruder Martin, Ihr seid ein wahrhaft weiser Mann." Diese Worte aus dem Mund Cajetans wogen vielleicht noch schwerer, als wenn sie von Seiner Heiligkeit selbst ausgesprochen worden wären.

„Ihr habt wohl in der Tat den einzigen Weg gewählt, der zum Ziel führt", fügte er hinzu.

„Ich muss Papst Julius beipflichten. Ihr hattet ihm einen würdigeren Nachfolger gestellt, als ich es je sein kann."

Luther fühlte sich von solchem päpstlichen Lob zwar geschmeichelt, sah die Sache aber mit den Augen des Realisten:

„Es war ein möglicherweise gerechtfertigtes Ansinnen. Wie sich die Dinge jetzt darstellen, würde ich meine Aufgabe in diesem Amt wohl nicht erfüllen können."

„So seid zumindest unserer vollen Unterstützung gewiss, auch wenn wir diese, wie nun deutlich ist, nicht offen bekunden können, ohne unser Ziel zu verfehlen. Dennoch erfüllt mich dabei eines mit Sorge. Wenn wir, wie Ihr erklärt habt und ich dessen verständig bin, Eure Reformbestrebungen nach außen hin formal ablehnen müssen, hätte das Konsequenzen…, für Euch."

Es dauerte einen Augenblick, bis Luther, dann aber umso entschlossener, das Wort auszusprechen wagte.

„Exkommunizierung."

„Diese wäre unter den gegebenen Umständen unvermeidlich."

„Ich habe eine Aufgabe angenommen und bin bereit, diese zu erfüllen. Ich kann nicht anders."

64

Gottes Mühlen mahlen langsam, so sagt man; die des Vatikans eifern diesem Bemühen in strebsamer Gefolgschaft nach. Auch wenn einige Ungeduldige diesen Umstand mit Regelmäßigkeit zum Anlass erheben, jene Würdenträger der mangelnden Ausstattung mit Willigkeit zu bezichtigen, gibt es immer wieder Situationen, welche einen solchen nährenden Boden für bedachtes Handeln geradezu einfordern. Im Fall „Kirchenstaat gegen Luther" war es sogar so, dass sich gewähltes Gericht und selbsternannte Verteidigung in Personalunion würden mit aller

Kraft ins Rad der Justiz stemmen müssen, um dessen Vortrieb gegen den Druck von An- und Nebenklage auf ein unvermeidliches Mindestmaß zu reduzieren.

Man stand vor einem gewaltigen Problem. Die Saat war gelegt und bereits im Begriff aufzugehen. Die beiden Hirten mussten sie lediglich vorm Verbiss durch ihre treue Herde bewahren, eine Gefahr, die sich jedoch spätestens mit der Verkündung des bereits feststehenden Urteils realisieren würde. Auf der anderen Seite bestand ihre Gefolgschaft nicht nur aus frommen Lämmern sondern beherbergte eben auch jene Klientel, die den Begriff „Kanonisches Recht" von der Waffengattung abgeleitet glaubten, mit welcher es dieses zu verteidigen galt. So lief man ebenfalls Gefahr, dass der ordnungsgemäße Schleichgang der Rechtssprechung in aggressiv-sehbehinderter Weise unterwandert werden könnte, mit gleichem, nur früher eintretendem Ergebnis. Dem zu begegnen erforderte planvolles Vorgehen, das sich darüber hinaus jedes sich bietenden Glücksumstandes zu bedienen hätte, dessen es würde habhaft werden können.

Zunächst einmal würde sich Luther eine Zeitlang der Erzwingung jedes weiteren öffentlichen Widerspruches zu enthalten haben, um der untergründigen Umgehung des Rechtsweges nicht unfreiwilliger Auslöser zu sein. Was die Beherrschbarkeit der Folgen eines offiziellen Schiedsspruches angeht, hier hätte man sich auf die eigenen Fähigkeiten und den himmlischen Beistand zu verlassen. Dieser zeigte sich dann auch einsichtig, keinen Moment zu spät.

Im Januar des Jahres 1519 verstarb Kaiser Maximilian I., ein Ereignis, das politische Begehrlichkeiten von vielen Seiten auf den Plan rief, so auch die des Vatikans. Dessen Wunschkandidat zur Neubesetzung des Amtes hatte in der Person des sächsischen Kurfürsten Friedrich bestanden, der jedoch im Zuge des Prozesses gegen Luther einen gewissen Widerstand gegenüber seinen Römischen Gönnern bekundet hatte. Unter dem Vorwand, die Gunst des Kurfürsten zurückgewinnen zu müssen und dem im Aufreißen begriffenen Graben keine weitere Verbreitung zuzugestehen, konnte man das Verfahren gegen Luther vorübergehend aussetzen.

65

Die Arbeit eines Gärtners ist nicht immer einfach. Dabei soll nicht einmal die körperliche Anstrengung gemeint sein, welche die Präparation des Erdreichs, das Ausbringen von Samen oder Setzlingen und das im Anfangsstadium der Aufzucht gegebenenfalls notwendige unermüdliche Herbeischaffen von Wasser mit sich bringt. Jeder begeisterte Anhänger dieser Profession oder Passion wird sich dieser in der Vision künftiger Frucht- und Blütenträume mit Freude stellen. Nein, das eigentlich Schwierige beginnt, wenn diese Arbeit getan ist, wenn man nur noch abwarten kann, ob die getroffenen Vorbereitungen in solchermaßen hinreichender Qualität ausgeführt wurden, dass sich die zuvor erwähnte Vision zum gegebenen Zeitpunkt materialisiert. Zwar wird man diese Phase in aktionistischer Weise zu überbrücken versuchen, sei es durch spitzgefingertes Herauszupfen jedes noch so unscheinbaren illegitimen Kräutleins aus dem zweckgeheiligten Mutterboden, das Aufsagen mystischer Beschwörungsformeln bei Vollmond oder andere Handlungen von eher psychologischer denn botanischer Sinnhaftigkeit, deren Berechtigung lediglich in der Ablenkung von der einen Tatsache besteht: Man hat es nicht mehr in der Hand.

So ähnlich muss sich auch Luther zu Beginn des Jahres 1519 gefühlt haben. Er hatte Jahre anstrengender Arbeit hinter sich gebracht, hatte seiner Vision Struktur und Anstoß verschafft; jetzt galt es abzuwarten, welche Entwicklung diese nehmen würde. Dabei war er von den besonderen Umständen – man muss es so nennen – zum Nichtstun verdammt. Rational war ihm das zwar eingängig und ließ ihn sich den Dingen in äußerlicher Gelassenheit fügen, innere Ruhe hingegen fand er darin nicht. Sein stilles Verlangen nach Aktivität hangelte sich von Tag zu Tag, stets darauf vertrauend, dass jeder neuerliche Sonnenaufgang das Potenzial in sich barg, die im Moment unbefriedigende Situation in anderem Licht erscheinen zu lassen.

Die Hoffnung erfüllte sich am 28. Juni desselben Jahres. An jenem Tag sollte das Amt des verblichenen Maximilian I. neu besetzt werden. Die Nachfolge trat dessen Enkel an, seines Zeichens König von Spanien, der sich als Karl I. der Wahl gestellt hatte und schließlich als Karl V. auf dem Thron gelandet war. Nicht nur die Gewissheit, dass nun die abwartende Haltung des Vatikans aufgrund fehlender politischer Rechtfertigung ihr Ende finden würde, sondern insbesondere die symbolträchtige numerische Dynamik, welche dieser Besteigung innewohnte, erweckte Luthers Tatendrang zu neuem Leben. Weitere Unterstützung erfuhr dieser von der Gegenseite.

Jener Johannes Eck, zunächst als Tetzel'sches Anhängsel an den Start gegangen, mauserte sich als eine treibende theologische Kraft, die ihrem einstigen, im Wesentlichen auf fiskalische Belange fokussierten Führer inzwischen mehr als nur von Ebenbürtigkeit war. Er hatte sich zu jenem militanten Glied der Herde entwickelt, das sich der Zähmung durch die Vatikanischen Hirten entzog. Ob nun infolge von Einsicht, die auch Luthers Handlungsweisen bestimmte, oder Tatendrang, dem im Gegensatz zu Nämlichem keine wirkliche Beschränkung auferlegt war, auf jeden Fall ging ihm das alles nicht schnell genug. Zwar hätte er es niemals gewagt, den Heiligen Vater zur Arbeit anzutreiben, aber was in den eigenen Kräften stand, konnte ja durchaus mal bewegt werden. Nachdem der erste sondierende Hieb widerstandslos ins Leere gegangen war, da Luther den ihm verordneten Tauchgang in strikter Befolgung des zeitlichen Regimes absolvierte, suchte man sich zunächst einen Sparringspartner. Diesen fand man in der Personalie Andreas Bodenstein, einem engen Vertrauten und Universitätskollegen Luthers. Eck stellte Thesen auf, die jenen zu einem Streitgespräch herauszufordern den Anschein erwecken sollten, in Wirklichkeit aber dem Zweck dienten, Luther die Rückkehr aufs Schlachtfeld aufzuzwingen.

Luther wäre es unter jeglichen Umständen unangenehm gewesen, diesen Handschuh der Fehde im Staube verkommen zu lassen; glücklicherweise waren die äußeren Umstände im Wandel begriffen, sodass sich eine derartige Zurückhaltung nicht mehr erforderlich machte. Wenige Tage nach der Inthronisierung von Karl V. reiste Luther zu einer Disputation nach Leipzig, die einen Tag vor diesem historischen Ereignis begonnen hatte und auf der sein Kollege Bodenstein dringenden Beistandes bedurfte. In einer argumentativen Schlacht gelang es ihm, der Gegenseite den sicher geglaubten Sieg noch aus den Händen zu reißen und zumindest ein ehrenvolles Unentschieden zu erzwingen. Auch wenn die Aktion vom Resultat her noch nicht zufriedenstellen konnte, setzte sie ein deutliches Zeichen: Luther war wieder da.

66

Der Kaiser in neuer Person zurück auf dem Thron, Luther in alter Form zurück auf der Kanzel; damit war der Kurie in Rom jeder Zwang und jeder Wille genommen, bezüglich der Aktivitäten des Zweitgenannten weiterhin in abwartender Haltung zu verharren. Die wenigen Hindernisse in der zu brechenden Schneise klerikalen Rechts mussten dieser ihrer Rolle nun entsagen, um nicht selbst der Rodung zum Opfer zu fallen. Zwar waren sie diesbezüglich, zumindest was Papst Leo betraf, mit maximalen Befugnissen ausgestattet, aber selbst der erfahrenste Kapitän ist nicht davor gefeit, vom eigenen Boot zu fallen. Zudem hätte es mitnichten Aussicht auf Erfolg gehabt, inmitten der Stromschnelle ein Wendemanöver auszuführen. Die Hand hart am Ruder und den Blick in den Abgrund gerichtet; dies war der einzig praktikable Weg, die Kontrolle zu behalten.

Zu Beginn des Jahres 1520 war die Situation dann so weit gereift, dass sich erste parktische Schritte als von Notwendigkeit abzeichneten. Anlässlich dessen war Cajetan erneut in Richtung der zerstrittenen deutschen Fürstentümer gereist, um Luther über die anstehenden Maßnahmen in Kenntnis zu setzen; in offizieller Lesart, um ihn einem weiteren Verhör zu unterziehen.

Luther hatte diesen Besuch erwartet, seit er sich im vergangenen Jahr dem verbalen Duell mit Eck gestellt hatte. Dementsprechend war er dessen gewahr, was jetzt kommen würde.

„Bruder Martin", begann Cajeten, „der Lauf der Dinge ist nun nicht mehr aufzuhalten, so sehr wir uns auch darum bemühen würden."

„Ich verstehe, und ich bin darauf vorbereitet."

„Ich glaube nicht, dass man darauf vorbereitet sein kann." Cajetans Blick, sonst von aller Entschlossenheit geprägt, nahm einen Ausdruck trübsinnigen Zweifels an.

„Wir haben beschlossen, unseren Weg zu gehen, und das werden wir auch weiterhin tun." Luther war nach wie vor vom Optimismus der Tatkraft getragen.

„Stellt Euch das nicht zu leicht vor. Die Kurie kann zur Furie werden, wenn sie sich einer Bestimmung verschrieben hat. Möglicherweise wird nicht einmal Seine Heiligkeit sie bändigen können, zumal jeder Versuch, Gefahren von Euch abzuwenden, für Eure Mission weitere Gefahr bedeuten würde."

„Dem müssen wir mit Mut entgegenblicken."

„Hinzu kommt noch die Gefahr, die von Eurem eigenen Land ausgeht. Hier gibt es mindestens ebenso viele, die Euch mit Vorliebe zum Schweigen bringen würden. Diese sind von Rom aus noch weniger zu kontrollieren. Einer solchen Bedrohung müsstet Ihr auf Euch allein gestellt zu begegnen wissen."

„Bruder Thomas, habt Dank für Eure Warnung. Dennoch, wessen wir bedürfen, ist nicht Sorge, sondern Vertrauen. Auf jeden meiner Widersacher kommen zwei getreue Anhänger. Und es werden mehr und mehr. Lasst geschehen, was geschehen muss."

67

Was geschehen muss, ist von der Kirchenstaatlichen Rechtsordnung genau festgelegt. Im Falle der Ketzerei ist dem Delinquenten eine Aufforderung ultimativen Charakters zuzustellen, welche von ihm die benanntem Recht gebotene Unterwerfung einfordert. Diese letzte Warnung soll jenem die Möglichkeit einräumen, sein abscheuliches

Tun zu überdenken und diesem anschließend, oder auch gleich, zu entsagen. Der erste dieser geforderten Schritte ist dabei von untergeordneter Bedeutung und wird auch keiner eingehenden Überprüfung unterzogen, sollte deren zweiter jedoch ausbleiben, wird es eng, nicht nur im übertragenden Sinn.

Die Verfassung eines solchen Dokuments, so richtig und notwendig dies von den Urvätern des zugrundeliegenden Gesetzeswerkes auch erachtet wurde, erfreute sich zu keiner Zeit einer sonderlichen Beliebtheit, bürdete sie dem Aufsatzpflichtigen doch lediglich Arbeit auf, die zudem von unwürdiger Seite aus verursacht wurde. Dies mag auch der Grund dafür sein, dass erfolgreiche Inquisitoren auf die Erstellung einer so kräftezehrenden und in den meisten Fällen ohnehin wirkungslosen Abhandlung keinerlei Wert legten und lieber gleich Nägel mit Köpfen machten; oder zuweilen gar auf die Nägel verzichteten und sich auf Köpfen beschränkten.

Es übt sich leicht Kritik an solchermaßen gearteter, allen legalen Prinzipien zuwiderlaufender Willkür, wenn man selbst noch nicht unter dem Zwang zur Erstellung eines solchen Schriftstücks gestanden hat. Papst Leo und Cajetan hatten sich stets im Anspruch gesehen, allen juristischen Forderungen zu entsprechen; jetzt saßen sie mit hitzegerötetem Kopf und tintengeschwärzten Fingern über einem zur Hälfte beschriebenen Blatt Papier und kamen sich vor wie Deppen. Eine sinnvolle Begründung dafür zu finden, jemanden von einer Handlung abzubringen, die man selbst von ihm eingefordert hat, ist schon nicht einfach; eine solche auch noch auszuformulieren, in erweitertem Maße schwieriger. Immerhin hatte Cajetan in weiser Vorausschau auf solche Probleme einen Stapel Lutherischer Schriften der jüngeren Vergangenheit dabei, um zumindest dem Vorwurf entgehen zu können, falsch zu zitieren. Seine erworbenen akademischen Grade waren ihm dafür zu wertvoll.

Behalten durfte er sie, zu viel mehr reichte es jedoch nicht. Eine Anzahl von 41 Textstellen, um genau zu sein, willkürlich dem Zusammenhang entlehnt, mussten als Rechtfertigung für die unliebsame Arbeit herhalten, die jetzt nach und nach Papierform annahm. Zufriedenstellen konnte dies in keiner Weise, was vermutlich der Grund dafür ist, dass der Zahl 41 lebenslang der Makel der Unvollkommenheit anhaften würde und erst die 42 als Antwort auf alle Fragen des Universums angesehen wird. Wie auch immer, der Pflicht war Genüge getan.

68

Das Mahl war vortrefflich gewesen. Gebratene Forelle an frisch gehobeltem Weißkohl und ofenwarmes Brot, das alles aus streng regionaler Wertschöpfungssequenz, da die Kühlkette noch nicht erfunden war und im Angesicht des duftenden vaporisierenden Backwerkes offen gestanden auch nicht vermisst wurde. Dazu einen Becher zur Vollmundigkeit vergorenen Rebensaftes von hellem Fruchtkörper, vorgereift an heimatlichen Hanglagen und endgereift von Winzers Hand im eichenen Fass, auf diese Weise dem kulinarischen Erlebnis die verdiente Rundung verleihend.

Nicht, dass ein solch festlicher Schmaus von Alltäglichkeit gezeichnet war, aber hin und wieder durfte sich der Magen eines Professors leisten, was dem Kopf täglich an Leistung abgefordert wurde. Seit er das Kloster verlassen hatte, waren Luthers Aufgaben wie seine Bedeutung in stetigem Steigen begriffen und irgendwie mussten sich diese ja auch in Form gewisser Annehmlichkeiten aufwiegen lassen. In einem so gearteten Fall von Dekadenz zu sprechen, würde dem Sachverhalt nicht gerecht werden; immerhin geschah eine solch hoch angesetzte Beköstigung nicht anlässlich beliebiger Gelegenheit. Außerdem bot sie in ihrer Zusammenstellung ein gewisses Maß an Vollwertigkeit, zumindest vor dem Hintergrund, dass mangels hinreichender Anzahl erhobener Zeigefinger von Ernährungswissenschaftlern die Essgewohnheiten der damaligen Zeit zum Verfall in Extreme neigten: Auf der einen Seite gab es die Akkordvertilgung auf Schwerter gespießten Bratgeflügels, auf der anderen die wochenlange monotone Einverleibung aufgeschlämmter Getreidekleie. Insofern war das Dr. Luther servierte Menü beinahe als vorbildlich zu bezeichnen, wenn nicht ein jeder um Glaubwürdigkeit ringende Freizeit-Gastrologe zur Rechtfertigung seiner Person sofort darauf aufmerksam zu machen hätte, dass die vorliegende Getränkewahl zwingend zu zirrhotischen Erscheinungen an lebenswichtigen Organen führt und dass man stattdessen... aber das führt wohl zu weit vom Thema weg.

Auf jeden Fall darf man davon ausgehen, dass die sich nachfolgend einstellenden Magenbeschwerden nicht vom Hauptgang, sondern von der Nachspeise herrührten. Leider war deren Unbekömmlichkeit von außen nicht sichtbar, sodass ihre unbedachte Konsumierung nach menschlichem Ermessen nicht zu unterbinden gewesen war; mit den jetzt offenkundigen Auswirkungen auf das Wohlbefinden. Die Quelle des Schmerzes war nicht leicht zu lokalisieren. Ein Doktor der Medizin hätte sich anhand der dargebotenen Symptome zunächst einmal die Fangfrische der Sättigungsgrundlage zertifizieren lassen und anschließend deren skelettierte Reste auf Vollständigkeit geprüft. Nachdem beides zu dem aus seiner Sicht unbefriedigenden Schluss geführt hätte, dass seine hier benötigten handwerklichen Künste keine weitere Vergütungsfähigkeit als die mit der Anfahrtpauschale erlangen würden, wäre er misslichen Mutes von dannen gezogen. Anstatt den Patienten von seinem körperlichen Leiden zu befreien, hätte er ihm zusätzlich noch die seelische Last einer fälschlicherweise ausgelösten Alarmierung aufgeladen.

Nein, der hier eingetretene medizinische Notstand lag in der Zuständigkeit einer anderen Art von Doktor, eines Doktors auf dem Gebiet der Theologie, nicht um dem Patienten die letzte Ölung zu verabreichen, sondern um mit dem Verständnis um die Ursache dessen Zustandes ausgestattet zu sein. Da Luther selbst zu jenem erleuchteten Personenkreis zählte, hätte er die interdisziplinäre Hilfe ohnehin nicht angefordert.

Die Erwartungsfreude, die ihm am Morgen zugegangen war und ihn aus Gabe dieses Anlasses sogar den Speiseplan für den heutigen Tag auf ein angemessenes Niveau hatte heben lassen, lag in einem Schreiben begründet, welches das päpstliche Siegel trug. Dieses zu brechen, hatte er auf den Moment der Auflösung beschriebener Tafel bescheidener Opulenz zu verschieben in Absicht gestellt. Ein Fehler, wie sich nun erweisen sollte, war der zutage tretende Inhalt der Botschaft doch einzig geeignet, die soeben erlebten Gaumenfreuden auf schnellstem Weg in Vergessenheit zu bringen.

„Was ist das denn?“ Diese Frage begann an den Magenwänden zu zerren, nachdem er das Papier wieder aus der Hand gelegt hatte. Es enthielt die zu erwartende Androhung des Kirchenbanns für den Fall der fürderhin praktizierten Insubordination. Luther hatte deren Eintreffen seit einem halben Jahr täglich erwartet. Aber was sollte das nun sein? Statt einer auf fundierte Beweise gegründeten Anklage nur zurechtgestammeltes Stückwerk, das eher geeignet war, ihn, Luther, der Stümperei denn der Ketzerei zu überführen. So ging das jedenfalls nicht. Dieses Machwerk würde vor dem Auge keines halbwegs qualifizierten Theologen als Grundlage für eine Exkommunizierung Bestandskraft erringen können. Hatten seine Vatikanischen Freunde eine zu große Scheu davor, ihn mit der notwendigen Härte anzugehen? Oder hatte er selbst nicht hinreichend verwertbares Material geliefert? Als der geborene Selbstkritiker, der er war, ging er natürlich von Letzterem aus. Sogleich machte er sich an die Arbeit, diesem Missstand abzuhelfen, denn die Zeit drängte. Die päpstliche Bulle mit dem wohlklingenden Namen „Exsurge Domine" setzte ihm die formale Frist von 60 Tagen, sich der päpstlichen Autorität in ebenso formeller Weise zu unterwerfen, ehe weitere drastische Maßnahmen zur Anwendung kämen. Diese dürften aber unter keinen Umständen dieses hanebüchene Papier zur Grundlage haben. Es hätte nur eines übereifrigen Vatikanischen Bürokraten mit Verspür für eine notwendige Tiefenkontrolle bedurft, um jahrelange Bemühungen an unangenehmen Nachfragen ersticken zu lassen. Aus diesem Grund würde er das päpstliche Schreiben fürs Erste unter Verschluss halten müssen, um es zu gegebenem Zeitpunkt seiner einzig geeigneten Verwendung zuzuführen.

69

Die folgenden Monate arbeitete Luther intensiv an einem neuen Werk, „Von der Freiheit eines Christenmenschen", so der Titel. Dieser allein schon würde die Vatikanischen Geschütze mit mehr Munition versorgen, als von den jüngsten 41 Fehlschüssen verbraucht worden war. Sollte sich, diesem Umstand zum Trotz, ein noch so kleiner

Neugierling innerhalb der Kurie bereitfinden, dessen Inhalt in Gänze durchzuarbeiten, täten sich jenem neue ungeahnte Perspektiven im Kampf wider die reformatorischen Bestrebungen auf. Luther zumindest war davon überzeugt, seinen eigenen Ansprüchen damit in jeder Weise gerecht zu werden. Blieb zu hoffen, dass sich seine Mitstreiter nach kurzer Schwächephase als von gleicher Qualität erweisen würden.

Im September des Jahres 1520 hatte Luther diese Arbeit vollendet, unter beinahiger Wahrung der gesetzten Frist. Ein Exemplar ging mit entsprechender Widmung direkt an seine Heiligkeit, die es, notfalls mit tatkräftiger Unterstützung Cajetans, sinnerfüllt einzusetzen wüsste. Auf dieser Grundlage gelang dann tatsächlich die Verfassung einer Klageschrift, die den Fähigkeiten des Reformators gerecht wurde. Nachdem deren Entwurf Luther in einer geheimen Depesche zugesandt und von ihm für akzeptabel erklärt worden war, konnte der nächste Schritt getan werden.

Der 10. Dezember war zwar, kalendarisch betrachtet, dem Herbst zuzurechnen, die aufgezogene Kühle legte jedoch ein deutliches Indiz darauf, dass dieser seine goldene Phase bereits hinter sich gebracht hatte. Unberücksichtigt dabei ist, dass jener Tag aus heutiger Sicht, der Einführung des Gregorianischen Kalenders geschuldet, den Winteranfang nur äußerst knapp verfehlte. Sei es drum, schließlich gab es ja Wege, die lokalen klimatischen Verhältnisse in gewissen Grenzen zu beeinflussen.

Es war vor allem junges Volk, das sich an diesem Tag in Erwartung erbaulicher Wärme vorm östlichen Stadttor von Wittenberg eingefunden hatte. Insbesondere in studentischen Kreisen hatte die Nachricht schnelle Runde gezogen, dass sich hier Bedeutsames zu ereignen anschickte. Welche Bedeutung dieses Ereignis noch erlangen würde, hatte sich noch nicht des Bewusstseins der Beteiligten bemächtigt, mit Ausnahme dessen seines Initiators. Erst später würde man an hiesiger Stätte zum Gedenken an diesen Tag einen Baum pflanzen; eine Tat, der sich Luther in Ermangelung eines bevorstehenden Weltuntergangs selbst noch zu enthalten hatte.

Was sich hier anbahnte, hätte man vornehm so umschreiben können, dass der geschätzte Herr Professor in einer Freiluftvorlesung vor seinen Studenten einige scholastische Schriften hinsichtlich ihres Wertes analysierte. Dass sich die Studentenschaft dabei weniger um deren inhaltliche Aspekte, sondern vornehmlich um den zu erwartenden Aufruhr kümmerte, würde dabei ebenso verschwiegen wie der Umstand, dass sich die vorzunehmende Analyse auf die des Heizwertes beschränkte.

Ein Feuer war schnell entfacht; das zu dessen grundlegender Nahrung herangezogene Schrifttum erwies sich in dieser Hinsicht als ausgezeichnete Wahl. Auf diesem symbolischen Scheiterhaufen wurde dann die Bulle der Bannandrohung, aus erwähnten Gründen ohne öffentliche Verlesung, publikumswirksam der Vernichtung überantwortet.

Damit war der Weg frei für Phase zwei der Prozedur. Zwar dauerte es noch einige Tage, schließlich wollte sich niemand die Freude an den bevorstehenden Weihnachtsfeierlichkeiten mit schnöder Erfüllung einer noch so heiligen Pflicht verderben, aber gleich am 3. Januar des neuen Jahres wurde die Exkommunizierung Luthers per Erlass mit Rechtskraft belegt.

70

Man müsste annehmen, dass Francesco Todeschini Piccolomini im Irrtum gewesen war, als er siebenundzwanzig Jahre zuvor Staupitz gegenüber postuliert hatte, der Mensch von freierem Denken sei eher Deutscher denn Römer. Da die unbestechliche Urteilskraft dieses bedeutenden Intellekts jedoch nicht in Zweifel zu ziehen ist, darf man wohl davon ausgehen, dass im Moment sehr spezifische Entwicklungen ihren Lauf genommen hatten; Entwicklungen, die auch vom größten Genie nicht im Voraus zu berechnen waren.

Die Freiheit eines Geistes stellt sich als von streng relativer Natur dar; zumindest scheint diesem Grenzen aufzuerlegen von größerer Einfachheit zu sein, als dessen Anspruch zunächst vermuten lässt. Wahrscheinlich sind nur derer von wirklicher Größe in solch hohem Maß vor Beschneidung gefeit, wie ihr Vorkommen von Seltenheit ist. In der konkreten Ausbildung dieser Verwicklungen zeigte sich nun, was für die Väter der Reformbestrebungen noch undenkbar gewesen war: Ihre wirklichen Gegner saßen in der Tat dort, wo sie ihre größten Unterstützer verortet glaubten. Die Ursache für diese Inversion war der innere Konflikt, in den sich der Vatikan begeben hatte, hatte begeben müssen, um die gestellten Ziele verwirklichen zu können. Ausdruck fand dieser darin, dass die äußere Darstellung nicht im Einklang mit der inneren Ausrichtung stand. Den Hemmnissen in den eigenen Reihen, geschuldet persönlicher Interessenlage oder falsch verstandener Linientreue, konnte dabei mit betriebsinternen Mitteln noch eine gewisse Kontrolle auferlegt werden, wenngleich dazu ein hohes Maß an Sensibilität in den Fingerspitzen vonnöten war. Was die Zähmung des äußeren Widerstandes, insbesondere aus der Region nördlich der Alpen, anbelangte, diesem war nicht so einfach beizukommen. Hier waren Machthaber in Aktion, die ihr Handeln genau jener Römischen Außendarstellung in blindem Gehorsam unterwarfen. Denen

Einhalt zu gebieten hätte bedeutet, den inneren Widerspruch aufzulösen und damit die eigenen Ziele aufzugeben. Ein klassisches Dilemma, dem bestenfalls mit Hilfe diplomatischer Schummeleien zu begegnen war.

Die konkrete Situation war dabei folgende: Ein Kirchenbann, vom Vatikan gegenüber dem Untertanen eines deutschen Fürsten ausgesprochen, zog zwingend die sogenannte „Reichsacht" nach sich. Dieser Begriff leitet sich nicht von „Achtung", sondern von „Ächtung" ab, dessen absolut gegensätzliche Bedeutung zu erstgenanntem nur deutschen Muttersprachlern sofort eingängig und Angehörigen umlautfreier linguistischer Regionen wohl nur unter Schwierigkeiten zu vermitteln ist. Diese Ächtung war für den Betroffenen mit der weitgehenden Aberkennung persönlicher Rechte verbunden und stellte zudem jegliche Handlung unter Strafe, die einem solchen Individuum von hilfreicher Zuwendung war. Gegenteiligen Handlungen wurde dabei ausdrückliche Straffreiheit zugesichert.

Angesichts dieses Umstandes war es ein sehr riskantes Spiel, auf das sich Luther eingelassen hatte. Dennoch wusste sich dieses Risiko nicht jeglicher Beherrschbarkeit zu entziehen, anderenfalls hätte wohl zumindest Cajetan, der auf erstaunliche Weise in jeder noch so verwickelten Lage den Überblick zu behalten schien, zu interventiven Mitteln gegriffen. Dass er es nicht getan hatte, zeugte davon, dass seine Vision wieder einmal von Perspektiven getragen wurde, die sich anderen nicht in gleicher Weise eröffneten.

Der von ihm erkannte Schwachpunkt in der Phalanx gegen den Frevel bestand in der Person Kurfürst Friedrichs von Sachsen. Diese scheinbare Bresche im kirchentreuen Bollwerk deutschen Adels würde sich selbst zum Bollwerk wider die von Angriffslust beseelte Artillerie der

Defensivmüdigkeit umfunktionieren lassen, zumindest für eine wertvolle Zeitspanne. Was nicht heißen soll, dass es dem Kurfürsten an Kirchentreue mangelte, im Gegenteil, aber in manchen Fällen kann eine Überdosierung ebenso die beabsichtigte Wirkung verfehlen wie eine Unterdosierung. Zumindest ist bislang kein Fall aktenkundig geworden, in dem eine Kanonenkugel den Spatzen tatsächlich getroffen hätte.

Was die Ursache für die abweichlerische Einstellung des Kurfürsten darstellte, darin war sich selbst der größte Vatikanische Denker der damaligen Zeit nicht ganz schlüssig. Möglicherweise sein von Humanismus geprägtes Weltbild, das ihn vor der Vorwegnahme der Höllenqualen durch die wohltemperierten inquisitorischen Folterinstrumente in Schauder versetzte, möglicherweise hatte er ja, angeregt von diesem umtriebigen Pfäffinger, einen vagen Verdacht bezüglich der tatsächlichen Rolle Luthers und würde dessen Überantwortung an die himmlische Gerechtigkeit nicht den Römischen Versagern überlassen wollen. Auf jeden Fall würde der Kurfürst, wie er es schon drei Jahre zuvor getan hatte, sein Vetorecht gewahrt zu sehen mit aller Macht insistieren, wenn es um die Gestaltung des Schicksals eines so bedeutenden Untertanen ginge.

Unter diesen Voraussetzungen wurden Verhandlungen mit Kurfürst Friedrich aufgenommen, in deren Ergebnis Luther, bevor man ihn mit entsprechenden korrektiven Maßnahmen zu belegen gedächte, die Möglichkeit eingeräumt wurde, seine Position vor den Reichsständen beim bevorstehenden Reichstag in Worms darzulegen. Für die An- und Abreise zu diesem Ereignis ließ man sich darüber hinaus von Kaiser Karl, dem Wievielten auch immer, freies Geleit für Luther zusichern.

71

Zu Beginn des Aprils 1521 machte sich Luther in Begleitung einiger treuer Verbündeter auf den Weg nach Worms. Irgendwie kam ihm die Situation bekannt vor, erinnerte sie ihn doch stark an jene, als er sich, seinen Standpunkt zu rechtfertigen, gen Augsburg aufgemacht hatte. Dennoch waren die damaligen Ereignisse gezwungen, den Vergleich mit den sich nun anbahnenden in schamvoller Weise zu scheuen. Dieses Mal würde es ernst werden, todernst. Darüber war sich jener, dem die vergangenen drei Jahre ein beträchtliches Maß an Reife zugetragen hatten, nur allzu sehr im Klaren.

Allen zu erwartenden Widrigkeiten zum Trotz war er leichten Herzens. Seine Anfahrt glich einer Prozession. Den gesamten Weg entlang hatten sich Menschen versammelt, die im Augenblick seines Vorbeizuges zu einer einzigen Ovation verschmolzen. Man hätte glauben können, der dahingeschiedene Papst Julius II. hätte sein Vorhaben posthum in die Tat umgesetzt, Luther in seinesgleichen Stand zu erheben. Ein prüfender Griff an seine Kutte, deren Haptik nicht das Gefühl eines päpstlichen Ornats vermittelte, konnte ihm dessen dennoch keine restlose Überzeugung eingeben; zu hoch brandeten die Wogen, die jeden von niedrigerem als dem höchsten Range dem Ertrinken geweiht hätten. Hände streckten sich ihm entgegen, große, von der Härte des Tagwerkes gezeichnet, und kleine zarte, denen die Bedeutung des hier stattfindenden Geschehens erst dann bewusst werden würde, wenn sie sich Ersteren in ihrem Erscheinungsbild dereinst würden angeglichen haben. Eine Berührung mit den Fingerspitzen zu erhaschen, war ein Versprechen jeder Glückseligkeit für alle der zur Ehrerbietung erhobenen, denen ein Druck des geweihten Gegenübers wie ein

Ritterschlag vorgekommen wäre. Luther erging sich im Bemühen, keine von ihnen zu verfehlen; keine, die ein solches Missgeschick als strafende Ignoranz hätte fehldeuten können. „Niemanden mehr vergessen", das hatte er sich zum Leitspruch gemacht und dieser Überzeugung würde er mit aller Kraft nachgehen.

Wie viele es gewesen sein mochten, war weder zu zählen noch abzuschätzen, aber ihre bloße Anzahl machte diese erbauliche, unter den gegebenen Umständen eigentlich angenehme Aufgabe zu einem Akt, der im Augenblick alle physischen und psychischen Ressourcen für sich beanspruchte und den so Geforderten ein Stück weit der Realität entrückte. So dauerte es auch bis zu einem kurzen Moment der Rückkehr in die Wirklichkeit, dass der vom Zuspruch Vereinnahmte den Gegenstand bemerkte, den er plötzlich in der Hand hielt. Dessen prinzipielle Herkunft war bar jeglichen Zweifels, dessen konkrete jedoch alles andere als dessen. Er blickte zurück, aber die Quelle bedeutsamer Unscheinbarkeit hatte sich bereits im indistinkten Meer potenzieller Verursachung aufgelöst.

Erst als er den Bestimmungsort erreicht hatte, der vor Publikum geschirmt war und so die Hülle der Verpflichtung von ihm abstreifte, hatte er Gelegenheit, sich mit dem Objekt von schlichtem Äußeren auseinanderzusetzen, das man ihm unter Meidung jeder Auffälligkeit zugespielt hatte. Dieses versicherte ihn zweier wesentlicher Gesichtspunkte, welche dem vor ihm liegenden Weg die Richtung weisen würden: Die Gefahr war greifbar, aber er war nicht allein. Dennoch würde deren Abwendung seiner tatkräftigen Unterstützung bedürfen.

Die eigentliche Veranstaltung, zumindest deren Teil, bei dem Luther die Hauptdarstellung zugedacht war, hätte sich ihrem Wesen nach auf eine reine Formalität beschränken sollen. Zwei Fragen, die man richtig, das heißt mit „ja", zu beantworten hätte, und die Sache wäre da-hingehend erledigt, dass sich die Prüfungskommission in die Feierstunde würde zurückziehen können. Diese Examinationsordnung, die jedem künftigen Absolventen einer Bildungseinrichtung die Wonnenröte ins Gesicht getrieben hätte, erwies sich im vorliegenden Fall als von nicht hinreichend simplifizierender Wirkung. Einerseits bestand eine erhebliche Diskrepanz zwischen Wertungs-gremium und Prüfling bezüglich der rechtsverbindlichen Korrektheit des vorgefertigten Antwortkataloges, ande-rerseits war da noch jenes unscheinbare Ding, das ir-gendwie in seinen Besitz gelangt war und dem bei dieser Frage ein Mitspracherecht zustand.

Der Saal war angefüllt mit allerlei wichtigen Personen. Der Kaiser, der sächsische Kurfürst und andere edle Her-ren desselben Standes auf der einen Seite, Staupitz und einige wenige Unterstützer Luthers auf der gegenüberlie-genden, alle gebannter Sinne auf das Kommende. Inmit-ten des Raumes und der Aufmerksamkeit der versammel-ten Runde standen nun Luther und die Fragen, ob er die Ablassthesen und weitere zuvor zur Aufzählung gebrach-te Werke verfasst und entsprechendenfalls in Widerruf zu stellen gedenke. Diese mit „ja" zu beantworten hätte zwar die Mehrheit der Anwesenden mit Zufriedenheit erfüllt, die außen vor gehaltene Menge und außerdem er seine Aufgabe jedoch in keinster Weise. Ein „Nein" wäre ebenso konsequent gewesen wie mit Konsequenzen un-angenehmer Art belegt. Zwar hatte er inzwischen keine grundsätzliche Scheu mehr davor, den Märtyrer zu geben, aber nur, wenn es der Sache dienlich gewesen wäre. Im Moment verschrieb er sich noch der bescheidenen Über-zeugung, dass die Bewegung ohne ihn zum Erliegen kommen würde. Wieder einmal stand er vor dem Prob-lem, zwei falsche Optionen zur Wahl zu haben, doch inzwischen hatte er gelernt, dass man unter ihnen nicht immer versuchen muss, die richtige zu wählen, wenn man auch eine dritte zur Verfügung hat.

Diese dritte Möglichkeit wurde von dem kleinen Stück Papier eröffnet, das ihm unbemerkt zugesteckt worden war und das nach seinem Entfalten die Botschaft „Wir benötigen Zeit" vermittelte. Luther hatte eine ungefähre Vorstellung davon, was diese Worte sagen sollten und wessen Urheberschaft sie zuzurechnen waren. Dem gerecht zu werden, gab er sich bei der Beantwortung der nach wie vor den Raum füllenden Frage den Anschein einer gewissen Unschlüssigkeit. Seiner Bitte um Bedenkzeit wurde, wenngleich widerwillig, so dennoch stattgegeben. Mehr als ein Tag des Aufschubes war damit zwar nicht zu generieren, aber immerhin, in Anbetracht der Gewissheit, der sich jeder der Anwesenden bezüglich der zu erwartenden Antwort bemächtigt hatte.

Am nächsten Tag musste er sich dann dem Zwang beugen, seine Standhaftigkeit zu bekunden. Als es überstanden war, fühlte sich seine Seele frei wie ein Vogel. Seiner ganzen Person die gleiche Freiheit mit Rechtskraft zu bescheinigen, würde nun ein Gericht abzuhalten sein, mit absehbaren Folgen. Luther vertraute darauf, dass Hilfe näher war als der zu erwartende Urteilsspruch. Zwar hatte er für den Moment die kaiserliche Zusicherung des freien Geleites, aber diesem war eine enge Frist gesetzt. Was anschließend geschehen würde, davon wagte er sich im Moment noch keiner Vorstellung hinzugeben.

72

Kurfürst Friedrich hatte die gesamte Veranstaltung verfolgt, wobei sich die ihm innewohnende Sorge von Tag zu Tag vergrößert hatte. Das Auftreten Luthers in der letzten Zeit, das seinen Höhepunkt der Uneinsichtigkeit im Verhör vorm Reichstag gefunden hatte, war der potenten Elite des Landes bis hinauf zum Kaiser ein gewaltiger Dorn im Sichtfeld der Engstirnigkeit. Allein schon deshalb, um etwaigen künftigen Aufrührern ein klares Zeichen von entschlossener Einigkeit zu setzen, würde man den anhängigen Fall unter Abhandenheit jeglicher Nachsicht führen. Glücklicherweise würde man sich dafür aber auch aller Gründlichkeit verschreiben, welche der germanischen Natur innewohnt und die ihren zeitlichen Tribut einfordern würde. Ebendiese Zeit könnte sich als nützlicher Helfer erweisen, entsprechende Vorkehrungen zu treffen. Zwar konnte Friedrich als treuer Anhänger der Katholischen Kirche und des Vatikans den Tatbestand der Ketzerei weder akzeptieren noch dulden, dennoch ging es ihm quer, dass sich weltliche Herrscher zu Handlangern kirchlicher Gerichtsbarkeit machen sollten, zumindest auf diese Weise. Ordnung im Lande schaffen, ja, dazu war ein Monarch verpflichtet, aber was darüber hinausging, war Angelegenheit jener, die in diesem Anspruch standen.

Luther musste zum Schweigen gebracht werden, soweit war Friedrich entschlossen. Ein Todesurteil gegen jenen – denn nichts anderes hätte die bevorstehende Reichsacht bedeutet – mitzutragen, war er aber nicht bereit, und das aus mehreren Gründen: Zunächst einmal lehnte er es ab, eine Handlung von solch einschneidender Nichtumkehrbarkeit zu begehen, die er zudem seiner Kompetenz absprach. Dann war Luther einer seiner Untertanen, der bislang in treuer Pflichterfüllung gestanden hatte und dessen Protektion, so weit vertretbar, umgekehrt auch in der Pflicht eines jeden Herrschers stand. Der aber vielleicht schwerwiegendste Grund war die Befürchtung,

Luther in den Stand eines Opferlammes zu erheben, das noch aus dem Jenseits einen Orkan über das kleine Sachsen und den Rest der Welt hereinbrechen lassen würde. Nein, dem kaiserlichen Gericht musste er Luther unter allen Umständen entziehen. Doch auch mit einer Überstellung nach Rom wäre er den sich selbst gestellten Ansprüchen nicht in vollem Umfang gerecht geworden, ganz gleich, ob man dort die Arbeit in kompetenter Weise zu erledigen gedächte, zu der sich Friedrich nicht berufen fühlte, oder Luther in heuchlerischer Weise sein Tun fortführen ließe.

Es gab nur einen Weg. Kurfürst Friedrich würde die Angelegenheit selbst in die Hand nehmen müssen, was aber lediglich bedeutete, die Verantwortung zu deren Bearbeitung direkt an Pfäffinger weiterzureichen. Jener wurde schnell herbeigerufen und ebenso schnell mit den notwendigen Instruktionen versehen. Alles Weitere würde ordnungsgemäß ablaufen.

73

Südlich der Stadt Eisenach, inmitten bewaldeter Höhe, thront die Wartburg; ein Fels aus dem Felsen gewachsen, geschaffen, um die Zeiten zu überdauern. Von deren romantischer Verklärung des Blickes auf dieses eigentlich romanische Bauwerk war im Moment jedoch noch nichts zu erahnen. Dementsprechend konnte der Dienst auf dem so ehernen Vorposten der Zivilisation beim solchen versehenden Personal auch kein Gefühl der Privilegierung hervorbringen und die Gelegenheit, diesen im Rahmen der Pflichterfüllung, wenn auch nur kurzzeitig, zu verlassen, wurde eher als willkommene Abwechslung denn als disziplinarische Maßnahme betrachtet.

Es war wieder einmal an der Zeit, dass auf übergeordnetes Geheiß hin eine kleine Abordnung der burgeigenen Besatzung in den Genuss solcher Gunst gesetzt wurde, ein berittener Hauptmann und ein Pferdekarren, besetzt mit einem Kutscher und zwei Sicherheitskräften. Nachdem der vorgezogene Beobachter zurückgekehrt war, wurde der Marschbefehl erteilt. Der Tross rückte unter lediglich leichter Bewaffnung aus; die einzigen mitgeführten Feuerwaffen waren Fackeln wider die aufziehende Dunkelheit, was den Schluss zuließ, dass die anstehende Gefechtsaufgabe im Rahmen der täglichen Routine zu bewältigen sein würde. Nachdem man die Torkontrolle passiert hatte, bewegte man sich zunächst den steilen Weg hinab, um dann einen Bogen in Richtung Süden zu schlagen. Nach einer knappen Stunde – man hatte keine Eile und deshalb den Weg mit einer für das Zugtier angenehmen Geschwindigkeit zurückgelegt – war die befehlsgemäße Stellung erreicht. Hier würde man den Zugriff vorbereiten. Trotz der bereits allseitig hereinbrechenden Dämmerung hatte der Anführer der Gruppe noch keine Anweisung zum Entflammen der künstlichen Beleuchtung erteilt; er würde dies auf den letztverfügbaren Moment verschieben. Dies geschah weniger aus der Befürchtung, die ungewisse noch anhängige Wartezeit könnte die Brennelemente verglimmen lassen, ehe sie ihrem eigentlichen Zweck nachgekommen wären, sondern einfach nur, um sich für den bevorstehen Einsatz das möglichste Überraschungsmoment zu sichern.

Der Melder hatte präzise gearbeitet. Nach etwa fünfzehn Minuten – diese Sicherheit musste eingeplant werden, da keine der Einsatzkräfte über eine ganggenaue Uhr verfügte – näherte sich ein Wagen. Die Fackeln wurden entzündet und der Weg mit dem eigenen Gefährt für das herannahende blockiert. Nachdem das letztere zum Ste-

hen gekommen war, nahm der Hauptmann die gewichtige
Pose eines Reiterstandbildes ein, das sich vor der über-
rumpelten Reisegruppe aufzubauen begann. Wie, um
dessen noch zu unterbreitendem Anliegen vorauseilenden
Nachdruck zu verleihen, stiegen die beiden Wächter mit
gezogenen und zu Ehren der bedeutenden Zielperson
frisch polierten Schwertern vom Wagen und flankierten
das festgesetzte Fahrzeug im rückwärtigen Bereich.
Nachdem sich dessen Insassen davon überzeugt hatten,
dass jedem Entkommen der Weg beschnitten war, konnte
sich der Hauptmann deren voller Aufmerksamkeit gewiss
sein und richtete mit Ehrfurcht einflößender Stimme das
Wort an sie:
„Martin Luther."
Diese Worte bildeten eigentlich eher eine Frage oder
bestenfalls den Anfang eines Satzes, aber man wollte
jeden Hauch von Unsicherheit auf der zu präsentierenden
Autorität vermeiden.
Einer der Fahrgäste erhob sich.
„Ihr wünscht, mein Herr?"
„Steigt vom Wagen!"
Nachdem der Aufforderung nachgekommen war, eskor-
tierten die beiden Schwertträger den Abgesessenen zu
ihrem Vorgesetzten.
„Martin Luther, Ihr habt Euch schwerwiegender Verge-
hen schuldig gemacht. Kurfürst Friedrich hat Eure Fest-
setzung angeordnet."
Wortlos, so als hätte er all das bereits erwartet, fügte sich
der Angesprochene in sein Schicksal. Man band ihn an
Armen und Beinen und verfrachtete ihn in das bereitste-
hende Transportmittel. Der Weg wurde freigegeben und
seine ehemaligen Begleiter durften die Fahrt fortsetzen.
Keiner von ihnen wagte es, sich noch einmal umzuwen-

den. Der weitere Verbleib ihres Kameraden würde sich zunächst ihrer Kenntnis entziehen.

Nachdem deren Wagen außer Sicht war, was in der aufziehenden Dunkelheit nur eine kurze Zeit beanspruchte, bewegte sich der andere zu seinem Ausgangspunkt zurück. Dort wurde der Arrestant dem Wachhabenden und der Dienst an die Nachtschicht übergeben.

74

Drei Stunden zuvor. Der Staub der Landstraße war noch sonnengetränkt und jeder Schritt des müßigen Wanderers entriss ihm einen kleinen Teil, der sogleich von der lau wehenden Luft hinfortgetragen wurde. Die große Staubwolke, die sich am Horizont auftat, legte den Schluss nahe, dass dort eine Bewegung weit weniger ausgeprägter Gemächlichkeit stattfand. Als sie sich so weit genähert hatte, dass sie den Wanderer in Seichte einzuhüllen begann, eröffnete sie den Blick auf ihre Ursache. Zwei Pferde passierten in maximal abrufbarer Gangart den aus seiner meditativen Versunkenheit Gerissenen und offenbarten dabei ein größeres Maß an Eile, als dem wackeren Pilger zuzusprechen war. Dieser musste daraufhin erst einmal eine Rast einlegen, um den Schreck aus den Gliedern fahren zu lassen.

Es war ein Anblick, der eine gewisse Verwegenheit in sich trug. Die Hufeisen der Pferde blitzten in der tiefstehenden Sonne und im Takte ihrer Schritte, das Funkeln der Sterne in der bevorstehenden klaren tiefblauen Nacht vorwegnehmend. Die Mähnen- und Schweifhaare wiegten sich im Winde des Galopps, die weit geschnittenen Kleider der Reiter folgten ihrem Bespiel in perfekter Harmonie.

Jene beiden bewiesen – obwohl es sich nicht um die ihnen angeborene Weise der Fortbewegung handelte – ein
hohes Maß an Fertigkeit in diesem Tun. Eigentlich hatten
ihre Reittiere den Weg als Zugtiere einer komfortableren
Art des Reisens angetreten, mussten von dieser aber ein
gutes Stück des Weges zuvor im wörtlichen Sinne entbunden werden, um dem Vorankommen die gebotene
Beschleunigung zu verschaffen.

Der blindgeborenen Hast war ihr Erfolg in Aussicht gestellt, als in einiger Entfernung ein Wagen an Erkennbarkeit zu gewinnen begann. Dessen Vorsprung wurde
schneller an Distanz abgerungen, als dieser in gleicher
Zeit überhaupt hätte zurücklegen können. Hier bewährte
sich die Entscheidung der Verfolger, allen verkehrstechnischen Ballast am Wegesrand in Parkposition zu bringen
und diese Befreiung in einen Aufschlag an Rasanz umzumünzen. Zudem erwies sich die Einspanne des Vorausfahrenden als von bestenthalben zweiter Zugkraftgüte.

Als sich die beiden Reiter ein Bild von der Dynamik der
Situation gemacht hatten, verringerten sie ihre Geschwindigkeit augenmaßvoll. Das Zusammentreffen sollte in dem kleinen Waldstück stattfinden, das in kurzer
Entfernung vom Weg durchschnitten wurde und das der
bevorstehenden Aktion zumindest eine gewisse Vertraulichkeit hinsichtlich distanter Blicke zu bieten hatte. So
erheischend jedweder Aufmerksamkeit der bisherige
Verlauf der Eskapade jener beiden Kavaliere auch war,
deren Finale hätte dem vollumfänglich zu entsagen. Anderenfalls könnte der in mühsam erarbeitetem Anspruch
stehende Lohn letzten Momentes noch der Einbuße zum
Opfer fallen.

Mit der Vorausfuhre beinahe auf gleicher Höhe, gab der
mit offensichtlicher Weisungsbefugnis Versehene der
beiden Reiter seinem Begleiter das Zeichen zum Zurück-

bleiben. Als sich ein weiteres Signal von ihm, an den Gespannführer zum Zwecke des Einhaltens gegeben, von jenem unbeachtet in der Tiefe des Waldes verlaufen hatte, brachte er vor dem immer noch Fahrt machenden Wetteiferer mit gekonntem Schenkeldruck und sanftem, aber dennoch abruptem Zügelruck sein Pferd in Breitseite zum Stehen. Glücklicherweise verfügte dasjenige der Gegenseite, möglicherweise durch retrograde Aufprallschmerzerlebnisse, über ein höheres Maß an neuronalem Stimulanzpotenzial als sein mit humaner Sinnesstarre versehener Pilot und blieb auch ohne gesondertes Kommando stehen. Eigentlich wäre es am Fahrzeugführer gewesen, diesen gefährlichen Eingriff in den Straßenverkehr mit einer belehrenden Rüge zu bedenken, aber ehe jener seiner offenbar angeborenen Lethargie entwacht war, hatten seine Fahrgäste diesen Teil der sich entspinnenden Unterhaltung kurzerhand übergangen und waren direkt zu deren nächstem Punkt vorgerückt.

„Bruder Thomas?!"

Diese sonst nur in der Notation von Schachpartien übliche Interpunktion soll an dieser Stelle ausnahmsweise Verwendung finden, um die machtvolle Überraschung des überwiegenden Teils der Delegation zum Ausdruck zu bringen. Luther und Staupitz hatten diesen Satz beinahe gleichzeitig ausgesprochen.

„Bruder Martin", wandte sich Cajetan an Luther, „Ihr seid in Gefahr."

Luther war sich deren Latenz seit geraumer Zeit bewusst, der ernste Ausdruck im Gesicht des Reiters und das immer noch merkliche Nach-Luft-Ringen dessen Tieres, von denen dieser Satz begleitet wurde, zeugten und überzeugten von deren akutem Ausbuch.

„Kurfürst Friedrich hat Eure Verhaftung angeordnet", schickte der so fragend Angesehene nach.

„Und was sollen wir tun?" Luther war von einer Besorgnis ergriffen, deren Versuch des Verbergens ins Stocken geriet.

Cajetan saß ab und gab seinem Begleiter das Zeichen, es ihm gleichzutun. Jener war von den anderen bislang unbemerkt geblieben, jetzt, da er sich annäherte, fiel ihm die gebündelte Aufmerksamkeit zu.

„Bruder Martin, Eure Flucht ist vorbereitet", sprach Cajetan weiter. „Bruder Georgius wird Euren Platz einnehmen."

„Ich kann nicht zulassen, einem anderen meine Last aufzubürden", gab sich Luther entschieden.

„Bruder Martin, es ist nicht die Zeit, darüber zu debattieren. Die Häscher sind vielleicht schon unterwegs. Und bedenkt, es geht nicht um Eure Person, sondern um die Sache. Ihr habt Aufgaben, die in Haft nicht zu erfüllen sind. Sorgt Euch nicht um Bruder Georgius, er hat sich für das Leben eines Eremiten und die zugehörigen Entbehrungen entschieden. Geschehen wird ihm nichts."

„Bruder Martin, es würde mich mit Freude erfüllen, Euch auf diese Weise dienen zu können", warf der Hinzugetretene ein.

Er war von ähnlicher Statur wie Luther und hatte die gleiche Kopf- und Gesichtsbehaarung. Alle weiteren eventuellen Unterschiede physiognomischer Art verdeckte eine schwarze Mönchskutte, wie auch Nämlicher eine trug.

Luther nahm einen kurzen Abschied von seinen Gefährten.

„Gott schütze Euch, Bruder Martin", sprach Staupitz.

„Wir werden uns bald wiedersehen", entgegnete Luther mit sanftem, aber entschlossenem Blick und stieg vom Wagen. Eine freundschaftliche Umarmung unter Brüdern. Dann war der Handel besiegelt. Luther bestieg das nunmehr verwaiste Pferd und flankierte Cajetan; der andere nahm den freigewordenen Platz auf dem Wagen ein, der daraufhin seine Fahrt in die Ungewissheit fortsetzte.

„Was habt Ihr nun vor, Bruder Thomas?", fragte Luther, nachdem sich der Wagen entfernt hatte.

„Ich bringe Euch nach Rom."

„Haltet Ihr das für einen guten Plan?"

„Dort seid Ihr in Sicherheit, niemand wird Euch dort vermuten. Außerdem habt Ihr Pläne, die auszuführen sich in einer Schreibstube weitaus günstiger anlassen als in einer kargen Gefängniszelle."

In der Tat plante Luther bereits den nächsten Schritt. Nur, woher wusste jener schon davon. Gleich, er schien vieles zu wissen. Und recht hatte er auch wieder einmal.

95

Ein Sommertag mediterranen Klimas bereitete sich auf seinen Abend vor. Die Hitze, die in Ermangelung jeder Bewölkung ungehemmte Ausbreitung genommen hatte, war noch drückend. Mensch und Tier – mit Ausnahme einiger Schwärme von Staren, die letzte Übungsrunden für ihre allabendliche himmlische Choreografie flogen – hatten jede Schattenspende als Zielpunkt gebotener Produktivitätspause dankbar in Besitz genommen. Selbst die Arbeiten am Petersdom, der sich allmählich in Form zu gießen begann, beschränkten sich heute auf jene von moderater körperlicher Anstrengung.

Einen Schattenplatz besonderer Art konnten jene in Anspruch nehmen, die sich im Amtszimmer Seiner Heiligkeit zu einer geheimen Beratung eingefunden hatten. Das waren neben Papst Leo und Cajetan, die sozusagen zum „Inventar" des Hauses zählten, auch Luther, der hier eine inzwischen dreimonatige anonyme Zuflucht genoss, und Staupitz, der herbeigerufen worden war, um Bericht über die Lage in der Heimat abzugeben.

Nachdem die Konferenz formell eröffnet worden war, hatte Papst Leo eigentlich Staupitz als dienstältestem der anwesenden „Reformatoren" die Wortführung zugemessen, was Luther aber nicht davon abhalten konnte, zuvor seine Seele von einer schwer duldbaren Last zu befreien.

„Wie geht es Bruder Georgius?" Er fühlte sich nach wie vor für dessen Schicksal in der Verantwortung und hätte es umso weniger ertragen, ihn einem das vereinbarte Maß übersteigenden Ungemach ausgesetzt zu wissen.

„Es geht ihm bestens. Eure Amtskollegen und auch ich haben die Genehmigung vom Kurfürsten selbst, ihm, das heißt Euch, regelmäßige Visitationen abzustatten. Er nutzt die Zeit zum Studium der Schriften, was er ohnehin in Absicht hatte."

„Und seine Identität konnte bislang verborgen werden?"

„Soweit ich weiß, ist außer Bodenstein, Volland, Spalatin und mir niemand eingeweiht. Möglicherweise ist anderen etwas bekannt, vielleicht sogar dem Kurfürsten selbst, aber es sind nur Vermutungen. Es ranken sich einige Geschichten um den geheimnisvollen Gefangenen, Genaues weiß niemand oder aber behält es für sich."

„Und wie steht es um die reformatorischen Bestrebungen, jetzt, wo ich ihnen nicht persönlich Vorschub leisten kann?" Diese Sorge war für Luther die vielleicht größere, auch wenn er das nicht zugegeben hätte.

„Die Schar ihrer Anhänger nimmt zu. Ihre Widersacher vor Ort sind zwar bestrebt, die Begeisterung einzudämmen, aber irgendwann werden sie ihren Widerstand wohl aufgeben müssen. Insbesondere Eure Verhaftung, die nach wie vor eine gewisse Empörung unter dem Volk bewahrt, war der Treue unserer Anhänger eher zuträglich."

„Vielleicht hat sich der Kurfürst damit keinen guten Dienst erwiesen." Luther musste lächeln.

„Ich bin mir darüber selbst nicht im Klaren, ob er mit Eurer Festsetzung sich vor Euch oder Euch vor Euren Widersachern schützen wollte, vielleicht sogar beides. Trotzdem, so glaube ich, solltet Ihr bald zurückkehren. Die Menschen brauchen Euch, die Sache braucht Euch."

„Lasst mich nur eine Aufgabe noch zu Ende führen. Ich arbeite gerade an einer Übersetzung der Heiligen Schrift in die deutsche Sprache. Jedermann in unserem Volk soll in der Lage sein, sie zu lesen und zu verstehen. Hier habe ich beste Voraussetzungen für diese Arbeit. Wenn sie getan ist, so denke ich, werde ich mein Exil aufgeben können. Vorausgesetzt, der Kurfürst verfügt meine Begnadigung."

„Die Zeit dafür wird unter den momentanen Gegebenheiten nicht fern sein."

Eine Pause von nachdenklicher Stille breitete sich im Raum aus. Alle waren von einer gewissen Zufriedenheit über den Erfolg der angestrengten Bemühungen beseelt. Was seit Jahren unter beständigem Zweifel an Erfolgsaussichten seinen Verlauf genommen hatte, sich zwischenzeitlich den Anschein einer unlösbaren Aufgabe gegeben hatte, war nun irgendwie gelungen:

Die Handlungsfähigkeit war wieder hergestellt. Man hatte diejenigen zurückgewonnen, die man verloren geglaubt hatte und erfreute sich wieder des Zulaufes, bei denen und bei jenen, ganz gleich, ob ihrer Gefolgschaft vornehmlich die Hoffnung auf öffentliche Anerkennung oder die auf so dringend benötigten Zuspruch zugrunde lag. Sie alle verfügten über starke und schwache Seiten unterschiedlichster Ausprägung und stünden somit im

Anspruch, Teil des Ganzen zu sein, dem seine Bestimmung nun in Deutlichkeit zu Bewusstsein gekommen war. Dennoch hatte man damit nicht das Ende des Weges erreicht, sondern lediglich dessen Anfang. Ihn zu gehen würde noch reichliche Anstrengungen bereithalten, immerhin aber war er vorgezeichnet.

Lediglich einer in der Runde konnte sich seiner Bedenken nicht restlos entledigen. Staupitz, der immer wieder zurückdenken musste, wie alles angefangen hatte, richtete das Wort an die anderen:

„Meine ergebenen Freunde, Ihr habt Großes vollbracht. Mit Geisteskraft und Mut ist Euch gelungen, was ein kleiner Mönch und sein verzweifelter Mentor als außerhalb des Möglichen stehend angesehen hatten. Dennoch beschleicht mich eine gewisse Sorge, ob wir dort angekommen sind, wo wir hingelangen wollten. Wir rangen um Erneuerung; das ist uns auch gelungen, aber um den Preis einer inneren Zerrissenheit, die schwer zu ertragen ist."

Der stumme Blickwechsel der anderen drei bestimmte Cajetan, die Antwort zu geben:

„Bruder Johann, Ihr habt damit zwar recht, aber notwendige Erneuerung wird nicht immer instantan in allseitiges Wohlbefinden münden. Darüber müsstet Ihr Euch doch schon damals in Klarheit ergangen sein."

„Damals haben wir nur die Aufgabe gesehen. Diese war von solcher Herausforderung, dass wir weder eine genaue Vorstellung von deren Lösung, noch von den zu erwartenden Konsequenzen hatten. Wir kämpften für eine einige starke Kirche, ohne den Weg dorthin zu kennen. Auf dem Sterbebett habe ich meinem Freund Francesco mein Wort gegeben, mich diesem Ziel mit aller Kraft zu verschreiben. Nun bin ich mir nicht sicher, ob ich mein Wort gehalten habe."

Jetzt war es an Luther, die Antwort zu geben.

„Die Kirche steht im Dienste des Herrn. Dennoch handeln in ihr Menschen und diese tun solches für Menschen, somit impliziert sie jede denkbare Fehlbarkeit. Menschen sind nicht planbar, schon gar nicht am akademischen Zeichenbrett. Wir müssen sie in ihrer Unterschiedlichkeit annehmen und dieser Unterschiedlichkeit Rechnung tragen, um sie in Gott zu einen."

Der Heilige Vater hatte dem Disput bislang gelauscht. Jetzt fühlte er sich berufen, so etwas wie eine Lösung herbeizuführen. Er schritt zu seinem Schreibtisch, zog einen Bogen Papier hervor und begann, etwas niederzuschreiben. Drei Augenpaare begleiteten diesen Akt voller Erwartung. Nachdem diese Arbeit getan war, erhob er sich und wandte sich den anderen wieder zu:

„Bruder Johann, unsere beiden Brüder sprachen wahre Worte. Im Moment haben wir keinen anderen Weg, den wir gehen könnten. Dennoch empfinde ich größte Hochachtung vor Euren Bedenken, vor Euch und Eurem Freund Francesco, Kardinal Piccolomini, Papst Pius III., meinem Amtsvorgänger. Er hat das Werk begonnen. Leider war es ihm nicht vergönnt, dieses zu vollenden. Ihr habt es fortgeführt, doch auch Euch wird dessen Vollendung wohl verwehrt bleiben. Glücklicherweise sind alle Dinge im Fluss. Irgendwann wird der Konflikt, in dem wir stehen, um den Menschen gerecht zu werden, lösbar sein. Dies wird sein, wenn der menschliche Geist seinen von Staub getrübten oder von Goldschimmer geblendeten Blick zum klaren Himmel erhebt und seine wahre Größe erkennt. Dann werden Menschen in der Lage sein, sich in ihrer Unterschiedlichkeit zu respektieren, diese nicht als Makel oder gottgegebene Beschränkung, sondern als Bereicherung zu betrachten. Wenn solches gegeben ist, werden wir nicht länger dem Zwang des Zwiespaltes unterliegen, um Menschen zu Gott zu bringen, sondern in einer einigen starken Kirche, so wie Ihr, Bruder Johann, Euer und unser verehrter Mitstreiter Francesco und wir alle es in Absicht haben. Der Weg dorthin wird lang und schwer sein, an seinem Ziel aber wird man sich mit diesem meinem Erlass," – er wies auf das Papier, das er noch in der Hand hielt – „der von einem Papst an den nächsten weitergehen soll, des Mannes erinnern, der uns und allen, die nach uns kommen, diesen Weg gewiesen hat. Wenn die Zeit dafür reif ist, mögen auch hundert oder fünfhundert Jahre vergehen, soll ein Heiliger Vater sein Amt unter diesem Namen führen und das Werk zu Ende bringen."

Staupitz' Blick füllte sich mit langersehntem Frieden.

Nachwort

Am 13. März 2013 wurde Jorge Maria Bergoglio zum Papst gewählt. Er trägt als erster unter ihnen den Namen Franziskus. Wünschen wir ihm Weisheit und Kraft für seine Aufgabe.